Quarantäne

Maria Jelenko

echomedia
BUCHVERLAG

Handlung und handelnde Personen sind frei erfunden.
Jede Übereinstimmung mit der Wirklichkeit und lebenden Personen wäre rein zufällig.

Impressum:
ISBN: 978-3-903989-04-7

Media Quarter Marx 3.2
A-1030 Wien, Maria-Jacobi-Gasse 1

Produktion: Ilse Helmreich
Layout: Elisabeth Waidhofer
Umschlagbilder: shutterstock.com
Lektorat: Regina Moshammer
Herstellungsort: Wien
Besuchen Sie uns im Internet:
www.echomedia-buch.at

Für Christoph, Rebecca, David

Prolog

Sein zur Seite geneigter Kopf hängt schwer herab, als würde er sich jeden Moment vom Rumpf lösen. Das schwarze, leicht angegraute Haar klebt an seiner vor Schweiß glänzenden Stirn. Das zerrissene Hemd ist voller Erdflecken und Öl. Aus seinem Mund tropfen Blut und Speichel auf den feuchten Boden, ein dunkler kleiner Fleck hat sich dort gebildet. Der Mann ist notdürftig mit einem dicken Seil an ein schiefes Kreuz aus alten, modrigen Holzstücken gebunden, seine Hände sind mit rostigen Nägeln an die Querbalken genagelt. Aus den Wunden in den Handtellern rinnt ebenfalls Blut.

Das Kreuz an der feuchten Wand droht jeden Moment zu kippen. Gerade noch hält es das Gewicht des Mannes.

Auf dem Boden liegen Spritzen, angeschwemmtes Holzgut und zerfetzte Knäuel grüner, stinkender Algen. Es riecht nach Fäulnis und Fäkalien. Rund um das Kreuz ist es finster und gespenstisch still, nur das leise Plätschern eines zögerlich fließenden Rinnsals ist zu hören. Dazu in einem unregelmäßigen Rhythmus ein undefinierbares Rattern, das die Stille in dem weiten, dunklen Raum unterbricht. Der Mann am Kreuz röchelt, murmelt unverständlich vor sich hin, ab und zu ein rauer Husten. Rund um ihn herum flattern nervös schattenhafte Gestalten, dumpfes, unterdrücktes Flüstern. Lichtkegel flackern in der Finsternis auf, die vorbeihuschende Ratten wie Blitzlichter treffen und die Umrisse der Gestalten, schwarz und schemenhaft vergrößert, an die hohen Wände projizieren. Da dringt aus der Ferne Stimmengewirr in den Raum, Wortfetzen, vom Echo höhnisch vervielfacht, vermischen sich zu einem unverständlichen Brei.

Auf der Brust des Mannes klebt ein kleines Stück Papier, auf dem mit dicken schwarzen Lettern geschrieben steht: „Virus Z". Es ist Ostern.

Teil 1

Im Freud

Das Freud, das neben dem Stammlokal in der Leopoldstadt einen Ableger im ersten Wiener Gemeindebezirk hatte und in dem Politiker und Journalisten ein und aus gingen, war, wie zumeist abends, bis auf den letzten Platz belegt. Nicht nur die Séparées, die Gäste gerne für vertrauliche Gespräche nützten, waren besetzt. Auch der lange Esstisch in der Mitte des Raums, der Platz für acht Personen bot, war bis auf zwei Plätze belegt. Einer der beiden leeren Stühle galt als sogenannter „Chefsessel“. Dieser war Eugen vorbehalten, das wusste jeder Gast, der mindestens einmal im Freud gewesen war. Denn der schon etwas betagte Wirt liebte es, sich in einer freien Minute an das Kopfende der Tafel zu setzen, um den Gesprächen zu lauschen oder seine jüngsten Erlebnisse zum Besten zu geben. Umgekehrt schätzten die Gäste seine Gesellschaft, und so war Eugen selbst irgendwie Stammgast in seinem Lokal und kippte gerne zu vorgerückter Stunde ein Gläschen. Sogar der kleine Schanigarten mit den paar Tischen unter den Arkaden und mit Blick auf den Hintereingang des Parlaments war an diesem für die Jahreszeit ungewöhnlich lauen Abend voll besetzt.

Das Freud war ein Lokal, das nicht nur von Politikern des benachbarten Parlaments, sondern ebenso von Gästen besucht wurde, die Gesellschaft suchten und sich auch gerne einmal mit Wildfremden unterhielten, die zufällig als Sitznachbarn am zentralen Holztisch Platz genommen hatten. Die ausgezeichnete Küche belieferte die Parlamentsabgeordneten regelmäßig mit Lunchpaketen, wenn Sitzungen länger als geplant dauerten. Das Gerücht, dass das Lokal von der Regierung gesponsert wurde und die Angestellten aus Steuergeldern finanziert wurden, hatte sich bestätigt, als ein Journalist sich einmal die Unternehmensbücher genauer angeschaut hatte. Das tat der Beliebtheit des Lokals allerdings keinen Abbruch. Für eine gemütliche Atmosphäre sorgten die aus dunklem Holz gefertigten, von Holzwurmstichen durchzogenen Tische. Stühle und Bänke waren mit blauem Leder überzogen, aus den Lautsprechern drang dezent klassische Musik. Die Ausschank, von gedämpftem Licht erfüllt, war mit edlen Tropfen internationaler Herkunft bestückt, und es gab sogar einen Humidor für Zigarrenraucher, die seit geraumer Zeit ihre Havannas im Schanigarten genießen mussten. Täglich war für frischen Blumenschmuck auf den Tischen gesorgt.

Eugen, stets ein Geschirrtuch um die Schultern, das zum Abwischen der Tische diente, kannte seine Stammgäste gut, und so begrüßte er jeden Einzelnen von ihnen auf seine freundliche, aber trotzdem etwas hantige, wienerische Art mit Vornamen, begleitet von einem freundschaftlichen Händedruck oder einem Klaps auf die Schulter. Im Gesicht trug er eine Nickelbrille, durch die er seine Gäste aus großen, dunklen, etwas melancholischen Augen anblickte, wenn er die Bestellungen annahm oder sie ihn in ein persönliches oder politisches Gespräch verwickelten.

An diesem Tag hatte Klaus, sein um etwa 20 Jahre jüngerer Lieblingsgast, der sich als Journalist und Reportage-Fotograf einen Namen gemacht hatte, in der Mitte des Tisches Platz genommen, neben ihm Peter Malaschofsky, Klaus' bester Freund. Auch er war im Journalismus tätig, und so tauschte sich Eugen gerne mit ihnen beiden über das aktuelle politische Geschehen in Österreich und Europa aus. Mit Klaus konnte er leidenschaftlich streiten. Klaus war Anfang 50, von eher kleiner Statur, leicht übergewichtig, meist schlampig gekleidet, oft verkatert. Er trank viel. Eugen vermutete, nein, er wusste, dass das Trinken nicht sein einziges Laster war, wie eindeutige Spuren weißen Pulvers in der Herrentoilette und sein unausgeglichenes Verhalten verrieten. Denn Klaus war impulsiv, aufbrausend, auf der anderen Seite aber wieder sanft, hatte stets einen entwaffnenden Schmäh auf den Lippen, der seinem Gegenüber mindestens ein Schmunzeln entlockte und wegen dem man ihm letztendlich nicht böse sein konnte. Was Eugen an ihm am meisten schätzte: Er hatte ein goldenes Herz, das sich nicht nur in der großzügigen Vergabe von Trinkgeldern, sondern auch in seinem ausgenommen liebenswürdigen und zuvorkommenden Verhalten Mitmenschen gegenüber offenbarte, allen voran Eugen.

Oft brachte Klaus Frauen mit ins Lokal – meist handelte es sich um die neueste Eroberung –, die er alle wie Königinnen hofierte und die meist nicht öfter als drei-, maximal viermal an seiner Seite blieben, bis er eine neue „Königin" mitbrachte. Doch das störte Eugen nicht. Im Gegenteil: Auch er war unverheiratet geblieben, hatte wechselnde Frauenfreundschaften und daher großes Verständnis für die kurzweiligen Verbindungen mit den Begleiterinnen.

Peter hingegen war da anders. Eugen konnte ihn nicht richtig einschätzen. Er kannte ihn mindestens genauso lange wie Klaus, doch sein Wesen war komplizierter. Oft wirkte er depressiv, manchmal sprach er kaum ein Wort, wenn die beiden im Lokal waren. Kam das Gespräch jedoch auf politische Themen, war auch er sofort Feuer und Flamme und konnte bis zur Sperrstunde diskutieren. Und auch er war kein Verächter eines edlen Tropfen Weins, nicht selten ließen die beiden Freunde eine schöne Rechnung und saftiges Trinkgeld im Lokal. Peter verstand auch etwas von guter Küche, was Eugen besonders gefiel. So fachsimpelten die beiden gerne über Produkte und Zubereitungsarten österreichischer Spezialitäten. Auch Peter war nach der Scheidung von seiner großen Liebe Barbara Single, so viel wusste Eugen. Im Gegensatz zu Klaus brachte er so gut wie nie eine weibliche Begleitung ins Freud mit. Das letzte Mal, dass der Wirt jemanden an seiner Seite wahrgenommen hatte, dürfte bereits knapp zwei Jahre zurückliegen.

In letzter Zeit machte sich Eugen ein wenig Sorgen um den Journalisten: Seinen festen Job hatte er gekündigt, während er an einer Recherche über Korruption in der Politik gearbeitet und herausgefunden hatte, dass sein Arbeitgeber in eine Geschäftemacherei mit Daten von Flüchtlingen involviert war. Die Spur führte in höchste politische Kreise und zum Rücktritt namhafter Politiker. Seine Texte über verschiedene gesellschaftspolitische Themen und seine Recherchen bot Peter seitdem allen möglichen Medien im deutschsprachigen Raum an. Sein Einkommen variierte je nach Nachfrage. Nicht, dass man ihm sein unregelmäßiges Einkommen äußerlich angesehen hätte – der Journalist schien immer außerordentlich gepflegt zu sein. Auch wirkte sich potenzielle Geldnot nicht negativ auf seine Großzügigkeit bei Konsum und Trinkgeld aus. Nein, was Eugen mehr Sorgen bereitete, war, dass Peter seinem übertriebenen Wiederholungs- und Waschzwang noch mehr frönte als früher, als er einen fixen Job hatte. Gab Eugen ihm zur Begrüßung die Hand, wischte Peter sie verstohlen an seiner Hose ab, um dann auf die Toilette zu gehen und sich gründlich die Hände zu waschen. Kam er heraus, versuchte er die Toilettentür nicht anzugreifen. Berührte er sie versehentlich oder einen anderen Gegenstand, ging er zurück in die Toilette, um sich erneut die Hände zu waschen. Das konnte sich drei- bis viermal wiederholen, bevor er Platz nahm. Und auch während des Essens konnte es passieren, dass Peter öfter als ein- oder zweimal den Tisch verließ, um sich die Hände erneut zu waschen. Manchmal beobachtete Eugen ihn dabei, wie er vor der Toilettentüre stand und den Knauf anstarrte. Der Wirt war sich nicht sicher, was das zu bedeuten hatte, er wusste nur, dass das alles kein gutes Zeichen für den Gemütszustand seines Gasts war, traute sich aber nicht, Peter darauf anzusprechen beziehungsweise war er dazu viel zu diskret.

An diesem Abend unterhielt sich Peter angeregt mit Klaus über das Thema, das das ganze Land fieberhaft beschäftigte: ein Virus, das hoch ansteckend war. Wenige Tage zuvor hatte die Regierung, die anfangs lange Zeit auf die Eigenverantwortung der Bevölkerung gesetzt hatte, Maßnahmen angekündigt, die die Verbreitung des Virus eindämmen sollten. Dazu zählten unter anderem Versammlungsverbote und die Schließung aller Schulen, Unis, Geschäfte sowie Gastronomie- und Beherbergungsbetriebe im Land, ganz zum Unmut der Wirte. Bereits am nächsten Tag sollten die Maßnahmen greifen, was bedeutete, dass Eugen an diesem Abend seinen Gästen das letzte Mal für unbestimmte Zeit servieren durfte. Etwas wehmütig nahm der Wirt am Tischende Platz. Die Atmosphäre im Lokal schien wie sonst auch zu sein: laut, fröhlich, ungezwungen. Doch anders als sonst hing ein Schleier der Ungewissheit im Raum, eine Ungewissheit, die eine spürbare

Aufgeregtheit über eine unbekannte Zukunft erzeugte. Wie gefährlich war das Virus wirklich? Wie viele Menschen würden daran weltweit, wie viele in Österreich, sterben? Würde es Kollegen, Freunde, Familie oder gar einen selbst treffen? Wie lange würde das öffentliche Leben eingeschränkt bleiben? Und wann sollte der Alltag wieder einkehren und alles weitergehen wie bisher?

Für Eugen hatte die Szene an seinem Wirtstisch an diesem Abend etwas vom letzten Abendmahl Christi: Klaus, an der Tischmitte thronend, links neben ihm Peter, der gerade einem seiner Monologe lauschte und nur ab und zu ein paar Sätze einwarf. Zu Klaus' rechter Hand befand sich ein besonders seltener Gast, der ihm jetzt ebenfalls lauschte: Dimitri Ast, ein Backgammonspieler russisch-jüdischer Herkunft – und ein Mathematikgenie –, der durch sein Spiel zu Reichtum gekommen war und in einem Wiener Nobelhotel wohnte, wenn er nicht gerade auf internationalen Backgammon-Turnieren brillierte. Nur in letzter Zeit hatte er Pech im Spiel, soviel Eugen wusste. Dimitri, vermutlich etwas jünger als die beiden Freunde, hatte mit seinen gut 1,90 Metern Körpergröße die Statur eines Basketballspielers, bewegte sich etwas ungelenk und sprach acht Sprachen fließend, darunter Arabisch und Mandarin.

Neben ihm saß eine sehr elegant gekleidete Dame – Chanel-Kostüm, flache Ballerinas mit Brosche vorne, buntes Halstuch –, geschmückt mit Goldringen an fast allen Fingern und auffälligen runden Goldohrringen. Sie trug eine Pagenfrisur, die ihr kleines Gesicht jugendlich erstrahlen ließ. Eugen kannte sie von früher, hatte sie aber schon lange nicht mehr im Lokal gesehen. Sie trank gerne ein gutes Glas Rotwein, vertrug davon auch viel, und auch sie beherrschte aufgrund ihres ehemaligen Berufs – sie war Diplomatin gewesen und in dieser

Funktion ihr Berufsleben lang im Ausland tätig – mehrere Sprachen fließend. Stets kam sie alleine ins Lokal, sie dürfte ihren Mann, einen wohlhabenden Industriellen, früh verloren haben. Eugen konnte sich nur dunkel an ihren Namen erinnern: Hieß sie Judith – oder Julia? Er würde sie später danach fragen. Im Moment war sie in ein Gespräch mit ihrem Gegenüber – Leonardo, ein junger Priester italienischer Abstammung – vertieft. Auch diese Unterhaltung drehte sich um den bevorstehenden „Lockdown" des öffentlichen Lebens. Judith, oder Julia, erzählte dem Priester gerade, wie sie in den späten 90er Jahren den Höhepunkt der Ausbreitung des Dengue-Fiebers im Nordosten Brasiliens erlebt hatte und daran fast gestorben wäre.

„Ich lebte damals in einem Hotel im Kolonialstil mitten in Olinda, einer kleinen, bunten Künstlerstadt nahe der Millionenmetropole Recife, als mich das Fieber heimsuchte."

„Heimsuchte" – Eugen fand, dass sich die Dame immer besonders gewählt ausdrückte. Auch hörte er ihr gerne zu, weil sie viel herumgekommen war und viel in ihrem Leben erlebt, unterschiedliche Kulturen und Menschen kennengelernt hatte.

„Woher kommt Dengue?", wollte der Priester wissen.

„Das Dengue-Fieber ist eine tropische Viruserkrankung. Sie wird durch eine bestimmte Stechmückenart übertragen, die Aedes-Mücke. Schwere Verläufe enden in ein bis fünf Prozent aller Fälle tödlich, die Sterblichkeitsraten können bei einzelnen Epidemien aber auch fünfzehn Prozent erreichen", erklärte ihm die ehemalige Diplomatin geduldig. „Eines Tages, als ich in meinem Hotelzimmer im Bett lag, das mit Moskitonetzen umhängt war und vor mich hin fieberte, kamen Frauen aus der Nachbarschaft, Freundinnen meines Zimmermädchens, und brachten Essigtücher mit. Sie zogen mich splitternackt aus. Ich war zu schwach und müde, um mich zu wehren. Dann wickelten sie die feuchten Tücher um meinen Körper. Ich erinnere mich noch an den Essiggeruch, der sich im Raum ausbreitete. An der Decke hing ein Holzventilator, der den Geruch noch weiter verstärkte. Anfangs hörte ich nur das Quietschen beim Drehen der Holzpfeiler, aus denen der Ventilator gemacht war, und das Summen einer Fliege an meinem Ohr. Es dürfte furchtbar heiß gewesen sein, ich aber hatte Schüttelfrost von dem Fieber. Als mich die Frauen in die Tücher wickelten, fühlte ich mich in meine Kindheit zurückversetzt, als wäre ich ein kleines Mädchen, das von seiner Mutter, Tante oder Großmutter gewickelt wird. Ich erinnere mich an das Flüstern dieser Frauen, als sie eintraten und begannen, mich einzuwickeln. Das Flüstern wurde immer lauter und mündete schließlich in einen Chor von Gebeten. Ich glaube, es war eine Art Macumba-Zeremonie, ein afrikanisch-brasilianischer Ritus, den sie an mir vollzogen, um die Heilung der Krankheit zu beschleunigen. Die Szene wirkte auf mich irgendwie irreal, mir kam mit einem Mal der Gedanke, dass ich mich an der Pforte des Jenseits befand, durch die ich treten musste, um ins Paradies zu gelangen – deshalb die Waschung. Vielleicht eine Art Salbung für den lieben Gott. Egal. Ich fantasierte. Dann musste ich eingeschlafen sein. Als ich wieder aufwachte, ging es mir viel besser, das Fieber war weg, ich hatte sogar Hunger. Draußen auf den Straßen fuhren Spritzwagen, mit denen die Stadtverwaltung Desinfektionsmittel gegen die Moskitos, die das Dengue-Fieber verbreiten, verspritzte. Sind Weibchen infiziert, können sie das Virus direkt auf die Brut übertragen. Die weiblichen Mücken geben die Krankheit an Menschen weiter, die sich aber nicht gegenseitig anstecken – sie dienen der Mücke als Lebensraum."

Während ihrer Schilderung griff die Dame – Eugen fiel plötzlich ein, dass sie Judith hieß – immer wieder auf ihre goldene Armbanduhr, als fürchte sie, diese zu verlieren. „Wie auch immer“, fuhr sie fort. „Als ich an der Rezeption anrief, man möge mir eine Kleinigkeit zu essen bringen, wurde plötzlich die Türe aufgerissen und vor mir standen drei bewaffnete Polizisten, ihre Maschinenpistolen auf mich gerichtet. Sie schrien mich an, ich solle ihnen verraten, wo sich mein Komplize versteckt hatte, doch ich beteuerte meine Unschuld. Nach langem Hin und Her klärte sich das Missverständnis schließlich auf.“

Der Priester hatte ihr gebannt gelauscht, während er in Windeseile ein riesiges Schnitzel inklusive Erdäpfelsalat verdrückt und zwischendurch Eugen um eine Portion Salzburger Nockerln – eine Spezialität des Hauses – gebeten hatte. Dann sagte er bewundernd mit leicht italienischem Akzent: „Was Sie schon alles erlebt haben!“ Er wollte von ihr wissen, wer denn der Gesuchte gewesen war, doch die Erzählerin konnte sich nicht mehr genau an die Aufklärung des Missverständnisses erinnern, ganz zur Enttäuschung ihrer Zuhörer.

Dem Ende der Anekdote zugehört hatte noch ein weiterer Gast dieser Tafel, eine attraktive Frau um die vierzig, die zuvor vor der Türe telefoniert und dann neben dem Priester Platz genommen hatte. Sie trug eine enge Hose und eine grünrot geblümte, langärmelige Bluse mit einer kecken Schleife vorne. Die Farben unterstrichen ihren olivfarbenen Teint und passten gut zu ihren grünen Augen und ihrem dunklen, leicht gewellten langen Haar, das sie offen trug. „Eine Schönheit“, urteilte Eugen, während er sie musterte, als er dem Priester die Nachspeise servierte. Ihm gefielen schlanke Frauen mit langen Gliedmaßen, vor allem, wenn sie sich so graziös bewegten wie

Manon, deren Bekanntschaft er erst vor wenigen Monaten gemacht hatte. Kürzlich hatte sie sich von ihrem Mann getrennt. Ihre Eltern hatten eine Wohnung um die Ecke vom Freud, wie sie ihm bei ihrer zweiten oder dritten Begegnung erzählt hatte. Sie hatte ihm verraten, dass sie Ärztin war. Was genau ihr Fachgebiet war, daran konnte sich Eugen nicht mehr erinnern. Oder hatte sie es ihm gar nicht erzählt? Jedenfalls war die Ärztin nicht oft in Wien. Heute sah sie besorgt aus, vor allem, als sie vom Telefonieren zurückgekommen war. Auf ihrer Stirn zeigten sich ungewohnte Falten. Eugen war zu diskret, um zu fragen, was sie bedrückte. Mit einem kurzen Seitenblick auf ihn hatte Manon bemerkt, dass er sie beobachtete, als sie wieder am Tisch Platz nahm und Judiths Erzählung lauschte. Doch blickte sie immerzu auf die Uhr. Ob sie jemanden erwartete? Eugen erinnerte sich daran, dass sie bei ihrem letzten Besuch im Freud auch auf jemanden gewartet hatte.

Was dem Wirt jetzt auffiel, war, dass Peter, der Journalist, die Ärztin ins Visier genommen hatte und sich flüsternd mit Klaus über sie unterhielt. Sofort reagierte Eugen und stellte sie den beiden Freunden vor. Am Tisch wurde es mit einem Mal still, auch die anderen Gäste musterten sie interessiert. Klaus bestellte sofort zwei weitere Flaschen Rotwein auf seine Rechnung. Der Abend ging fröhlich weiter. Eugen musste sich jedoch um die Schließung des Schanigartens und um die Gäste im Separee kümmern. Als Erste an dem Abend verabschiedeten sich der Priester und Judith. Erst zur Sperrstunde trennten sich die übrigen Gäste der Tafel voneinander, nicht ohne Telefonnummern ausgetauscht zu haben.

Infiziert

Als Peters Handy zum dritten Mal ungeduldig klingelte, hob er widerwillig ab, obwohl er die Nummer des Anrufers nicht kannte. Es war sieben Tage nach dem Shutdown des öffentlichen Lebens und acht Tage nach jenem Abend, an dem er sich Hals über Kopf in die attraktive Ärztin verliebt und dann mit seinem Freund Klaus torkelnd das Freud verlassen hatte. Peter war gerade damit beschäftigt, eine Unterkunft für sich zu finden, bis er seine neue Wohnung, eine Einzimmerbleibe in einem Wiener Außenbezirk, beziehen konnte. Für mehr reichte es nicht, nachdem er als freischaffender Journalist kein fixes Einkommen mehr hatte. Jetzt, wegen fehlender Aufträge während der Viruskrise, konnte er froh sein, wenn er für diese billige Absteige die Miete aufbringen konnte. Den Schlüssel zur alten Wohnung musste er an diesem Tag abgeben, er sollte ihn in ein Postfach werfen. Vorläufig zu seiner Mutter übersiedeln, wie er es geplant hatte, konnte er nicht, weil davor gewarnt worden war, sich mit älteren Menschen zu treffen. Das neuartige Virus würde vor allem diese Risikogruppe besonders hart treffen, und er wollte seine Mutter auf keinen Fall gefährden. Weil sein Bett schon in der neuen Wohnung stand, hatte er die letzten Tage bei einer ehemaligen Freundin verbracht, die ihm am Vorabend klargemacht hatte, dass er sich eine andere Unterkunft suchen müsse, bis er die neue Wohnung beziehen konnte. Sein bester Freund Klaus war bereits seit mehreren Wochen unterstandslos, hatte anfangs bei Peter gewohnt, dann abwechselnd bei Exfreundinnen oder aktuellen Flammen. In ein Hotel oder eine Herberge konnte Peter nicht, weil alle Unterkünfte wegen des grassierenden Virus und der von der Regierung erlassenen Maßnahmen geschlossen waren. Peter war der Verzweiflung nahe.

Am Apparat war eine gelangweilt wirkende Stimme, die einer Mitarbeiterin des Gesundheitsmagistrats gehörte und die ihn darüber informierte, dass sein Testergebnis positiv war. Auch das noch!, ging es ihm durch den Kopf. Mehrere Tage nach dem Abend im Freud waren zwei Ärzte in voller Schutzkleidung zu ihm nach Hause gekommen, nachdem man ihm am Telefon mitgeteilt hatte, dass Eugen, der Wirt seines Stammlokals, positiv auf das Virus getestet worden war und nun alle Gäste, die sich an jenem Abend im Lokal befunden hatten, untersucht werden müssten. Auf die Frage, woher sie seine Nummer hatten, antworteten sie, dass Eugen sie ihnen weitergegeben hätte. Zudem gäbe es eine Reservierungsliste mit Namen und Telefonnummern aller Gäste, die an jenem Abend in dem Lokal gewesen waren. Die Ärzte hatten ihm aus Rachen und Nase einen Abstrich genommen und sich mit dem Hinweis verabschiedet, dass er telefonisch vom Testergebnis informiert werden würde. Und nun bekam er die Hiobsbotschaft. Das Ergebnis machte Peter weniger Sorgen – mit etwas über fünfzig Jahren zählte er sich nicht zur Risikogruppe – als die Tatsache, dass er sich nun laut Aussage der Ärzte mindestens zwei Wochen in häusliche Quarantäne begeben müsse. Aber wohin sollte er gehen? In seiner Sorge dachte er darüber laut nach, worauf die Dame von der Gesundheitsbehörde ihn mit monotoner Stimme darauf aufmerksam machte, dass es für solche Fälle eigens von der Regierung geschaffene Notunterkünfte gebe: „Es handelt sich um vorläufig geschlossene Sportanlagen mit Umkleideräumen und Duschen, die notdürftig für Menschen umfunktioniert wurden, die sich nun in einem ähnlichen Dilemma befinden wie Sie, also ohne Bleibe sind“, erklärte die Stimme. Beiläufig fügte sie hinzu, dass andere Gäste aus jenem Lokal, in dem sich Peter angesteckt haben dürfte, ebenfalls in eine dieser Unterkünfte ziehen würden.

Klaus, schoss es Peter durch den Kopf. Dann ziehe ich womöglich mit Klaus zusammen. Halte ich das nervlich überhaupt durch, zwei Wochen mit der Nervensäge eingesperrt? Peter mochte seinen Freund sehr. Aber nach ein paar Stunden hatte er meist genug von seinem permanenten Geplapper und seinen statistischen Ergüssen über Dinge, die man nicht wissen wollte. Dann dachte Peter an die Ärztin, die er an jenem Abend ebenfalls im Freud getroffen hatte. Würde sie vielleicht auch dort wohnen?

„Wissen Sie zufällig, ob die Dame, die Ärztin, die …“, stammelte er. Die Stimme antwortete: „Ich weiß nicht, wer von diesem Angebot Gebrauch machen wird, wenn Sie das meinen. Wer positiv getestet worden ist und normalerweise in einem betreuten Wohnheim, Altersheim, Kloster oder sonst wo lebt, darf nicht dorthin zurück, sondern muss in eine Notunterkunft mit anderen Infizierten. Ihnen steht dort bei Bedarf auch ärztliche Unterstützung zur Verfügung. Falls Sie persönlich daran Interesse haben, gebe ich Ihnen eine Telefonnummer eines Krisencenters, das sich solcher Fälle annimmt.“ Peter räusperte sich und nahm dankend an. Dabei kam er sich vor wie ein obdachloser Bittsteller, aber das war er ja jetzt wohl auch geworden. Er notierte sich die Nummer, verabschiedete sich und legte auf. Dann packte er seine letzten Habseligkeiten zusammen – die Umzugskartons standen im Keller seiner Mutter – und machte sich auf, um den Schlüssel seiner Wohnung in der Leopoldstadt, in der er sich jahrelang so wohl gefühlt hatte, in ein Postfach zu werfen und sich in eine ungewisse Zukunft zu begeben.

Virus Z

Die beiden Freunde saßen im alten Alfa Romeo, dem einzigen Überbleibsel aus der Zeit, in der Klaus mit seinen brillanten Reportagen und Fotos gut verdient hatte. Bisweilen nützte er das Auto als Schlafplatz. Peter hatte nach seiner Kündigung bei der Zeitung „Unser Land" seinen eigenen Wagen verkauft. Nicht ohne eine gewisse Neugierde fuhren sie ihrem neuen, improvisierten Zuhause entgegen. Wolkenfetzen rasten über den Himmel, ab und zu tanzten ein paar Schneeflocken auf der Windschutzscheibe. Es war Ende März, die Forsythien standen hier am Land, später als in der Hauptstadt, in gelber Blütenpracht. Es war ein eiskalter Frühlingstag. Klaus erzählte, dass er nach seinem Virustest im Unterschied zu Peter sehr wohl auffällige Symptome verspürte.

Laut Informationsblatt, das ihnen per Mail zugeschickt worden war, durften sie nur das Notwendigste, das sie für die kommenden beiden Wochen benötigen würden, mitnehmen. Außer Waschzeug und einer Garderobe zum Wechseln hatte Peter seinen Laptop samt Ladegerät, Mund-Nasen-Schutzmasken und mehrere Flaschen Desinfektionsmittel eingepackt. Für ihn bedeuteten die neuen Hygienebestimmungen keinen Bruch mit seinen Alltagsgewohnheiten. Peter wusch sich am Tag geschätzte vierzig Mal die Hände. Desinfektionsmittel zählten zu seiner Standardausrüstung im Büro, zu Hause und auf Reisen. Klaus hingegen hatte, sehr zu Peters Belustigung, ein tragbares TV-Gerät, mehrere Kisten Bier, ein paar Doppler Rotwein, mehrere Stangen Zigaretten, ein paar Raucherutensilien und einige Papierbriefchen eingesteckt, wie er seinem Freund stolz verkündete.

Als sich die beiden Männer dem Notquartier näherten, das sie mindestens für die nächsten zwei Wochen aneinanderketten sollte, verfiel Klaus in ein lautes Lachen: „Das soll unsere Unterkunft sein? Nicht ihr Ernst!" Mit „ihr" meinte er wohl die Regierung, die für das Quartier aufkam. Sollte das Navigationsgerät, an dem sie sich orientiert hatten, recht behalten, handelte es sich bei der Unterkunft um eine Baracke mit braunem Holzdach, ohne Keller. Vor dem Gebäude befand sich ein großer Sportplatz. Ansonsten war weit und breit kein anderes Haus zu sehen. Klaus stellte seinen Wagen ab, drei weitere Autos befanden sich auf dem kleinen Parkplatz. Er öffnete den Kofferraum und holte das Gepäck heraus.

Als sie an die Türe klopften, öffnete ihnen Eugen. Erfreut begrüßten sie einander. Der Wirt führte sie in einen schmalen Raum, der über eine Kochnische mit ein paar Schränken und einem Kühlschrank verfügte, die wohl für Veranstaltungen bei Sportevents genutzt wurde. Er deutete ihnen, auf einer Bank vor einem Heurigentisch Platz zu nehmen. Bevor Peter sich setzte, wusch er sich gründlich die Hände und packte ein Desinfektionsmittel aus, das er auf den Tisch stellte. Eugen lächelte verstohlen in sich hinein, bot ihnen etwas zu trinken an und machte sie mit den Vorkehrungen und Verhaltensmaßnahmen in der Unterkunft vertraut: „Wir haben absolute Ausgangssperre. Wir dürfen nur hinaus zum Spazieren im Wald oder auf den Sportplatz vor dem Gebäude", erklärte er. „Wir dürfen nicht selbst einkaufen gehen, sondern schreiben eine Liste, die wir den freiwilligen Helfern aus dem Dorf per Mail schicken, oder wir bestellen telefonisch. Sie stellen uns die eingekauften Sachen vor die Haustüre, bezahlt wird durch den Türschlitz. Ihr könnt euch ein Zimmer teilen, es gibt mehrere Räume zur Auswahl, die Damen teilen sich auch einen Raum."

„Welche Damen?", wollte Peter wissen.

Eugen sah ihn verdutzt an: „Erinnerst du dich nicht mehr an Manon, die Ärztin, und Judith, die Diplomatin, die bei euch am Tisch gesessen sind?"

Peter spürte, wie ihm die Röte ins Gesicht stieg. Er hätte nicht gedacht, dass auch die Ärztin sich hier einquartieren lassen würde. „Ist Manon auch ...", begann er.

„Nein, sie ist nicht positiv getestet worden, hat sich aber freiwillig als betreuende Medizinerin gemeldet, als sie erfahren hat, dass ich euch alle angesteckt habe. Sie ist Lungenfachärztin und Virologin." Eugen räusperte sich, bevor er weitersprach: „Ich muss mich bei euch entschuldigen, zu dem Zeitpunkt, als ihr im Freud wart, konnte ich nicht ahnen, dass ich mich infiziert hatte."

„Wie geht es dir gesundheitlich, spürst du irgendwelche Symptome?", fragte Peter besorgt.

„Bisher nicht. Heute war mir ein bisschen schwindlig, aber das kann auch am Wetter liegen." Eugen unterstrich den Einwand mit einer Geste Richtung Himmel.

„Wo kannst du dich angesteckt haben?", wollte Klaus wissen.

„Ich hatte Urlaub, war an verschiedenen Orten. Jener Abend war mein erster und vorläufig letzter Arbeitstag im Freud", erklärte Eugen, während er drei Gläser mit Weißwein füllte. „Daher ist der Kreis der potenziell von mir angesteckten Personen zwar nicht klein, aber immerhin auf einen Tag beschränkbar."

„Und warum bist du nicht in deiner Wohnung geblieben, sondern hast dich hier einquartieren lassen?“

„Ich wohne in einer kleinen Wohnung, die an das Freud angeschlossen ist. Nachdem das Lokal zugesperrt hat, bat man mich, vorläufig auszuziehen. Zudem sei ich hier durch ärztliche Betreuung sicherer, wie man mir in Aussicht gestellt hat.“

„Apropos ärztliche Betreuung. Wo ist die Ärztin eigentlich? Sagtest du nicht, sie sei hier? Und wie geht es Judith? Zeigt sie irgendwelche Symptome?“, wollte Peter wissen.

„Ich schätze, die Damen sind beim Auspacken. Judith geht es gut. Sie hat keine Symptome“, antwortete Eugen und prostete ihnen zu.

„Aber warum ist sie hier? Hat sie keine fixe Unterkunft?“ Peter schaute Eugen verwundert an, während er an seinem Glas nippte.

„Oh doch, sie lebt im gleichen Hotel wie Dimitri, wenn sie nicht gerade im Ausland unterwegs ist. Doch weil alle Herbergen schließen mussten, haben sie und Dimitri das Angebot, sich hier niederzulassen, dankbar angenommen. Ihr macht so etwas nichts aus. Sie hat ihre Sachen gepackt und ist gemeinsam mit dem Russen hergefahren. Zudem wusste sie, dass sie hier eine gut ausgebildete Ärztin betreuen würde, sollten bei ihr Probleme auftreten“, erklärte Eugen.

Die Türe wurde geöffnet und Leonardo, der junge Priester, und Dimitri, der Backgammonspieler, betraten den Raum. Die Männer freuten sich über die Neuankömmlinge und nahmen ebenfalls Platz. Eugen, ganz in seiner Rolle als Gastronom, bewirtete die Runde. Dimitri und Leonardo waren am Vortag angereist. Beide zeigten ebenfalls keine Symptome. Leonardo gab an, in einem Kloster zu leben, wo Infizierte von Gesunden getrennt worden waren.

„Was habt ihr alles hierher mitgenommen?“ Klaus war wieder einmal neugierig.

„Mein Backgammonbrett und Rätselhefte“, verriet Dimitri.

„Nicht überraschend“, entgegnete Klaus. „Aber wofür Rätsel?“

„Das ist mein Hobby. Ich erstelle mathematische Rätsel und veröffentliche sie in Fachzeitschriften, für die auch andere Denker Rätsel entwerfen. Die wiederum ich zu lösen versuche.“

„Du musst ganz schön schlau sein.“ Klaus sah ihn bewundernd an.

„Welche Schätze hast du mitgebracht?“ Dimitri musterte Eugen herausfordernd.

„Nichts Besonderes. Hanteln und zwei Kisten Bier“, antwortete dieser.

„Und du, was hast du mit, außer der Bibel?“ Die Frage galt dem Priester, der sofort rot anlief.

„Essensvorräte.“ Die Antwort war knapp.

„Was für Essensvorräte?“, bohrte Klaus nach.

„Schau mal in die Vorratskästen“, rief Eugen und öffnete einen der Kästen in der Kochnische. Darin befanden sich neben Gläsern mit Gänseleber Teigwaren in verschiedenen Varianten, eingelegtes Gemüse, Olivenöl und vieles mehr. Auch der Kühlschrank war vollgestopft mit Delikatessen. Zudem standen in der Ecke mehrere Rotweinflaschen. Klaus pfiff durch die Zähne.

„Und das lernt ihr alles im Kloster? Völlern?“, fragte er süffisant. Wieder lief Leonardo rot an. „Eben nicht, darum nütze ich die Situation jetzt, um endlich etwas Vernünftiges zu essen.“ Die Antwort wurde mit lautem Gejohle quittiert, als sich die Türe zur Kantine abermals öffnete und die beiden

Damen den Raum betraten. Um Manon herum tänzelte ein kleiner, rötlich-braun-weißer Hund mit spitzen Ohren und lustigen Augen, der augenscheinlich beschäftigt werden wollte. Sofort wurde es still im Raum. Manon sah zauberhaft aus, obwohl sie einen Jogginganzug und Hauspatschen trug. Ihre Lippen waren leicht rot bemalt, ihr Gesicht hatte einen frischen Teint, ihr Haar war zu einem widerspenstigen Pferdeschwanz zusammengebunden. Die Männer standen auf und boten den Damen Platz an. Eugen stellte einen Stuhl ans Kopfende des Heurigentischs und nahm dort Platz.

„Gehört der Hund dir?", wollte Klaus von Manon wissen.

„Ja, das ist Molly, ein Australian Shepherd. Sie braucht viel Auslauf".

„Sind das nicht diese Zirkushunde?", wollte Klaus wissen und stellte eine kleine Schüssel mit Wasser auf den Boden.

„Eigentlich sind es Hüterhunde, aber sie sind sehr geschickt und intelligent, brauchen Zuwendung und Spiel. Darum sind sie auch beliebte Familienhunde", erklärte Manon, während sie Molly, die dankbar vom Wasser trank, über das Fell strich.

„Dann öffnen wir doch einmal eine Flasche Rotwein", schlug Klaus vor. Leonardo erhob sich und holte stattdessen eine Bouteille Süßwein aus der Ecke, dazu ein Glas Gänseleber und einen großen Wecken noch relativ frischen Weißbrots.

Peter, der bis dahin ruhig geblieben war, richtete sein Wort an Manon: „Wieso bist du wirklich hier? Warum machst du freiwillig Dienst für eine Gruppe von Leuten, die du kaum kennst?"

„Erstens, weil ich gerne Dienst an den Menschen leiste, sonst hätte ich diesen Beruf nicht ergriffen. Zweitens, weil es sich gerade angeboten hat, und drittens, weil ich nichts Besseres zu tun habe im Moment", so die vage Antwort.

Klaus war das zu ungenau, und so bohrte er weiter. „Wie kann eine attraktive junge Frau wie du nichts Besseres zu tun haben?“ Erst antwortete Manon nicht, sondern stocherte verbissen mit einem Kugelschreiber, der vor ihr lag, auf der Tischplatte herum und streichelte mit der anderen Hand Molly, die es sich neben ihren Füßen bequem gemacht hatte. Schließlich sagte sie gedehnt: „Weil mich mein Mann vor kurzem verlassen hat und ich nicht weiß, wohin.“ Die Runde schaute betroffen, keiner sprach ein Wort. Dann erhob Klaus sein Glas und prostete der Gesellschaft zu. Die Runde tat es ihm gleich.

Nach einem kräftigen Schluck holte Klaus den Fernseher, den er noch nicht ausgepackt hatte, aus dem Auto und kam grinsend zurück. Seine Augen und der Geruch, der ihn umgab, verrieten, dass er draußen einen Joint geraucht hatte. Flink stellte er das Gerät auf eine der Küchenkommoden. „Für die Nachrichten“, quittierte er die fragenden Blicke aus der Runde. „Ich habe mich vorher informiert, wir können hier alle Sender empfangen“, erklärte er seinen Mitbewohnern.

Gerade hatten die Abendnachrichten angefangen. Der Moderator teilte den Zuschauern mit, dass sich die Zahl der Infizierten im Land verdoppelt habe, die Anzahl der Toten weiter gestiegen sei.

„Wie werden die Zahlen überhaupt erhoben?“, fragte Peter in die Runde, weil er sich selbst noch nicht wirklich mit der Erfassung der Daten von Infizierten beschäftigt hatte.

„Bei uns fließen, so wie in Italien, alle Verstorbenen, die zuvor positiv getestet worden sind, in die Statistik mit ein – ganz unabhängig vom Vorliegen von Grunderkrankungen“, antwortete ihm Dimitri, der sich liebend gerne mit Zahlen beschäftigte, und ergänzte: „Es gibt einen Unterschied zwischen ‚mit‘ und ‚an‘ dem Virus sterben. Bei uns werden immer jene

Todeszahlen kolportiert, die Menschen betreffen, welche ‚mit' dem Virus verstorben sind."

„Das schließt dann auch jemanden mit ein, der positiv getestet wurde und an einem Herzinfarkt gestorben ist", versuchte Peter zu verstehen. Dimitri nickte.

„Frechheit, das machen sie doch nur, damit die Zahl der Toten höher ist und sie die Maßnahmen rechtfertigen können!", rief Eugen aus.

„Eigentlich müsste man bei der Kommunikation zur Anzahl der positiv Getesteten jeweils die Anzahl der vorgenommenen Tests angeben. Sonst ist das Ergebnis verzerrt", gab Peter zu bedenken. Und er stellte die Frage in den Raum: „Ist das nicht ein bisschen Faktenfälschung?"

„Wir haben eine Pandemie. Nicht die erste und nicht die letzte. Die Regierung setzt zur Bekämpfung völlig übertriebene Methoden ein und verordnet einen Stillstand, der mit an Sicherheit grenzender Wahrscheinlichkeit zum wirtschaftlichen Niedergang des Landes führen wird!" Mit diesen Worten war Eugen aufgesprungen und ließ seinem Ärger freien Lauf. „Allein für die Kosten der Abschottung und Behandlung der Virus-Z-Intensivpatienten brauchen wir eine funktionierende Wirtschaft mit entsprechenden Steuereinnahmen. Die Maßnahmen, die gesetzt wurden, treffen die Falschen und treiben diejenigen, die am Ende die Rechnung bezahlen müssen, in den Ruin", ergänzte er.

„Das Virus stellt vor allem für bestimmte Risikogruppen eine Bedrohung dar. Warum bündeln wir nicht all unsere Kräfte für die systematische Isolation genau dieser Menschen?", pflichtete Judith Eugen bei. Auch sie schien aufgebracht zu sein.

„Was erreicht denn die Regierung mit ihrem verordneten Distanzhalten auf der einen Seite, Zusammengepferchtsein in kleinen Wohnungen auf der anderen Seite, außer dass das zu Exzessen häuslicher Gewalt und steigenden Depressionsraten inklusive Zunahme von Suizidfällen führt?" Judith war jetzt in Rage, schenkte sich ein Glas Rotwein ein und ergänzte: „Auf welchen Erkenntnissen beruhen denn die ganzen Maßnahmen inklusive Ausgangssperren, Geschäftsschließungen und so weiter? Es fehlen Fakten und gesicherte Handlungsweisen, also wird ein Angstpegel erzeugt, der für Herdendisziplin sorgen soll. Und damit die Bevölkerung ja kuscht, werden Angstbilder an die Wand gemalt. Und was machen wir? Wir folgen einer großen Führerin, die im Eilverfahren irgendwelche Gesetze erlässt, damit sie ja die Erste weltweit ist, die gehandelt hat, damit sie ihr Gewissen beruhigt und wiedergewählt wird."

„Dass sie damit die Wirtschaft ruiniert, das kümmert sie wenig, wenn sie nur vor einer künftigen Wahl behaupten kann, sie habe Hunderttausende Menschenleben gerettet", ergänzte Eugen Judiths Ausführungen, während er am Herd mit einem Topf Pasta hantierte.

Jetzt schaltete sich Peter ein: „Man muss das differenzierter sehen. Erstens, wir haben es mit einem Virus zu tun, das viel ansteckender ist als alle bisher da gewesenen ähnlichen Viren. Zweitens, als Politiker trägt man eine hohe Verantwortung. Und unsere Gesellschaft ist zum Glück so aufgebaut, dass die Gesunden und Starken die Kranken, Alten und Schwachen unterstützen. Das ist ein Teil unseres Gesellschaftsvertrags. Das ist eine Errungenschaft, die extrem wertvoll ist. Ich will nicht in der Position sein, solche Entscheidungen zu treffen: Wem füge ich mehr Schaden zu? Einigen Tausenden, deren Leben ich riskiere, oder Millionen, deren Wohlstand ich aufs Spiel setze?"

„Wofür würdest du dich entscheiden, wenn du zwischen Gesundheit und Wohlstand wählen müsstest?“, wollte Klaus von seinem Freund wissen.

„Ich würde mich für die Gesundheit entscheiden“, antwortete Peter ohne nachzudenken. „Und du?“, gab er zurück.

„Ich auch“, sagte Klaus.

Eugen widersprach den beiden: „Bei den Toten – Gott habe sie selig – handelt es sich vorwiegend um Menschen, die entweder sehr alt oder sehr krank waren. Wegen dieser Menschen das Leben von Millionen anderer zu verschlechtern, vielleicht sogar zu gefährden, ist Wahnsinn.“

„Wieso gefährden?“, wollte Peter wissen.

„Na ja, wenn viele Operationen verschoben oder abgesagt werden, aus Angst, zu wenige Spitalsbetten für Viren-Opfer zu haben, dann ist das lebensgefährdend. Zudem steigt in solchen Krisenzeiten die Suizidrate tatsächlich. Und es wird eine große Anzahl von wirtschaftlichen Opfern geben, die am Existenzminimum leben werden müssen.“

„Die weltweit jährlich Millionen Toten durch Infektionskrankheiten und multiresistente Krankenhauskeime lassen die Menschheit kalt. Für deren Bekämpfung werden nicht einfach so mir nichts, dir nichts Millionen von Euro locker gemacht“, ergriff Dimitri das Wort. Und er setzte fort: „Uns Bürgern wird Angst gemacht. Bewusst. Politiker sprachen vom schrecklichen Erstickungstod der Virus-Z-Infizierten, weil jeder Mensch eine Urangst vor dem Ersticken hat.“

„Da muss ich euch jetzt aber widersprechen“, fuhr Peter dazwischen, der gerne die Meinung der Opposition vertrat, wenn sie ihm nur vernünftig erschien. „Erstens“, begann er erneut seine Argumente aufzuzählen und wandte sich an Eugen und Judith, „das Virus ruft irreparable Lungenschäden hervor und ist noch gefährlicher als andere Viren, die wir bis jetzt kennen. Zweitens: Gefährdet sind nicht nur ein paar Pensionisten, die Asthma, eine Raucherlunge oder Diabetes haben, sondern ein weit größerer Anteil der Bevölkerung, durchaus auch viele jüngere Leute mit Vorerkrankungen. Selbst unter den Jungen könnte es immer noch Tausende Tote geben, würde man die Maßnahmen lockerer handhaben, und somit würde ohnehin eine Wirtschaftskrise ausbrechen." Peter holte tief Luft und wandte sich an Dimitri. „Und außerdem: Würdest du politisch verantwortlich sein, hättest du ab einem gewissen Punkt vielleicht auch einfach alles zugesperrt. Die Regierung hat ohnehin lange genug zugewartet und auf Eigenverantwortung gesetzt."

„Sehen wir die Lage doch einmal positiv", ergriff Manon, die sich bis dahin ruhig verhalten hatte, das Wort. „Der Umstand, dass es der Menschheit in kürzester Zeit gelungen ist, Testmethoden für die Viren-Infektion zu entwickeln, die Testwerkzeuge millionenfach zu produzieren und weltweit zu verteilen, zeigt die ungeheuren Möglichkeiten der Forschung und Industrie auf und sollte uns Mut machen, in uns den Glauben wachsen lassen, dass wir in gemeinsamer Anstrengung diese Krise meistern werden."

„Das ist richtig", pflichtete Peter ihr bei.

„Erstaunlicherweise wundert sich aber niemand darüber, wie schnell diese unfassbare Leistung zuwege gebracht wurde und wir in Rekordgeschwindigkeit offenbar ausreichend Testmaterial zur Verfügung hatten", ergänzte Manon ihre Ausführungen. „Und vielleicht, vielleicht gibt es sogar in Kürze eine Impfung gegen das Virus", mutmaßte sie.

Leonardo hielt sich als Einziger aus der Diskussion heraus, gähnte scheinbar demonstrativ, als wollte er das Gespräch bewusst beenden. Doch Judith ließ nicht locker: „Manon, du als Virologin müsstest uns doch darüber aufklären können: Was ist an der Behauptung dran, dass diese Pandemie sich nur unmerklich von vergangenen starken Influenza-Epidemien unterscheidet und einfach nur medial hochgespielt wird?"

„Was für eine Virologin bist du eigentlich? Ich meine, was ist dein Fachgebiet?", wollte Klaus von der Ärztin wissen.

„Na ja, eigentlich bin ich Spezialistin für molekulargenetische Diagnosemethoden und habe auch für die Weltgesundheitsorganisation gearbeitet." Man sah den Männern am Tisch an, welchen überraschenden Effekt dieses Outing auf sie hatte. Nur Eugen, der sich wieder erinnern konnte, dass Manon ihm das bereits erzählt hatte, stand auf, um jedem am Tisch eine Portion von der Pasta, die er nebenbei gekocht hatte, zu servieren.

Manon wehrte mit einer Geste auf ihren Bauch, die wohl bedeuten sollte, dass sie bereits gegessen hatte, ab.

„Aber zurück zu deiner Frage von vorhin." Die Ärztin wandte sich Judith zu. „Das Virus Z zählt, so wie das SARS-Virus, zu den Coronaviren. Nur greift es vor allem auch das Herz-Kreislauf-System an."

„Was war noch einmal das SARS-Virus?", unterbrach sie Dimitri, während er gierig von seiner heißen Pasta aß.

„Wir erinnern uns", antwortete Manon. „Im Frühjahr 2003 löste eine ebenfalls aus China stammende Lungenkrankheit eine Massenerkrankung aus."

„Was bedeutet SARS noch einmal?", wollte Dimitri wissen.

„Schweres Akutes Respiratorisches Syndrom. Ein Virus, das von einem Tier auf den Menschen übergesprungen ist, hat das Ganze ausgelöst. Es handelte sich um ein völlig neuartiges Virus, eben aus der Familie der Coronaviren."

„Was sind eigentlich Coronaviren?" Das war wieder Dimitri, der seinen Teller schon fast leergegessen hatte.

„Coronaviren sind ursprünglich harmlose Erreger, die Erkältungen beim Menschen und auch eine Reihe von Tierkrankheiten hervorrufen. Besonders häufig kommen sie in Fledermäusen vor, lösen dort aber keine Symptome aus. Zu den sogenannten SARS-Viren zählen auch die Vogelgrippe, Schweinegrippe oder Ebola. Bei diesen Viren, die man auch ‚Zoonosen' nennt, infiziert ein auf Tiere spezialisierter Erreger plötzlich auch Menschen. Nach diesem Wirtswechsel kann sich das Virus besonders schnell verbreiten. Das nun grassierende Virus wurde über Fledermäuse auf den Menschen übertragen." Manon nahm ihr Weinglas und machte einen großen Schluck. Klaus beeilte sich, ihr nachzuschenken, was sie mit einem dankbaren Nicken quittierte.

„Und wie schaffen die Viren überhaupt diesen Sprung über die Artgrenze?" Diesmal war es Peter, der Manons Pause nützte, um eine Frage zu stellen. Auch er nippte an seinem Glas.

„Ein Virus muss sich genetisch verändern, um menschliche Zellen befallen zu können. Dabei muss es erst in diese eindringen und dann das dortige Immunsystem überwinden." Wieder führte Manon ihr Glas zum Mund.

„Aber wie kann so ein Virus das Immunsystem überwinden? Und was macht das Virus mit einer Zelle, sodass diese krank wird?", wollte Peter wissen. Alle, außer Leonardo, der mit dem zweiten Teller Pasta beschäftigt war, starrten jetzt noch konzentrierter auf Manon.

Die Ärztin wirkte gelassen. Das war ihr Fachgebiet. Hier fühlte sie sich augenscheinlich sicher.

„Das SARS-Virus bewirkt, dass ein bestimmtes Protein, das normalerweise unsere Lunge vor Schäden schützt, abgebaut wird. Zusätzlich wehrt das Virus durch sogenannte ‚Spikes' an der Oberfläche Antikörper des menschlichen Immunsystems ab, die ihm gefährlich werden könnten", erklärte sie in einem sanften Ton und streichelte dabei Molly, die aufgesprungen war und sich auf ihrem Schoß platziert hatte.

„Deshalb wird dieses Virus immer mit solchen seltsamen Zacken abgebildet!", fiel Klaus ein.

„Genau. Wir haben es mit Atemwegserregern zu tun, die durch die leichte Übertragung dann bei vielen Menschen gleichzeitig auftreten. Das Teuflische ist die stille Verbreitung des Virus. Wenn man die Ausbreitung verlangsamt, kann man damit besser umgehen."

„Darum diese Vorsichtsmaßnahmen der Regierung", ergänzte Peter.

Manon nickte zustimmend und sprach weiter: „Das aktuelle Virus ist ein sogenanntes RNS-Virus – RNS steht für Ribonukleinsäure –, ein winziges, sehr einfach ausgebautes Partikel. Es gilt nicht als Lebewesen, und es braucht eben eine Wirtszelle."

Molly war von Manons Schoß gesprungen und schwänzelte jetzt um Leonardo, der immer noch genüsslich von der Pasta aß, herum. Unauffällig legte er ihr immer wieder eine Gabel der Köstlichkeit auf den Fußboden, ohne den Ausführungen von Manon Beachtung zu schenken.

„Ihr müsst es euch so vorstellen", setzte Manon ihre Lektion fort. „Die Hülle ist sehr einfach aufgebaut: Außen hat es diese Spikes. Im Inneren ist es ringförmig." Die Ärztin hatte ihre Hände und einen Serviettenring zu Hilfe genommen, um ihre Erklärungen für die Anwesenden bildlich zu unterstreichen. Dabei fuhr sie weiter fort: „Die Boten-RNS tritt in unsere Zellen ein und sorgt dafür, dass sie aus Versehen Viren produzieren."

Manon machte eine kurze Pause und nahm erneut einen Schluck aus ihrem Rotweinglas.

Alle außer Leonardo, der immer noch mit seinem Essen und Molly beschäftigt war, hatten den Ausführungen aufmerksam gelauscht.

„Und was bewirken dann Impfstoffe gegen das Virus?“ Peter war gedanklich bereits einen Schritt weiter.

„RNS-Impfstoffe manipulieren die Boten-RNS des Virus so, dass sie von unseren Zellen angenommen wird. Der Körper stellt virale Proteine her, die in die Blutbahn abgegeben werden. Unser Körper entwickelt dann Antikörper dagegen.“ Hier stoppte Manon. Sie merkte, dass ihre Erklärungen manche ihrer neuen Freunde verwirrten. Mit einem Seufzer sah sie sich nach Molly um, die gerade Leonardos Hand abschleckte, nachdem sie mit ihrer Mahlzeit fertig war.

„Aber jetzt ist Schluss für heute. Sonst komme ich mir noch vor wie eine Lehrerin im Klassenzimmer. Ich bin hundemüde.“

Manon trank ihr Glas in einem Zug leer und stand abrupt auf. Sofort sprang Molly zu ihr. Der Rest der Runde blieb sitzen, nur Peter, ganz Gentleman, erhob sich ebenfalls.

„Eine Frage habe ich noch an dich, Manon“, richtete er das Wort an sie, während er ihr behilflich war, ein paar leere Teller vom Tisch zu räumen, und sich die restlichen Anwesenden lautstark weiter über das Virus unterhielten. Sie schaute ihn fragend an.

„Warum hast du vorhin gesagt, dass du es eigenartig findest, dass sich keiner darüber wundert, wie schnell Tests zur Feststellung des Virus entwickelt wurden und wie schnell offenbar ausreichend Testmaterial zur Verfügung stand? Du hast das so gesagt, als wäre das tatsächlich ein sonderbares Phänomen und eigentlich hinterfragenswert. Was meintest du damit genau?“

„Du bist Journalist, richtig?“, stellte Manon ihm eine Gegenfrage, die eher rhetorisch klang. Peter nickte und konzentrierte sich dabei darauf, nicht rot zu werden.

„Es gibt da viele Ungereimtheiten rund um dieses Virus, um die Tests und um mögliche Impfungen, aber darüber können wir uns ein anderes Mal unterhalten.“ Das klang nicht so, als würde Manon das ernst meinen.

Peter wollte die Ärztin zu ihrem Zimmer begleiten, doch sie beeilte ich, ihm zu erklären, dass sie alleine, und auch im Dunklen, in den ihr zugeteilten Schlafraum finden würde. Zudem würde sie noch eine Runde mit Molly ums Haus machen.

Peter drehte sich um und ging an der Tischgesellschaft vorbei, die bei ihrer hitzigen Diskussion um die Richtigkeit der Maßnahmen zur Eindämmung der Pandemie immer lauter geworden war, hinaus in die schwarze, feuchte Nacht. Von drinnen hörte er lautes Gelächter und Gegröle. Die Stimme von Klaus stach besonders hervor, anscheinend hatte er wieder einmal einen seiner Schwänke zum Besten gegeben. Peter schmunzelte bei dem Gedanken. Er kramte die Zigarettenpackung aus der Jackentasche und zündete sich eine an. Dann nahm er einen tiefen Zug, blickte verträumt in den dunkelblauen Nachthimmel und lächelte erneut, als er den Abendstern erblickte und ein Kribbeln in der Magengrube verspürte, das ihn an Hochschaubahnfahren erinnerte. Da bemerkte er einen Motorradfahrer mit Visierhelm, der unter einer Straßenlaterne gegenüber der Baracke auf seiner Maschine saß und zu ihm hinüberblickte. „Die Landjugend“, dachte er, als der Fahrer plötzlich sein Gefährt anließ und mit heulendem Motor davonraste. Wieder zerriss ein Schwall lautes Gelächter, aus der Baracke kommend, die Nachtstille. Die Luft roch nach Frühling. Das verstärkte Peters unbestimmtes Kribbeln in der Magengegend.

Fieber

Peter Malaschofsky erwachte am nächsten Morgen relativ früh, wie ein Blick auf sein Handy zeigte. Seit der Scheidung von seiner großen Liebe Barbara schlief er schlecht. Vielleicht hatten seine Schlafprobleme aber auch einfach etwas mit seinem Alter zu tun, immerhin hatte er vor rund zwei Jahren den Fünfziger überschritten. Dafür war er recht gut in Form: kaum graue Haare, keine Glatze, ein paar Sorgenfalten auf der Stirn, einige Lachfalten um die Augen. Viele Frauen fühlten sich wegen seines ebenmäßigen Gesichts und seines Körperbaus – er war fast 1,90 Meter groß und relativ schlank – zu ihm hingezogen, was er meist gar nicht bemerkte. Überhaupt war Peter Malaschofsky ein eher introvertierter Typ. Seine Kondition und die paar auftrainierten Muskeln, die seinen Beinen und dem Oberkörper schmeichelten, waren hart erkämpft. Regelmäßig ging er ins Fitnesscenter oder joggen, die Waage war sein täglicher Begleiter. Im Vergleich zu seinen gleichaltrigen Freunden und Bekannten konnte er sogar noch als Mittvierziger durchgehen. Aber vielleicht lag das daran, dass die meisten von ihnen Kinder hatten. Das kostete Nerven und Kraft.

Dem Vergleich mit seinem besten Freund Klaus hielt er auf jeden Fall leicht stand. Aber das war nicht allzu schwer, so wie dieser seinen Lebensstil gestaltete. Sport war ihm genauso fremd wie gesundes Essen, was seiner kleinen, untersetzten Statur nicht wirklich guttat. In den letzten beiden Jahren hatte Klaus auch einige Haare eingebüßt, sodass er mittlerweile den leichten Ansatz einer Glatze aufwies. Sein Charme machte sein Aussehen aber wieder mehr als wett, die Frauen flogen ihm deshalb immer noch zu. Seine liebsten Hobbys? Alkohol trinken, Joints rauchen, ab und zu, wenn es die Geldbörse zuließ, etwas weißes Pulver. Dafür war Klaus ungeheuer belesen und an vielen anderen Dingen interessiert. Oft wunderte sich Peter, wie viel Wissen er sich im Laufe seines Lebens angeeignet hatte. Meist war dieses Wissen zwar unnütz, aber immerhin. Bei jedem Thema konnte er mitreden, konnte komplexe Verbindungen herstellen. Dafür beneidete ihn Peter manchmal, vor allem in der Journalistenbranche war diese Eigenschaft mehr als vorteilhaft. Ungebildet war Peter auch nicht. Vielleicht traute er sich bei vielen Themen einfach nicht zu, mitreden zu können. Erst wenn er wirklich sattelfest war, konnte er überzeugend Stellung beziehen. Er war ein eher schüchterner Mensch. Es fehlte ihm ganz einfach eine Portion Imponiergehabe. Eine Eigenschaft, die vielen Männern anscheinend in die Wiege gelegt wurde. Vor allem Klaus.

Apropos Klaus: Peters Freund, mit dem er sich eine geräumige Umkleidekabine teilte, die zu einem Schlafraum mit zwei Notbetten umfunktioniert worden war, lag nicht in seinem Bett. Entweder hatte er die Nacht durchgemacht, was für ihn nicht ungewöhnlich war, oder er war ausnahmsweise früh aufgestanden. Das Bett wirkte benützt, also tippte Peter auf Letzteres. Aus den anderen Umkleidekabinen und auch vom Clubraum her, in dem sie am Vorabend gegessen und getrunken hatten, drang kein Geräusch. Er stand auf, kramte eines seiner mitgebrachten Handtücher und sein Waschzeug aus seiner Sporttasche und begab sich in den angrenzenden Duschraum. Nach einer ausgiebigen Morgentoilette zog er Jeans, Kapuzenpulli und Sneakers an und ging in den Clubraum, nicht ohne sein Bett in Ordnung gebracht zu haben.

Dem köstlichen Geruch nach dürfte jemand bereits Kaffee zubereitet haben. Tatsächlich stand eine Thermoskanne voll des heißen Getränks neben dem Herd. Peter schenkte sich eine Tasse ein und nahm zufrieden einen großen Schluck, während er sich neugierig im Raum umsah.

Vor der Kochnische war eine hohe Holzbar aufgebaut. Auf ihrer blitzblauen Tischplatte standen halbvolle Aschenbecher. Die Wand über der Spüle war mit einer grasgrünen PVC-Platte abgedeckt. Durch ein großes Fenster, das von weißroten Blumenvorhängen umrahmt war und vermutlich zum Durchreichen von Speisen zur Zuschauertribüne hin diente, sah man auf den Fußballplatz. Ansonsten umgaben weiße Küchenschränke, auf denen Plastikbecher, Tabletts, eine kleine Kühlvitrine und ein handliches Mikrowellengerät standen, die Nische; auf dem Boden eine leere Kiste Bier, anscheinend ein Überbleibsel aus der Zeit vor der Pandemie. Neben der Eingangstüre befanden sich drei Heurigentische samt -bänke. Hier war die Leidensgemeinschaft am Vorabend beisammengesessen. Über den Tischen hing ein Plakat mit Logos der Sponsoren des Sportvereins, daneben gab es ein Bord mit Pokalen. Vermutlich die sichtbaren Triumphe über die benachbarten Vereine.

Als er gerade hinausgehen wollte, um die Gegend zu erkunden, erschrak Peter: Hinter ihm stand Judith. Sie war unbemerkt eingetreten und sah picobello aus, duftete nach einem angenehmen Parfum. Ihr kurzes, gewelltes Haar war so zurechtgemacht, als käme sie direkt vom Friseur. Judith trug eine elegante schwarze Hose, dazu eine weiße Bluse und dunkle Weste, flache, bequeme Schuhe sowie goldene Ohrringe. Ihre dicke Winterjacke hielt sie in der Hand.

„Guten Morgen", begrüßte Peter sie und bot ihr Kaffee an. „Gut geschlafen?"

„Manon redet in der Nacht wirres Zeug, wälzt sich im Schlaf hin und her. Aber ansonsten, ja." Und mit einer unbestimmten Handbewegung stellte Judith fest: „Sieht so aus, als hätten die Spieler die Anlage fluchtartig verlassen."

Tatsächlich wirkte der Raum nicht besonders aufgeräumt. Gemeinsam putzten sie schweigend Schränke und Tische und räumten herumstehende Kisten und Aschenbecher weg. Dann kündigte Judith an, einen kleinen Morgenspaziergang zu machen. Peter schnappte sich seine Daunenjacke und ging mit seiner Kaffeetasse ebenfalls ins Freie, um die Anlage bei einem Rundgang zu inspizieren.

Die Luft war kühl und windig. Hoch über ihm jagten graue Wolken in rasender Geschwindigkeit vorüber. Es war eine gewöhnliche Sportanlage, wie es sie zuhauf gab. Auf dem von viel Gebüsch umgebenen Parkplatz standen die Autos der Bewohner. Neben dem Eingang, über dem in großen Lettern „Kantine" stand, befand sich eine Türe mit der Aufschrift „Heim", daneben eine mit „Gäste". Wenige Meter weiter befand sich eine weitere Türe mit der Aufschrift „Schiedsrichter". Vermutlich der Schlafraum der beiden Damen. Die Fensterjalousien der Umkleidekabinen waren zugezogen.

Peter ging ums Haus zum großen Sportplatz, den er am Vorabend nicht wirklich wahrgenommen hatte, weil die Sonne bereits untergegangen war. Auf dieser Seite des Hauses betraten die Zuschauer wohl für gewöhnlich die Tribünen. Am

Ende des Platzes begann ein großer Nadelwald, wie aufgefädelt standen die Bäume dicht aneinander. An einem Pfosten vor dem Zugang hing ein in Plastik gehülltes A4-Blatt. In roten, leicht verronnenen Buchstaben stand darauf geschrieben:

„SPORTPLATZ BIS AUF WEITERES WEGEN VIRUSAUSBREITUNGSGEFAHR GESPERRT!!!"

Auf einer Bank lag ein vermutlich von einem vergesslichen Spieler liegengelassenes Sporttrikot, aus den Mistkübeln ragten leere Pizzakartons und Getränkedosen. Peter schlenderte um die Ecke. Von einer überdachten Terrasse aus, auf der sich Stehtische und Heizschwämme befanden, gelangte man in den Clubraum mit der Durchreiche fürs Buffet. Das sich auf dem Boden angesammelte Laub tanzte bei jedem Windstoß. Von hier aus hatte man einen schönen Ausblick auf den Wald. In der Ferne sah Peter einen Campingplatz mit zwei Wohnmobilen, dahinter blitzten die Dächer der ersten Häuser des Dorfs auf.

Bei diesem Sauwetter möchte ich nicht campen, dachte er, während er seine Tasse leertrank und zurück zum Eingang schlenderte. Da bemerkte er Eugen. Der Wirt kam gerade hustend aus dem Clubraum. Er konnte Peter nicht sehen, weil er angestrengt in die entgegengesetzte Richtung spähte, als erwarte er jemanden. Er trug einen Jogginganzug, der ihm etwas zu groß war.

Als Peter ihn begrüßte, fuhr Eugen herum, als habe man ihn bei etwas Verbotenem ertappt.

„Wie geht es dir gesundheitlich?", wollte Peter von dem Wirt wissen.

„Das Husten hat heute Nacht angefangen", antwortete Eugen und hustete erneut, während er sich seinen Ellbogen vor den Mund hielt.

„Du solltest dich von Manon untersuchen und Fieber messen lassen. Ich als Laie würde dir raten, im Bett zu bleiben“, stellte Peter mit einem besorgten Blick auf den Älteren fest.

„Du hast recht. Ich wollte nur kurz frische Luft schnappen. Habe die Ärztin gerade gesucht. Hast du sie vielleicht gesehen?“, wollte Eugen wissen.

„Nein, wahrscheinlich dreht sie mit Molly eine Morgenrunde“, antwortete Peter und zog seine Jacke aus, um sie Eugen über die Schultern zu hängen.

„Wie lange kennst du Manon eigentlich schon?“ Die Frage klang weniger beiläufig, als er wollte.

„Noch nicht so lange. Sie war ein paar Mal im Freud. Sie hat mir wenig von sich erzählt. Nur, dass sie Virologin ist und ihre Eltern um die Ecke vom Lokal wohnen.“ Dankbar schlüpfte Eugen in die Jacke.

„Was hat sie sonst so erzählt?“, bohrte Peter weiter. „War sie einmal mit ihrem Exmann dort?“

„Im Freud? Nein. In solche Lokale wäre der wahrscheinlich nie gegangen. Der muss stinkreich sein. Aber ...“, Eugen stockte und fuhr dann umständlich fort, „ich erinnere mich, wie sie das letzte Mal im Lokal war. Das ist gar nicht so lange her. Ich habe mir jedes Detail gemerkt, weil ich an jenem Abend relativ wenig zu tun hatte und mir ihr Verhalten äußerst merkwürdig vorkam. Und“, wieder stockte er, „weil sie mir ja sehr gut gefällt.“

„Ja, und woran erinnerst du dich genau?“ Peter war jetzt neugierig geworden.

„Ich beobachtete sie aus den Augenwinkeln. Sie saß alleine am Tisch, vor sich eine Blume. Sie wirkte ängstlich und angespannt.“ Dank seines Berufs hatte Eugen ein Gedächtnis wie ein Elefant. Vor allem, wenn ihn die Gäste interessierten. Seine

Erzählung wurde von einem erneuten Hustenanfall unterbrochen, bevor er fortfuhr: „Jedes Mal, wenn die Türe aufging, wanderte ihr Blick dorthin. Und jedes Mal, wenn neue Gäste kamen, senkte sie enttäuscht den Kopf. Die Wahrscheinlichkeit, dass ihre Verabredung erscheinen würde, sank von Minute zu Minute."

Wieder hustete Eugen. Diesmal dauerte es länger, bis er sich erholte. Peter drängte energisch darauf, ins Gebäude zurückzugehen. Der Wirt nahm an der Bar Platz, sein Husten hatte sich wieder beruhigt. Von einem der Waschräume her hörte man das fröhliche Plätschern einer Dusche. Peter brachte Eugen ein Glas Wasser. Aufmunternd sah er ihn an: „Du warst dabei stehengeblieben, wie Manon wartete."

„Ja, richtig." Eugen schnäuzte sich in eine Serviette, die auf der Bar lag, dann fuhr er fort: „Ich war kurz abgelenkt, meine Konzentration galt den Neuankömmlingen. Als ich das nächste Mal den Kopf zu ihr drehte, war sie nicht mehr alleine am Tisch. Ein Gast, den ich schon mehrmals im Freud gesehen hatte, saß nun bei ihr und redete auf sie ein. Ich konnte nur Wortfetzen des Monologs verstehen – es ging um fachmedizinische Ausdrücke. Unverzüglich trat ich an den Tisch heran und fragte den Gast nach seinen Wünschen. Er gab mir zu verstehen, dass er schon länger im Lokal sei und bei einem Kellner bestellt hatte. Irgendetwas machte mich stutzig. War es die Tatsache, dass er Manon anscheinend von einem anderen Tisch aus beobachtet hatte, während sie nervös auf ihn gewartet hatte? Ich hatte allerdings den Eindruck, als hätte sie jemand anderen erwartet." Damit endete Eugens Erzählung.

„Das ist alles?", wollte Peter wissen, während er eine Pfanne für die Zubereitung von Omeletten auf die Herdplatte stellte. Im Kühlschrank hatte er Butter, Eier und Schinken gefunden.

„Käse." Eugen deutete auf den Kühlschrank. Peter drehte sich um: „Wie bitte?"

„Es gibt Cheddarkäse im Kühlschrank, den kannst du auch in den Teig rühren. Um auf deine Frage zurückzukommen: Ja, das ist alles", antwortete Eugen. „Irgendwie war die Situation seltsam. Und der Typ, der hat mir nicht gefallen."

„Was war das für ein Typ?"

„Keine Ahnung. Mittelding aus zerstreutem Professor und Hooligan."

Peter musste über den Vergleich lachen. „Was meinst du damit?"

„Er wirkte intelligent, aber wirr, am Hals war er tätowiert, und er trug einen Motorradhelm bei sich."

„Alter?"

„So alt wie sie. Zirka vierzig." Erneut hustete Eugen, worauf Peter ihn in sein Zimmer führte. Dimitri kam gerade aus dem Waschraum und hatte ein für seine Körpergröße viel zu kurzes Handtuch umgebunden.

Er begann: „Um einen ovalen Tisch herum sitzen mehrere Personen. Ein Teil der Anwesenden gehört zur Gruppe der Lügner, die anderen sagen stets die Wahrheit."

„Was soll das, Dimitri?" Peter war gerade damit beschäftigt, Eugen ins Bett zu verfrachten. Er wollte jetzt keine Witze hören.

„Es ist ein Rätsel", antwortete Dimitri.

„Siehst du nicht, dass es Eugen schlecht geht?"

Dimitri entschuldigte sich und wollte wissen, ob er irgendwie behilflich sein könnte.

„Hast du ein Fieberthermometer?"

Der Russe ging zu seinem Rucksack und kramte umständlich ein Thermometer aus einem Behälter hervor. „Einfach vorne drücken und drei Sekunden ins Ohr halten, bis es piepst."

Eugen steckte sich den Thermometer in die Ohrmuschel. Kurz darauf piepste es. Er sah auf die Anzeige. „37,6 Grad."

„Bleib bei ihm. Ich suche die Ärztin." Peter klopfte Dimitri auf die Schulter und ging wieder hinaus ins Freie. Er zündete sich eine Zigarette an und hielt besorgt nach Manon Ausschau, als er aufgeregtes Bellen vernahm. Sie näherte sich, in Begleitung von Klaus, an ihrer Seite Molly. Die Hündin dürfte irgendetwas gewittert haben, das ihre Aufmerksamkeit erregt hatte. Heftig zerrte sie an der Leine, sodass die Ärztin sie kaum zu halten vermochte. Molly blickte in Richtung Ende des Parkplatzes mit den dichten Sträuchern. Manon versuchte vergeblich, sie zu beruhigen. Peter glaubte hinter den Büschen einen Schatten wahrgenommen zu haben. Erst als Klaus einen Stock vom Boden aufhob, ihn Molly zeigte und ihn hoch in die Luft warf, ließ die Hündin von ihrer Witterung ab und sprang dem Stock nach.

Ein Stein

„Wenn sich Eugens Zustand bis zum Abend nicht bessert, müssen wir den Notarzt rufen." Manons Stimme klang besorgt, als sie vom Krankenzimmer zurückkam. Die Runde hatte beinahe fertig gefrühstückt, auf der Bar stand eine Vase mit wunderschönen Frühlingsblumen, die Judith bei ihrem Morgenspaziergang gepflückt hatte. Sie unterhielten sich über die Auswirkungen der Pandemie und Eugens Gesundheitszustand.

„Sonst noch jemand, der Symptome verspürt?", wollte die Ärztin wissen.

Die Anwesenden schüttelten den Kopf. Die Ansteckungskurve stieg weiter, gleichzeitig mit ihr die Zahl der Arbeitslosen, wie die Stimme aus dem Radio im Hintergrund verlautete. Judith erzählte, dass sie in der Früh mit Bekannten, die als Diplomaten in Deutschland tätig waren, Kontakt aufgenommen hatte. Dort denke man in den höchsten politischen Kreisen gemeinsam mit anderen Spitzen der Europäischen Union bereits über die Einführung einer europaweiten Impfpflicht nach, sobald ein geeigneter Impfstoff vorhanden sein würde.

„Was passiert mit den Menschen, die sich nicht impfen lassen wollen?", stellte Klaus in den Raum. „Verlieren Impfmuffel dann ihre hart erkämpften Grund- und Freiheitsrechte, wie zum Beispiel die Reisefreiheit?", fragte er weiter.

„Wie weit ist man denn eigentlich mit der Entwicklung des Impfstoffs?“, lenkte Judith das Thema in eine andere Richtung und sah dabei Manon an.

„Weltweit arbeiten einige Labors daran, aber so viel ich weiß, gibt es noch keinen geeigneten, der auch ausreichend an Menschen getestet worden ist“, antwortete diese vage und biss in ein Butterkipferl, das verkümmert in der Mitte des Tischs lag.

„Seltsamerweise wurde schon vor Jahren vor einem unbekannten Virus gewarnt, welches die Welt lähmen und die Menschen in ihrer Existenz bedrohen würde“, sinnierte Leonardo, der noch nicht mit dem Frühstück fertig war und sich ein Käsebrot machte.

„Stimmt“, pflichtete ihm Manon bei und drehte das Radio ab. „Prognostiziert wurde auch, dass es von Fledermäusen kommen und es sich um ein Coronavirus handeln würde.“

„Aber was weißt du über die Entwicklung eines Impfstoffs?“, hakte Judith nach.

„Ein österreichisches Labor, das mit einem deutschen Forschungsteam zusammenarbeitet, ist bereits sehr weit, da es zufälligerweise seit geraumer Zeit an einem solchen Impfstoff arbeitet“, antwortete Manon.

„Wie weit genau?“, fragte Leonardo, der bis jetzt immer zurückhaltend, ja stoisch erschienen war, jetzt aber sehr interessiert wirkte.

„Keine Ahnung“, sagte die Ärztin ausweichend. „Dieses Labor gehört zum renommierten deutschen Hanna-Brein-Institut, das sich auf die Entwicklung von Impfstoffen spezialisiert hat und von einer prominenten Industriellen aus dem Automobilsektor finanziell unterstützt wird. Zudem wird es von einem US-Pharmakonzern gesponsert, der in Besitz führender Technologien ist.“

„Mit der Industriellen meinst du Miranda Doolittle?", wollte Peter wissen, während er sich die Hände mit dem vor ihm stehenden Desinfektionsmittel einrieb.

„Exakt."

„Investiert Doolittle mit ihrer Stiftung nicht auch in weltweite Gesundheitsprogramme?" Peters Frage war eher rhetorischer Natur, denn diese Tatsache war in den Medien bereits des Öfteren thematisiert worden. Kritisiert wurde, dass die Stiftung durch die immensen privaten Summen bestimmen konnte, für welche Programme konkret das Geld verwendet wurde, nach dem Motto „Wer zahlt, schafft an".

„Zum Glück investiert Doolittle in diverse Gesundheitsprogramme. Denn ohne ihre Gelder könnte vielen Menschen nicht geholfen werden", antwortete Manon.

„Hier steht, die Milliardärin beschäftigt sich neben der Automobilbranche viel mit dem Phänomen von Pandemien", rief Klaus, der bis dahin mit seinem Handy beschäftigt gewesen war und Doolittle gegoogelt hatte. „Erst voriges Jahr haben Wissenschaftler ein theoretisches Experiment durchgeführt, bei dem eine Pandemie verheerende Auswirkungen auf die Wirtschaft auslöst. Die Regierungschefs hatten in diesem fiktiven Experiment vollen Handlungsspielraum und führten drastische Maßnahmen ein", las Klaus weiter vor, was er mit Hilfe seines Handys gefunden hatte.

„Stimmt, dabei wurde auch als ein Szenarium die totale Kontrolle über die Menschen angenommen. Ein Ergebnis war, dass die Bevölkerungen aller Länder bereit waren, ihre Souveränität und Privatsphäre aufzugeben", erinnerte sich Manon an diese Studie.

„Eine der Annahmen war auch, dass der Tourismus zusammenbricht, Lieferketten unterbrochen werden und es acht

Millionen Virustote geben wird", ergänzte Klaus. Immer noch starrte er auf sein Handy.

„Klingt unheimlich in Hinblick auf die jetzt eingetretene Situation." Dimitri schüttelte sich bei dem Gedanken, während er begann, den Frühstückstisch abzuräumen.

„Doolittle hat in der Vergangenheit wiederholt vor Millionen von Virustoten gewarnt und gefordert, dass sich alle Länder auf eine Pandemie vorbereiten sollen. Und zwar so, wie sich das Militär auf Kriege vorbereitet", las Klaus weiter vor. „Doolittles Ziel war, dass man neue Impfstoffe in wenigen Wochen und Monaten und nicht in Jahren entwickelt, testet und freigibt. Und jetzt kommt's!" Klaus war vor Aufregung aufgesprungen und auf die Bank gestiegen, während er fragte: „Ratet mal, wer diese Pandemie-Simulation im Vorjahr initiiert hat?"

„Doolittle?", antworteten alle wie aus einem Mund.

„Richtig", rief Klaus aus. „Und teilgenommen haben auch Kapazunder wie der Direktor des chinesischen Zentrums für Krankheitskontrolle und -prävention, die Ex-CIA-Direktorin, Vertreter des weltgrößten Pharmakonzerns, ein Vorstand des weltgrößten PR-Konzerns, Luftfahrt-Vorstände der größten Airlines und so weiter. Die Teilnehmer diskutierten über die Möglichkeit von Lockdowns, über Reisebeschränkungen und wirtschaftliche Schäden sowie über Vorgangsweisen bei möglichen Fake News während Pandemien."

„Na ja, das ist nichts Neues", gab Manon gelassen zu bedenken, während sie für Molly Hundefutter in eine Schüssel leerte. „Das haben vor Doolittle schon andere Mediziner, Forscher und Organisationen getan: Zukunftsszenarien zu entwickeln, bei denen die Ausbreitung von Pandemien oder Naturkatastrophen, die die ganze Welt erschüttern, im Vordergrund stehen."

„Die zehn Plagen." Leonardo starrte vor sich hin. Doch keiner schenkte ihm Beachtung.

„Von der Wirklichkeit von Millionen Toten sind wir zum Glück weit entfernt. So wie es jetzt aussieht, könnten wir mit einem blauen Auge davonkommen", mischte sich Judith, die bisher nur zugehört hatte, in das Gespräch ein.

„Aber jetzt kommt der Höhepunkt!", rief Klaus, der immer noch auf der Bank stand, mit sich überschlagender Stimme, als plötzlich ein dumpfer Knall und ein Klirren seine Ergüsse unterbrachen.

„Was war das?" Klaus sprang von der Bank. Erschrocken drehten sich alle Richtung Fenster. Auf dem Boden vor der Bar lag ein faustgroßer Stein. Für ein paar Sekunden wurde der Stein von einem zwischen den schwarzen Wolken hervorgetretenen Sonnenstrahl beleuchtet, was ihm einen unschuldigen, nahezu wertvollen Charakter verlieh.

Eine Botschaft

Die Männer waren sofort zum eingeschlagenen Fenster gerannt, um mögliche Täter zu erspähen. Doch sie konnten niemanden entdecken. Molly war erschrocken zu Manon gelaufen und hatte sich mit eingezogenem Schwanz unter ihrem Sessel verkrochen. Peter und Klaus rannten ins Freie, um die Verfolgung aufzunehmen. Nach wenigen Minuten kamen sie erfolglos zurück. Dimitri hatte in einer Lade ein schwarzes, breites Isolierband gefunden. Er fixierte einen Streifen davon provisorisch an einem Stück Pappkarton, das er aus einer Bierbox gerissen hatte, und klebte es über das durch den Wurf entstandene Loch im Fenster.

„Wer kann das gewesen sein?" Klaus wirkte wütend.

„Ein Streich der Dorfjugend", mutmaßte Judith. Die alte Dame wirkte in keinster Weise geschockt. „Ist doch irgendwie nachvollziehbar. Da kommen Fremde in den Ort, das spricht sich herum, und schon sind Kinder zur Stelle, um den Fremden einen Streich zu spielen."

„Hat jemand die Nummer unserer zuständigen Kontaktperson von dem Sozialverein?", wollte Dimitri wissen. „Sie sollen jemanden schicken, der das Glas ersetzt."

„Ach, wegen so einer Lappalie müssen wir die nicht belästigen. Die haben andere Sorgen", mutmaßte Peter.

„Stimmt“, pflichtete ihm Manon bei. „Lasst uns lieber eine Runde Fieber messen.“ Mit diesen Worten verschwand sie, Molly im Schlepptau.

„Wir müssen halt jetzt für künftige Pandemien lernen“, knüpfte Dimitri an das Gespräch von vor dem Zwischenfall an.

„Was genau sollen wir lernen? Abstand halten?“, wollte Klaus wissen.

„Wärst du Politstratege, was wären die wichtigsten fünf Schritte, die du setzen würdest?“

„Ich würde die Altersheime und Spitäler sperren.“

„Allgemeiner, nicht so konkret.“

„Keine Ahnung, was meinst du?“

„Schritt eins: Zahlen kennen“, antwortete Dimitri. „Die Schätzungen, wie viele Menschen sich tatsächlich infizieren, variieren extrem. Manche glauben, dass sich fünf- bis zehnmal mehr Menschen infizieren als nachgewiesen wird. Manche Schätzungen gehen von einer noch größeren Zahl aus.“ Der Backgammonspieler war jetzt voll in seinem Element. „Und dann“, ergänzte er, „wie rasch breitet sich der Erreger aus? Wie viele Menschen werden von einem Patienten durchschnittlich angesteckt, wenn keiner gegenüber dem Erreger immun ist und dem Virus freier Lauf gelassen wird? Dieser Wert verändert sich aber ständig.“

„Was meinst du damit, dass er sich ständig verändert?“, wollte Judith wissen.

„Je nachdem, welche Maßnahmen die Regierungen setzen. Also Ausgangsbeschränkungen, Geschäfts- und Schulschließungen beeinflussen diesen Wert, der in der Fachsprache ‚Reproduktionszahl‘ genannt wird. Ziel ist, dass ein Infizierter auf möglichst wenige Menschen trifft.“

„Diese Reproduktionszahl ist übrigens auch abhängig von äußeren Faktoren wie Alter, Region und so weiter", mischte sich Manon ein, die während Dimitris Vortrag zurückgekommen war und bei Judith, Peter und Leonardo Fieber gemessen und dazwischen das Thermometer desinfiziert hatte. Ihr Gesichtsausdruck verriet, dass sie mit den bisherigen Ergebnissen durchaus zufrieden war. Sie überreichte das Thermometer Klaus.

„Es geht also letztlich im ersten Schritt um Daten, Daten, Daten", fasste Dimitri zusammen.

„Und diese Daten wollen die Regierungen nun auch über unsere Handys beziehen", gab Klaus zu bedenken. Er starrte auf die Fieberskala und reichte das Thermometer Dimitri.

„Du meinst, sie holen sich die Daten über eine App, die anzeigt, mit wem du Kontakt hattest?" Peter deutete auf sein Handy.

„Ja, und wenn diese Daten nicht anonym bleiben und auch gespeichert werden, bekommen wir ein massives Datenschutzproblem." Klaus machte dabei ein sehr ernstes Gesicht.

„Datenexperten haben die in Frage kommenden Apps bereits geprüft und als unkritisch eingestuft", winkte Peter ab.

„Hoffen wir es. Und was wäre der zweite strategische Schritt, den du angehen würdest?" Klaus sah Dimitri erwartungsvoll an, während dieser Manon das Fieberthermometer zurückgab.

„Alle fieberfrei", freute sich die Ärztin. „Sogar Eugen scheint es besser zu gehen."

„Schritt zwei: Wir müssen Modelle berechnen."

„Was für Modelle?" Peter verstand nicht ganz, worauf Dimitri hinauswollte.

„Man muss berechnen können, welche Maßnahmen welche Auswirkung haben. Man kann Simulationen mit allerlei Daten füttern. Ein Beispiel: Wenn statt einer Million täglicher

Fahrgäste nur noch hunderttausend mit öffentlichen Verkehrsmitteln fahren, wie groß bleibt dann die Chance einer Ansteckung? Man kann eine Stärken-Schwächen-Analyse der einzelnen Szenarien am Computer durchführen, mit immer neuen Daten, und dann die Ergebnisse abwägen. Solche Simulationen kommen der Wirklichkeit sehr nahe, sie sind blitzschnell und verlässlich."

„Ich glaube, eine Gruppe von Experten widmet sich bereits einem solchen Forschungsprojekt", warf Klaus ein. Schnell nahm er sein Handy zur Hand und googelte danach. „Habe ich mich richtig erinnert", rief er erfreut. „Ein britisches Institut führt solche Simulationen durch. Hier steht es: ‚Die Wissenschaftler, die sich mit mathematischen Berechnungen der Ausbreitung der Viruserkrankungen und der Vorhersage der weiteren Entwicklung beschäftigen, haben eine gemeinsame Analyse verfasst und mögliche Bewältigungsstrategien vorgelegt. Ergebnis: Die Situation ist nicht stabil, selbst eine kleine Erhöhung der Reproduktionszahl würde uns zurück in eine Phase des exponentiellen Wachstums führen. Daher muss die Reproduktionszahl bis zur Verfügbarkeit eines Impfstoffs unter eins gehalten werden. Konsequente Kontakteinschränkungen sind weiter erforderlich, das Erreichen einer Herdenimmunität würde einen Zeitraum von einigen Jahren erfordern, wenn das Gesundheitssystem nicht überlastet werden soll. Einschränkende Maßnahmen müssten über den gesamten Zeitraum aufrechterhalten werden.'"

Diese Aussage ließ die Runde für eine Weile verstummen. Nur das Schnarchen von Molly war zu hören. Die Hündin war unter dem Tisch eingeschlafen, eine Pfote auf Leonardos, eine auf Manons Fuß. Draußen war ein starker Wind aufgekommen, der Kastanienbaum vor dem Fenster schüttelte seine Äste kräftig, sodass sich Mollys Schnarchen mit dem Rauschen der noch nicht zur Gänze entfalteten Blätter vermischte. Leonardo durchbrach die Stille als Erster, indem er sich schwerfällig mit den Worten erhob: „Ich habe Hunger. Wollen wir das Mittagessen planen?“ Molly war ebenfalls aufgesprungen und folgte Leonardo in die Kochnische. Er nahm ihre Wasserschüssel und füllte sie auf.

„Wie sieht es eigentlich mit Einkaufen aus? Eugen hat uns erklärt, dass jemand das für uns erledigen würde. Wen müssen wir da anrufen?“, wollte Klaus wissen.

„Ich glaube, wir haben noch genügend Vorräte.“ Judith deutete auf die Küchenschränke. Leonardo öffnete eine Lade mit mehreren Packungen Pasta. Plötzlich hielt er in der Bewegung inne und starrte durch das beschädigte Fenster auf den Sportplatz. Die anderen erhoben sich und folgten seinem Blick. Auf dem Rasen waren zwei Pflöcke in die Erde gerammt worden, an denen ein Transparent hing. In großen schwarzen Lettern stand darauf geschrieben: „Wir wollen keine Infizierten!“

Ungläubig betrachteten sie die Botschaft. Während sie sich hier unterhalten hatten, dürfte jemand das Transparent unbemerkt aufgestellt haben. Die Bänke, auf denen sie saßen, waren so tief, dass man sitzend keinen Blick auf den Rasen vor dem Haus hatte.

„Das war kein harmloser Böser-Buben-Streich“, stellte Klaus mit Anspielung auf den Steinwurf zuvor fest.

„Ganz schön mutig“, urteilte Peter.

Leonardo hatte seine Hände gefaltet und die Augen geschlossen. Sein Kopf war gen Himmel gerichtet, als würde er beten. Manon saß erstarrt da und sagte kein Wort, auf ihrem Schoß Molly, die gespürt haben musste, dass etwas nicht stimmte, und bei ihrem Frauchen Zuflucht gesucht hatte.

„Doch kein Lausbubenstreich", stellte Judith zähneknirschend fest, während sie ihr Handy zückte und das Transparent fotografierte.

„Die werden sich noch wundern." Dimitris Gesichtsausdruck hatte sich völlig verändert. Seine Augen waren zu Schlitzen zusammengezogen und funkelten böse, die Hände hatte er zu Fäusten geballt.

Der Impfstoff

Peter und Klaus standen rauchend vor dem Haus. Es war kühl, der Himmel war immer noch wolkenverhangen, nach Regen sah es aber nicht aus. Sie hatten sich eine leere Bierflasche als Aschenbecher auf den Boden gestellt und tauschten ihre Meinung zur aktuellen Lage aus. Manon war mit Molly zu einem weiteren Spaziergang verschwunden, Dimitri begleitete sie. Die übrigen Mitbewohner bereiteten gemeinsam das Mittagessen vor. Judith hatte Erdäpfel und Bohnen in Dosen für einen brasilianischen Bohneneintopf mitgenommen.

„Das mit dem Transparent müssen dieselben Leute gewesen sein, die auch den Stein geworfen haben", mutmaßte Peter. „Und weißt du, was noch seltsam ist? In der Früh, als du mit Manon vom Spaziergang zurückgekommen bist, hat Molly irgendetwas im Gebüsch bemerkt. Sie war nervös, spitzte ihre Ohren. Erinnerst du dich? Du hast sie dann abgelenkt, indem du einen Stock für sie geworfen hast." Klaus nickte.

„Als ich zu der Hecke schaute, die Molly fixiert hatte, bildete ich mir ein, einen Schatten zu sehen. Irgendetwas hat sich dort bewegt." Peter hatte seine Stimme zu einem Flüstern gesenkt, als hätte er Angst, von jemandem belauscht zu werden.

Nach einer kurzen Pause, in der er sich eine weitere Zigarette anzündete, wollte er von Klaus wissen: „Über was hast du eigentlich mit Manon beim Spaziergang geredet?“

„Wieso interessiert dich das?“

„Einfach so.“

„Wenn ich ehrlich bin, habe ich ihr gesagt, dass sie mir gefällt.“ Das kam für Peter nicht überraschend.

„Und wie hat sie reagiert?“

„Sie hat mir einen Korb gegeben, meinte, ich sei nicht ihr Typ. Zudem sei die Trennung von ihrem Mann noch so frisch, dass sie nichts Neues anfangen will. Sie gefällt dir auch, stimmt's?“

„Stimmt.“ Peter hatte keine Geheimnisse vor Klaus. „Zurück zu den Attacken gegen uns. Was sollen wir unternehmen?“

„Ich werde in den Ort gehen und mich dort im Supermarkt umhören.“ Klaus blies den Rauch seiner Zigarette in die Luft, indem er mit dem Mund Ringe formte.

„Dein Corona-Testergebnis fiel positiv aus. Außerdem dürfen wir nicht in den Supermarkt. Das würde ich also tunlichst unterlassen.“

„Was, wenn ich dir sage, dass mein Testergebnis negativ war?“ Klaus schaute Peter provokant an.

„Willst du mich frotzeln?“

„Nein, ich habe dir die Unwahrheit gesagt. Ich kann es dir beweisen.“

Klaus zog ein Stück Papier aus seiner inneren Jackentasche und hielt es Peter vor die Nase. Tatsächlich stand unter seinem Namen, dass er nicht an dem Virus erkrankt war. Peter war einiges von seinem Freund gewohnt, doch nun rang er um Fassung.

„Bist du jetzt total übergeschnappt? Was machst du dann hier?", schrie er ihn an. „Willst du dich absichtlich anstecken?"

„Nein, natürlich nicht. Ich versuche Abstand von euch zu halten, falls dir das noch nicht aufgefallen ist." Tatsächlich stand Klaus in dem Moment mindestens einen Meter von Peter entfernt.

„Und warum bist du da?"

„Peter, du weißt, ich habe keine Bleibe. Ich wollte nicht bei irgendjemandem unterkommen, dem ich in kürzester Zeit auf die Nerven falle. Hier bin ich in netter Gesellschaft. Und schließlich sind wir zusammen." Treuherzig schaute er Peter an. Der kannte seinen Freund nur zu gut, um zu wissen, dass das nicht der Wahrheit entsprach. Wenigstens zum Teil nicht. Dass er gerne in seiner Gesellschaft war, wusste Peter. Und auch, dass Klaus gerne viele Leute um sich hatte. Doch er wusste auch, dass Klaus genügend Bekanntschaften hatte, bei denen er leicht für eine Zeit lang unterkommen konnte. Das alleine war also nicht der Grund, sich freiwillig mit fünf Infizierten – Manon nicht mitgezählt, da sie ebenfalls negativ getestet worden war und nur als betreuende Ärztin fungierte – in Quarantäne zu begeben. Zudem erkannte Peter am Tonfall und Gehabe seines Freundes, dass mehr dahintersteckte.

„Raus mit der Sprache. Aus welchem Grund bist du sonst noch hier?"

Klaus, der dabei war, sich seine dritte Zigarette in Folge anzuzünden, holte tief Luft, bevor er antwortete: „An jenem Abend, als wir Manon im Freud kennenlernten, unterhielt ich mich länger mit ihr. Ich habe gemerkt, dass du dich in sie verschaut hast. Aber du warst ziemlich betrunken und so hast du nicht mitbekommen, dass ich mit ihr kurz draußen war, um einen Joint zu rauchen."

„Doch, das habe ich bemerkt. Und du warst auch nicht mehr nüchtern“, unterbrach ihn Peter.

„Das stimmt.“ Nach einem langen Zug von seiner Zigarette sprach Klaus weiter. „Also, ich habe sie dabei ein bisschen ausgefragt. Sie hat mir damals schon erzählt, dass sie Virologin ist und früher für die Weltgesundheitsorganisation gearbeitet hat. Außerdem hat sie das Virus schon gehabt, bevor sie im Freud war. Sie ist damals mit leichtem Fieber im Bett gelegen. Jetzt dürfte sie immun sein. Ihr Testergebnis war negativ, als wir alle getestet worden sind. Deswegen hat sie keine Angst, mit uns zusammenzusein.“ Klaus richtete seinen Blick auf den düsteren Himmel, bevor er fortfuhr: „Wusstest du, dass sie jetzt für das Hanna-Brein-Institut arbeitet, das sich mit dem Thema Impfstoffe auseinandersetzt und sie in diesem österreichischen Forschungsteam dabei ist, das einen Impfstoff entwickelt?“

Peter verneinte, sich insgeheim wundernd, dass die Ärztin das bisher verschwiegen hatte, und Klaus fuhr fort: „Sie kennt sogar Miranda Doolittle persönlich.“

„Nicht wahr!“ Jetzt war Peter sichtlich beeindruckt.

„Doch. Das Hanna-Brein-Institut ist eine Art Netzwerkknoten für globale Gesundheit, vor allem, was die Erforschung von Erregern angeht. Dort versucht man, Ausbrüche von Viren einzudämmen, Laborkapazitäten aufzubauen und Personal zu schulen.“

„Und was für eine Rolle spielt Manon genau bei der Entwicklung des Impfstoffs?“

„Das weiß ich eben noch nicht so genau. Ich weiß nur, dass sie über einige Insiderinformationen verfügt und über Hintergrundwissen, warum Miranda Doolittle sich diesem Thema so sehr verschrieben hat.“

„Herauszufinden, warum Miranda so darauf erpicht ist, einen Impfstoff entwickeln zu lassen, dürfte wohl nicht allzu schwer sein“, unterbrach ihn Peter. „Da geht es doch einfach um Macht und Geld. Denn dass es immer neue Viren gibt, ist ja hinlänglich bekannt. Stell dir vor, was passiert, wenn weltweit tatsächlich, wie jetzt vielfach diskutiert, eine Impfpflicht eingeführt wird und sich alle Menschen impfen lassen müssen, damit sie zum Beispiel ihre Reisefreiheit oder andere Grundrechte nicht verlieren: Was man da mitverdienen kann, wenn man an den Patenten beteiligt ist.“

„Stimmt. Aber sie dürfte auch darüber Bescheid wissen, wie weit die Entwicklungen eines Impfstoffs gegen das Virus wirklich sind.“ Wieder zog Klaus fest an seiner Zigarette, bevor er fortfuhr: „Als ich erfahren habe, dass sich Manon freiwillig für unsere Betreuung in der Quarantäne gemeldet hat, habe ich alles darangesetzt, dass ich hier reinkomme. Und du weißt, dass ich gute Verbindungen habe, das ist mir also nicht schwergefallen.“

„Du meinst, du wolltest hierher in Quarantäne, weil du eine Story daraus machen willst? Und wieso hast du, als wir vorhin über Doolittle, ihre finanziellen Zuwendungen und ihre Beschäftigung mit Pandemien gesprochen haben, so getan, als wüsstest du nichts von Manons Nähe zu diesem Institut und ihrer Bekanntschaft zu der Industriellen?“

„Manon hat mich gebeten, nicht darüber zu sprechen. Und die Story mache ich nicht alleine, sondern wir beide. Ohne dich bin ich nur die Hälfte, das weißt du.“

„Und umgekehrt“, schmunzelte Peter und strich sich die Haare, die ein kräftiger Windstoß durcheinandergewirbelt hatte, aus der Stirn.

Das Projekt

Ein schriller Schrei unterbrach jäh ihr Gespräch. Manon, die nach ihrem Spaziergang durch den Hintereingang den Clubraum betreten hatte und schnurstracks in ihr Zimmer gegangen war, kam kreidebleich in den Gemeinschaftsraum zurück. Peter und Klaus stürzten ins Haus.

Die anderen Mitbewohner saßen am Esstisch, der Fernseher lief, man kommentierte kritisch eine Spezialsendung über das Virus.

„Was ist passiert?“, rief Peter erschrocken.

„Jemand hat meine Sachen durchwühlt.“ Manons Miene verriet, dass sie mehr als wütend war. „Wer war das?“, fragte sie in die Runde.

Alle sahen sie erstaunt an.

Schließlich ergriff Dimitri das Wort: „Wir alle sind die ganze Zeit hier gesessen und haben uns unterhalten.“

„Hat jemand den Raum verlassen?“, wollte Manon wissen.

„Nein“, antwortete Dimitri.

„Niemand war auf der Toilette oder kurz einmal in seinem Zimmer?“ Manons Stimme zitterte.

„Soll das jetzt ein Verhör werden oder was?“ Leonardo schaute sie kampflustig an. „Wenn du es genau wissen willst, ich habe mir erlaubt, auf die Toilette zu gehen.“

„Ich war auch auf der Toilette", gestand Judith. „Und bin dann in unser Zimmer, um mein Adressbuch zu holen, weil sich Dimitri für den Namen des russischen Botschafters interessiert hat, der mir nicht eingefallen ist", ergänzte sie.

„Ist dir da etwas aufgefallen?", wollte Manon wissen.

„Was soll mir aufgefallen sein?", fragte Judith zurück. „Dein Bett war immer noch zerwühlt, ansonsten war da nichts Ungewöhnliches."

„Sonst jemand, der draußen war?"

„Peter und ich waren vor der Türe, um zu rauchen", antwortete Klaus.

„Nach der Toilette war ich kurz bei Eugen, um zu sehen, wie es ihm geht." Die Stimme des Priesters klang jetzt versöhnlicher.

„Na schön, das ist ja wie bei Agatha Christie", stellte Klaus nicht ohne zynischen Unterton fest.

„Fehlt etwas von deinen Sachen?", wollte Dimitri wissen.

„Das weiß ich noch nicht, aber ich werde es gleich feststellen", gab Manon schnippisch zurück. Damit drehte sie sich um und verließ wutentbrannt den Raum, hinter ihr Molly, die nicht verstand, was mit ihrem Frauchen los war.

Peter fand, dass sie wütend noch bezaubernder aussah, noch dazu in ihren dunklen Jeans und dem weinroten Wollpulli mit den überlangen Ärmeln.

Der Rest der Gruppe schaute sich betreten an, schließlich setzte man achselzuckend die Unterhaltung fort. Nur Peter und Klaus folgten Manon in ihren Schlafraum, wo ihre Sachen verstreut auf dem Boden lagen.

„Der Zwischenfall tut mir leid", begann Klaus das Gespräch vom Türstock aus.

„Mir tut es auch leid, dass hier anscheinend ein Spion unter uns ist."

„Warum ein Spion?“, wollte Peter wissen und betrat den Raum.

„Ich habe meine Arbeitsunterlagen hierher mitgenommen“, antwortete Manon, während sie kopfschüttelnd die auf dem Boden liegenden Sachen zusammenräumte. „Dabei handelt es sich um heikle Daten. Informationen, die nicht für die Öffentlichkeit bestimmt sind.“

„Was für Daten?“, fragte Peter sie und bückte sich, um ihr beim Aufräumen zu helfen. Klaus setzte sich auf Manons Bett und blätterte in einem Lehrbuch über Virologie.

„Hat Klaus dir erzählt, dass ich für das Hanna-Brein-Institut arbeite?“ Als Peter nickte, fuhr Manon fort: „Gemeinsam mit dem deutschen Institut, das sozusagen unser ‚Mutterschiff‘ ist, arbeiten wir an einem Impfstoff, der möglicherweise den Durchbruch bringen könnte.“

Klaus legte das Buch beiseite und hakte nach: „Wie bist du genau in diese Forschungsgruppe integriert, beziehungsweise kennst du die Formel für den Impfstoff?“

Manon schaute die beiden nachdenklich an, dann setzte sie sich auf den Boden und fragte: „Kann ich euch vertrauen?“ Die beiden Freunde nickten gleichzeitig.

„Also gut. Ich war federführend in der Entwicklung des Impfstoffs. Schon vor dem Ausbruch der Krankheit arbeiteten wir zufällig an genau einem solchen Virenschutz. Doch dann sollte alles schneller gehen, wir sollten die Testphase für die Impfung schon bald beginnen und die Dauer von mehreren Monaten auf wenige Wochen reduzieren. Daraufhin haben wir beschlossen, das Projekt abzubrechen.“

„Wer ist wir?“, unterbrach Klaus sie.

„Wir, das bin ich und dieses Forschungsteam in Graz. Auf der anderen Seite steht das Team in Berlin.“

„Das Hanna-Brein-Institut?“, fragte Peter. Manon nickte.

„Und wer hat verlangt, dass ihr die Forschungszeit verkürzt? Miranda Doolittle?“

„Nein. Sie hat nur das Forschungsbudget aufgestockt und Bonifikationen in Aussicht gestellt, sollten unsere Ergebnisse positiv sein.“

„Wer war das sonst?“

„Die amerikanische Pharmafirma, die uns ebenfalls unterstützt.“

„Und was passierte dann?“ Klaus war jetzt kaum mehr zu bremsen, so nervös war er.

„Wir haben Tag und Nacht gearbeitet, um möglichst schnell zu den richtigen Ergebnissen zu kommen. Die ersten von uns durchgeführten Tests waren dann tatsächlich erfolgreich. Trotzdem haben wir sie darauf aufmerksam gemacht, dass wir noch einige Monate bräuchten, bis wir so weit wären, um adäquate massentaugliche Tests durchführen zu können und mit dem Impfstoff an die Öffentlichkeit zu gehen. Doch diese Firma wollte davon nichts wissen, wurde immer ungeduldiger, schickte dann irgendwelche halbseidenen, selbst ernannten Experten zu uns, die uns mehr störten, als sie uns behilflich waren. Erneut teilten wir dieser Firma mit, dass es Wahnsinn wäre, die Tests an einer breiten Masse von Versuchspersonen zu früh zu starten. Und dann schwenkte plötzlich ein Teil unseres Teams um.“

„Was meinst du damit?“, fragte Peter.

„Na ja, auf einmal waren manche der Meinung, man könnte mit den vorhandenen Ergebnissen durchaus schon Testdurchläufe machen. Die Versuche sollten bei alten Menschen durchgeführt werden, die ohnehin dem Tod nahe seien, argumentierten sie. Somit wäre es auch nicht aufgefallen, wenn der Impfstoff nicht gewirkt oder es starke Nebenwirkungen gegeben hätte. Ein paar Tote mehr – na und?“ Hier machte

Manon eine Pause, bevor sie fortfuhr: „Doch das wollte unser Team in Österreich nicht."

„Warum nicht?", wollte Klaus wissen.

„Weil die erste Testphase noch nicht abgeschlossen war. Zudem sollten die Tests mit einer zu hohen Dosis durchgeführt werden."

„Handelt es sich bei diesen ‚Rebellen', die sich haben breitklopfen lassen, um die deutsche Gruppe im Hanna-Brein-Institut?", bohrte Peter weiter nach, während er neben ihr auf dem Boden Platz nahm.

„Richtig. Aber auch in Graz gab es zwei Kollegen, die sich überreden haben lassen. Und so haben wir das Labor verlassen und die wichtigsten Formeln mitgenommen."

„Wen meinst du jetzt mit ‚wir'?" Klaus wollte es genau wissen.

„‚Wir' sind drei Kollegen und ich aus dem Team."

„Und deswegen hast du dich hierher verzogen?" Klaus sah sie erwartungsvoll an.

„Ja."

„Und wer hat die Formel jetzt, beziehungsweise wo sind die anderen drei Kollegen?"

„Es handelt sich um vier Formeln, die zusammengesetzt die Lösung für den Impfstoff ergeben. Wir haben sie auf uns vier aufgeteilt, sodass jeder von uns eine hat. Eine Schutzmaßnahme, damit niemand Schaden anrichtet. Wo sich die anderen Kollegen aufhalten, kann ich nicht sagen."

„Kannst du nicht, oder willst du nicht?"

„Ich weiß nicht, wo sie sich aufhalten, könnte es aber herausfinden, weil wir mit Handyortung Verbindung halten."

„Und die Deutschen haben nichts?"

„Nein, wie es der Zufall wollte, lagen die Codes der Formeln genau zu dem Zeitpunkt, als es heikel wurde, bei uns. Wir hätten sie an jenem Tag auf die gemeinsame, verschlüsselte Plattform stellen sollen. Doch das ist nicht geschehen. Denn wir haben uns entschlossen, das Projekt platzen zu lassen, bevor Tausende unschuldiger Menschen zu Schaden kommen."

„Was genau hätte passieren können, hättet ihr den nicht ausgereiften Impfstoff an Menschen getestet?" Peter war jetzt sichtlich genauso nervös wie Klaus.

„Im schlimmsten Fall hätte es zu massenhaft auftretenden neurologischen Schäden kommen können."

„Wie schätzt du den Impfstoff ein, den ihr entwickelt habt?", hakte Klaus nach.

„Ich glaube, dass wir schon sehr weit waren. Wahrscheinlich ist uns sogar der Durchbruch gelungen. Aber bei einer so heiklen Impfung wie dieser muss der Impfstoff hundertprozentig sicher sein. Immerhin geht es um ein Serum, das potenziell jedem Menschen dieses Planeten zugeführt werden soll. Auch die Versuche dürfen keine Menschenleben gefährden."

„Wie seriös ist das Hanna-Brein-Institut deiner Einschätzung nach?" Klaus' Augen verengten sich, als er diese Frage stellte.

„Das ist eine hochprofessionelle Forschungseinrichtung. Die dort beschäftigten Forscher sind absolut seriös. Aber natürlich wird es mitfinanziert von Miranda Doolittle. Und dadurch, dass es auch an der deutschen Bundesregierung andockt, sind es schon zwei gewichtige Länder, die großes Interesse daran haben, als Erste einen wirksamen Impfschutz entwickelt zu haben."

„Du meinst Deutschland und die USA?" Jetzt war es Peter, der Manon unterbrach.

„Ja, genau. Und die Chinesen und Russen arbeiten ebenfalls fieberhaft an einem Impfstoff. Das ist ein richtiger Wettlauf."

„Verständlich, geht es neben Geld und Macht auch um das Leben vieler Menschen", warf Klaus ein.

„Auf jeden Fall bin ich natürlich keine Impfgegnerin", fuhr Manon fort. „Doch manchmal übertreibt es das Institut. Erst vor wenigen Jahren hat es allein in Deutschland Tausende Tote bei der Grippewelle prognostiziert und dringend zur Impfung geraten. An dem Influenzavirus sind damals in der Grippesaison laut den dortigen Gesundheitsämtern 1.900 Menschen gestorben."

„Was willst du damit sagen?" Klaus schaute sie gespannt an.

„Ich will damit sagen, dass dieses Institut zu einem gewissen Teil auch an den Impfstoffen verdient, die es entwickelt, und deswegen manchmal die Prognosen verzerrt. Ansonsten ist es aber schon seriös. Glaube ich zumindest", fügte Manon nach einer kurzen Nachdenkpause hinzu.

In dem Raum war es still geworden. Von draußen drang lautes Gelächter herein. Molly hatte ihre Schnauze auf Manons Schoß gelegt. Nach einer Weile fiel Peter wieder das Gespräch vom Vormittag ein: „Klaus, was hast du eigentlich damit gemeint, als wir von Miranda Doolittle gesprochen haben und du den ‚Höhepunkt' der Informationen aus deinen Handy-Recherchen angekündigt hast?"

„Du meinst, bevor jemand einen Stein durch die Scheibe geschmissen hat?", setzte Klaus den Gedankengang fort.

„Stimmt, an dieser Stelle hat jemand den Stein durchs Fenster geschmissen", erinnerte sich jetzt auch Peter.

„Da stand, dass Doolittle kurz vor Bekanntwerden des Ausbruchs der Corona-Pandemie auf eine Speicherchip-Technologie gesetzt hat. Die Beauftragung erfolgte durch ihre Stiftung. Es ging dabei um in den Körper implantierte Chips mit gespeicherten Daten über den Gesundheitszustand der jeweiligen Person."

„Also der Körper als wandelnder Impfpass." Peter dachte wieder einmal, seinem Beruf entsprechend, in Schlagzeilen.

„Genau. Den Chip bemerkt man nicht, er ist aber über bestimmte Geräte beziehungsweise eine spezielle App lesbar."

„Und ein paar Wochen später tauchte dann dieses bis dato unbekannte Virus auf." Peters Stimme klang nachdenklich.

„Richtig. Doolittle hatte also zuvor einen Milliardenbetrag an ein Technologieunternehmen gezahlt, um an das Patent für die im Körper speicherbaren Chips zu kommen, die als Impfpass dienen können. Ob das ein Zufall ist?"

„Kinder, das ist ein Zufall!" Manon hob beschwörend ihre Arme. „Ich weiß es, weil ich auch darüber Unterlagen besitze. Außerdem glaube ich nicht an Verschwörungstheorien."

„Das klingt ja alles wie aus einem schlechten Krimi." Peter wandte sich an Manon: „Kann es sein, dass da etwas faul ist und deine deutschen Kollegen vom Hann-Brein-Institut mit dem Biotechnologieunternehmen unter einer Decke stecken?"

„Ich weiß nicht, was genau du meinst. Noch einmal: Ich glaube nicht an Verschwörungstheorien. Ich weiß nur, dass meine deutschen Kollegen hochmotivierte Mitarbeiter sind und sich möglicherweise unter Druck setzen ließen, die Forschungen zu beschleunigen."

„Ist dir von deinen Sachen jetzt eigentlich etwas abhanden gekommen?", wechselte Peter nach einer kurzen Nachdenkpause das Thema.

Manon zuckte mit den Schultern: „Ich glaube nicht. Die wichtigsten Daten sind da."

„Wo?", fragte Klaus neugierig.

„Da, wo sie sein sollen", antwortete Manon ausweichend und erhob sich mit einem Blick auf die Uhr vom Boden.

„Es ist schon spät, die Geschäfte schließen bald. Sollen wir nicht unseren Kontaktmann bitten, für morgen einkaufen zu gehen? Es ist fast kein Kaffee mehr da. Butter fehlt auch."

„Manon, du lenkst ab, aber das ist verständlich. Warum solltest du uns auch verraten, wo du die Formel aufbewahrst." Klaus war wieder einmal direkt. „Aber wer kann deine Sachen durchwühlt haben? Glaubst du, dass das jemand von uns war?"

„Von euch beiden glaube ich das nicht. Aber wer weiß, wer Dimitri wirklich ist? Ein Backgammonspieler und Mathematikgenie? Glaube ich nicht." Manon schüttelte zweifelnd den Kopf.

„Was ist mit Judith? Sie kennt viele Politiker und Diplomaten rund um den Globus, die alle Interesse daran haben könnten, an die Formel zu kommen. Weiß ja niemand, dass Manon nur einen Teil der Formel bei sich hat", wandte Klaus ein. „Und was ist mit Eugen? Der war die ganze Zeit im Nebenzimmer und hätte ganz leicht in dein Zimmer schlüpfen und die Formel suchen können." Klaus ging seinen detektivischen Instinkten nach.

„Nein, der ist harmlos. Wieso sollte ausgerechnet ein Wirt Interesse daran haben?" Wieder schüttelte Manon energisch den Kopf.

„Meistens ist es der Unverdächtigste. Der Gärtner. In unserem Fall wäre das Leonardo, der Priester". Peter fand an dem Ratespiel Gefallen.

„Und was, wenn es jemand Außenstehender war? Jemand von der Pharmafirma oder vom Hanna-Brein-Institut? Oder wenn jemand von Mirandas Leuten herausgefunden hat, dass ich hier bin, und sie die Formel suchen lässt? Die wissen ja wirklich nicht, dass ich nur ein Viertel der Formel besitze."

„Wir werden dich beschützen." Klaus' Stimme klang bestimmt. Dankbar blickte Manon von Klaus zu Peter, den sie so lange fixierte, bis er rot anlief.

Ein Rätsel

Über das Magistrat, das die Unterkunft vermittelt hatte, versuchten sie in Erfahrung zu bringen, wer für sie einkaufen gehen würde und wie sie diese Person kontaktieren konnten. Die enttäuschende Antwort war, dass sich niemand im Ort gefunden hatte, der diese Aufgabe für sie erledigen wollte. Zu groß war die Angst vor einer möglichen Ansteckung, vermuteten die Beamten. Die Wohngemeinschaft hatte zwar noch Vorräte, doch einige davon neigten sich dem Ende zu. Und so meldete sich Klaus freiwillig für einen Einkauf. Nach anfänglichen Protesten, dass er jemanden dabei anstecken könnte, gestand er auch dem Rest der Gruppe, dass er in Wirklichkeit nie infiziert gewesen war, sich sozusagen unbefugt in Quarantäne begeben hatte, weil er nicht gewusst hatte, wo er wohnen sollte. Nach einer kurzen Schrecksekunde riet man ihm, mehr Abstand von der Gruppe zu halten. Klaus winkte ab, er könne schon selbst auf sich schauen. Mit der Begründung, dass er annehme, gegen das Virus immun zu sein, weil er der Meinung sei, die Krankheit bereits ein paar Wochen zuvor überstanden zu haben, versuchte er die Zweifel seiner Mitbewohner zu zerstreuen. Manon, die noch wegen des Zwischenfalls schlecht gelaunt war, lachte ihn aus und bezeichnete ihn als „Hypochonder". Peter erinnerte sich daran, dass Klaus ihm bei der Fahrt in ihr Quartier angedeutet hatte, Symptome verspürt zu haben. Er nahm ihn in Schutz.

Daraufhin erzählte Klaus, wie er erst seine Mutter und dann sich selbst hatte testen lassen: „Ein paar Tage vor unserer schicksalhaften Begegnung im Freud habe ich meiner Mutter verboten, ihre Freundinnen im Bridgeclub zu treffen. Ich sagte zu ihr: ‚Lass dich von deinem Sohn beschützen.' Doch sie hörte nicht auf mich, ging Bridge spielen, einkaufen und auf die Bank. Zwei Tage später zeigte sie erstmals Symptome. Vier Tage lang habe ich vergeblich versucht, einen Testtermin für sie zu bekommen. Dann gab ich auf und ließ sie privat testen."

„In einem Labor?", wollte Manon wissen.

„Nein, ein Arzt hat sie auf Privatkosten getestet. Am nächsten Abend kam dann die Hiobsbotschaft, dass das Resultat positiv war. Da habe ich geweint, nach all den Eindrücken, die ich im Fernsehen gesehen hatte: alte Leute, von denen sich die Angehörigen nicht mehr verabschieden konnten. Meine Mutter aber hat sich zwei Wochen lang in ihrer Wohnung eingesperrt und die Krankheit großartig überstanden."

„Und du? Wurdest du auch getestet?"

„Der Privatarzt hat auch bei mir einen Abstrich gemacht, der allerdings negativ war."

„Also, was jetzt? Ich dachte, du warst krank?", wollte Manon wissen und reichte das Fieberthermometer in die Runde.

„Ja, ich hatte Symptome, anfangs war mein Hals trocken, ich hatte erhöhte Temperatur. Dann bekam ich Atemnot, rief den Ärztenotdienst, die Sanitäter testeten meine Sauerstoffsättigung. Es fühlte sich an, als wären meine Lungen mit Haaren austapeziert. Luft bekam ich genügend. Trotzdem brachten sie mich ins Spital. Mein behandelnder Arzt erklärte mir, dass mein Virus-Z-Testergebnis schon allein deshalb nicht valide sei, weil man mir den Abstrich nur aus der Nase – und nicht auch aus dem Rachen – entnommen hatte.“

„„Erstens ist das ein Blödsinn. Und zweitens: Woher wusste er das?“, unterbrach ihn Manon, die mit einem Kugelschreiber nachdenklich etwas auf ein Stück Papier kritzelte.

„Das hatte ich ihm erzählt. Durch die lange Zeit seit der vermuteten Infektion seien die Viren zudem bereits in die Lunge gewandert und könnten so nicht mehr nachgewiesen werden, meinte er. Dann wurde ich entlassen. Ich wusste nicht, wohin, also habe ich mich in ein leerstehendes Gartenhäuschen im Wienerwald gelegt, auf Anraten des Spitalsarztes meine Kleidung ausgelüftet und geschlafen, bis mich ein befreundeter Arzt anrief, den ich am Vorabend um Rat hatte fragen wollen, aber nicht erreicht hatte. Ich erzählte ihm, dass ich wegen des Gefühls akuter Atemnot im Spital gewesen war. Er antwortete, dass ich spätestens jetzt, nach dem Spitalsbesuch, positiv sein würde, aufgrund des dortigen Umfelds. Das hat mir dann den Rest gegeben.“ Die Zuhörer lachten ihn aus. „Als das Testergebnis dann nach zwei Wochen endlich vorlag, waren die Symptome weg“, fuhr Klaus fort. „Aber jetzt kommt es: Der Arzt, der meinen Abstrich gemacht hatte, hatte ihn im Auto vergessen, wie er mir später gestand, sodass das Ergebnis verfälscht gewesen sein muss.“

„Du zweifelst also das Testergebnis an?“, fragte Manon ihn verwundert.

„Ja, genau, weil ich gelesen habe, dass Tests maximal drei Tage in einem gekühlten Behälter aufbewahrt werden dürfen.“

„Warum bist du nicht zu mir gekommen, sondern hast dich wie ein Landstreicher in ein Gartenhaus gelegt?“, wollte

Peter wissen. Dabei leerte er die letzten Tropfen seines Desinfektionsmittels auf seine linke Handfläche und verrieb sie auf beiden Unterarmen und auf der anderen Hand. Klaus antwortete ihm nicht, sondern nahm die Einkaufsliste, die Judith während seiner Erzählung gemeinsam mit Manon erstellt hatte, einen Mund-Nasen-Schutz und sein Portemonnaie und brach Richtung Dorfzentrum auf.

Eugens Zustand war nach wie vor stabil, die Ärztin brachte ihm Essen ans Bett, während die Gruppe um den Esstisch saß und eine Fernsehsendung über die regionale Verteilung der Virus-Z-Infizierten verfolgte. Nur ab und zu vernahm man ein Husten aus seinem Zimmer. Trotzdem war die Stimmung in der Gruppe angespannt. Manon, die zufrieden feststellte, dass keiner ihrer Schützlinge Fieber aufwies, zeigte sich immer noch misstrauisch und distanziert. Immerhin konnte es fast jeder in diesem Raum gewesen sein, der ihre Sachen am Vortag durchwühlt hatte. Leonardo schnabulierte einen Rest des Frühstücks, bestehend aus Schmalzbroten. Molly lag auf seinen Füßen und blickte erwartungsvoll zu ihm auf.

„Ich habe das ganze Virusthema langsam satt." Dimitris Stimme klang gelangweilt. Endlich schaltete er den Fernseher ab und ergriff das Wort: „Hört zu, wenn jemand von euch Manon etwas zu sagen hat, dann soll er es gleich tun. Ich finde es nicht besonders kameradschaftlich, sich in ihr Zimmer zu schleichen und in ihren Sachen zu stöbern."

„Warum nicht sie?", wollte Leonardo wissen, der die letzte Hälfte seines Schmalzbrotes verschlang. „Du hast gesagt, ‚er' soll es gleich tun. Könnte ja auch eine Frau gewesen sein." Damit zeigte er mit dem Finger auf Judith. Als Antwort gab sie nur ein leichtes Schnaufen von sich.

„Natürlich könnte es auch Judith gewesen sein. Aber warum sollte sie das tun?", wollte Dimitri wissen.

„Es könnte auch jemand von außen gewesen sein", mutmaßte Peter. „Immerhin haben erst gestern Unbekannte einen Stein durch ein Fenster geworfen. Schon vergessen?" Manon machte ein nachdenkliches Gesicht, dann nickte sie bestätigend.

„Aber dann hätte Molly doch gebellt", warf Dimitri ein.

„Molly ist zwar von ihren Anlagen her ein Hirten- und Wachhund, sie ist aber sehr speziell. Vor allem ist sie gutmütig und bestechlich. Für ein Stück Wurst bist du sofort ihr bester Freund", erklärte Manon. „Und sie war nicht die ganze Zeit bei mir, sondern besuchte immer wieder Eugen in seinem Zimmer."

„Oder", hakte Dimitri ein, „es war Eugen. Für ihn wäre es einfach gewesen, sich aus seinem Bett zu schleichen und im anderen Zimmer für Chaos zu sorgen", erklärte er streng und fuhr neugierig fort: „Wurde eigentlich etwas gestohlen?"

„Nicht dass ich wüsste", antwortete Manon und warf Peter einen beschwörenden Blick zu, den er aber nicht zu deuten vermochte.

„Na, dann ist ja alles gut." Judith legte mit ihren Spielkarten Patiencen und wollte das Thema wechseln. Doch Dimitri blieb hartnäckig: „Was ist mit Klaus und dir?", damit deutete er auf Peter. Dieser schüttelte verneinend den Kopf. „Wir waren draußen und haben uns unterhalten, während wir geraucht haben."

„Es gibt ja auch die Möglichkeit, die Anlage von hinten zu betreten", dachte Dimitri laut nach. Er klang nicht besonders überzeugt.

„Und du? Was ist mit dir?", gab Peter zurück. „Höchst seltsam, dass du uns verdächtigst. Vielleicht willst du von dir ablenken?"

Dimitri gab keine Antwort, stattdessen zeichnete er einen Tisch mit Stühlen auf ein Blatt Papier. Jedem Stuhl gab er den Namen eines Bewohners. Seinen und den von Manon strich er durch, bei allen anderen schrieb er ein Fragezeichen daneben. Dann steckte er das Blatt in seine Hosentasche.

Leonardo und Peter protestierten: „Warum streichst du deinen Namen durch?“

„Weil ich weiß, was ich tue. Oder in dem Fall nicht getan habe.“

Während Judith eine Reihe Herzen auflegte, blickte sie plötzlich über den Rand ihrer Brille hinweg auf und richtete eine Frage an den wortkargen Priester: „Leonardo, wo wohnst du eigentlich?“

„Im Kloster“, antwortete dieser und bekam dabei einen roten Kopf.

„Ach so? Wurden die anderen Brüder eigentlich auch getestet?“

„Ich wei-weiß es nicht“, stotterte Leonardo.

„Du erzählst uns die Unwahrheit.“ Judith hielt beim Legen eines Kartensatzes inne und sah ihm geradewegs ins Gesicht.

„Ich schwöre ...“

„Du sollst nicht schwören, das mag der liebe Gott gar nicht gerne“, unterbrach sie ihn, seine Verlegenheit sichtlich genießend. „Also, wo wohnst du wirklich?“

„Lass ihn in Ruhe“, stellte sich Manon auf die Seite des Priesters.

Jetzt erhob sich Dimitri und kündigte feierlich ein Rätsel an.

„Ist es jenes, das du schon einmal anbringen wolltest, als Eugen einen Hustenanfall hatte?“, wollte Peter wissen.

„Genau. Es handelt sich um ein mathematisches Rätsel, das eigentlich gut zu uns passt. Gerade jetzt“, ergänzte Dimitri und begann: „Um einen ovalen Tisch herum sitzen mehrere Personen. Ein Teil der Anwesenden gehört zur Gruppe der Lügner, die anderen sagen stets die Wahrheit."

„Unser Tisch ist aber nicht oval", warf Judith ein.

„Das spielt jetzt keine Rolle", entgegnete Dimitri ungeduldig und setzte sein Rätsel fort: „Jeder Anwesende sagt über jeden seiner beiden Sitznachbarn, diese seien Lügner. Eine am Tisch sitzende Frau erklärt: ‚Wir sind genau elf Personen.' Daraufhin lacht ein ebenfalls am Tisch sitzender Mann laut los: ‚Haha, die Frau lügt. Wir sind zehn!'" Nach einer kurzen Pause, in der Dimitri sein Rätsel sickern lassen wollte, fuhr er fort: „Jetzt meine Frage an euch: Wie viele Personen sitzen am Tisch? 9, 10, 11 oder – als letzte Antwortmöglichkeit – das lässt sich nicht mit Sicherheit sagen." Dimitri schaute triumphierend in die Runde. Leonardo hatte sich abgewandt, um mit Molly zu spielen. Er hielt ein Stück Wurst hoch in die Luft und ließ sie danach springen. Dabei nahm er das Stück immer weiter in die Höhe. Zu seiner Begeisterung meisterte sie jede Steigerung mit Bravour.

„Leonardo, du kannst auch mitmachen", rief ihm Dimitri zu.

„In Mathematik war ich immer schon schlecht." Leonardo hatte sichtlich keine Lust auf das Rätsel.

„Ich glaube, die letzte Antwort ist richtig: Man kann es nicht mit Bestimmtheit sagen", vermutete Judith.

„Ich würde sagen, es sind elf Personen." Das klang nach einer Feststellung von Peter, nicht nach einem Raten.

„Wie kommst du darauf?", wollte Dimitri wissen. Peter nahm ein Stück Papier und zeichnete – so, wie Dimitri zuvor – einen Tisch mit Sesseln darum herum. Jedem Sessel fügte er ein ‚L' für Lügner oder ‚W' für Wahrheitssager hinzu.

Dann zählte er durch, kam aber auf kein Ergebnis. Judith und Manon versuchten, ihm dabei zu helfen. Gerade als sie aufgeben wollten, wurde die Eingangstür aufgerissen, und Klaus stürzte mit blutigem Gesicht und zerfetztem Hemd in den Clubraum. In der Hand hielt er ein Stück Holz, auf dem Blutflecken klebten. Er wankte ein paar Schritte auf die anderen zu, dann fiel er taumelnd zu Boden.

Backgammon

Manon und Peter waren als Erste zur Stelle. Vorsichtig hoben sie Klaus gemeinsam hoch und legten ihn auf eine Bank. „Schnell, ein feuchtes Tuch!“, rief die Ärztin. Judith reichte ihr ein Stück in Wasser getränkte Küchenrolle. Vorsichtig tupfte Manon Klaus’ Stirn damit ab. Die Wunde, eine tiefe Schramme, blutete immer noch. Fest drückte sie die Küchenrolle darauf. Dann sagte sie in strengem Ton: „Desinfektionsmittel.“ Peter holte eine Flasche und reichte sie ihr. Sie leerte etwas davon auf die Wunde. Klaus stöhnte. Die anderen standen mit betroffenen Gesichtern um die Bank herum. Als Klaus wieder in der Lage war, zu sprechen, fragte ihn Manon ruhig, was um Gottes willen passiert sei.

„Da war eine Gruppe von drei Männern, die mich auf dem Weg ins Dorf umstellten und wissen wollten, was ich hier zu suchen habe. Ich sagte ihnen, dass ich hier in Quarantäne sei. Daraufhin riefen sie, ich solle verschwinden und meine Freunde auch.“ Wieder stöhnte er kurz auf. „Damit meinten sie euch“, ergänzte er und deutete vage in die Runde. „Ich habe ihnen gesagt, dass wir ihnen nichts tun würden. Wollte ihnen meinen negativen Testbescheid zeigen, den ich im Portemonnaie mitführe, damit sie sehen, dass ich nicht ansteckend bin. Das hat sie aber nicht interessiert. Stattdessen gingen sie auf mich los, rempelten mich und begannen mich zu verprügeln. Mit einem Stück Holz, das auf dem Boden lag, versuchte ich mich zu wehren. Einen von ihnen traf ich damit am Hals. Er schrie auf. Daraufhin zerrten sie mich auf den Boden und traten mit den Füßen auf mich ein. Dann stiegen sie in ein Auto und fuhren weg."

„Weißt du, wie sie ausgesehen haben?", wollte Dimitri wissen.

„Sie trugen Mundschutz und Sonnenbrillen. Dadurch konnte ich sie nicht erkennen."

„Waren sie der Sprache nach Einheimische?"

„Ich denke schon."

„Konntest du sehen, was das für ein Auto war, oder hast du dir vielleicht die Autonummer gemerkt?", bohrte Leonardo nach.

„Nein, ich lag auf dem Boden und krümmte mich vor Schmerzen." Klaus verzog das Gesicht, als er an diesen Moment dachte.

„Wir müssen die Polizei rufen", sagte Peter.

„Das bringt nichts", entgegnete Dimitri schnell. „Die Dorfpolizei wird nicht gegen ihre eigenen Leute vorgehen."

„Wir leben immer noch in einem Rechtsstaat", antwortete der Journalist bestimmt.

„Lass das Klaus entscheiden", schlug Leonardo vor.

„Wenn wir sie nicht anzeigen, werden sie uns weiter belästigen, bedrohen und auflauern. Das will ich nicht", blieb Peter bei seiner Meinung.

„Ich fürchte, Dimitri hat recht", ächzte Klaus, während er sich mit Mühe aufrichtete.

„Dann verständige ich das Magistrat, das uns hier untergebracht hat", beharrte Peter auf seinem Vorhaben, etwas gegen die Attacken zu unternehmen. Er griff zu seinem Handy und wählte eine Nummer. Doch er kam nicht durch, ein Besetztzeichen ertönte.

„Wenigstens können wir jetzt mit Sicherheit davon ausgehen, dass nicht einer von uns Manons Sachen durchwühlt hat, sondern wohl diese Leute hier eingedrungen sind“, stellte Peter in den Raum. „Die wollten uns anscheinend einen Schrecken einjagen.“ Wieder dieser beschwörende Blick von Manon, den Peter diesmal mit einer Geste quittierte, die Verständnislosigkeit andeutete. Sie gab ihm mit Handzeichen zu verstehen, dass sie später mit ihm reden wollte.

Die Ärztin setzte sich abermals neben Klaus, schmierte die Wunde mit einer Salbe aus ihrer mitgebrachten Hausapotheke ein und heftete ein Pflaster darüber. Sie befand, dass die Wunde nicht genäht werden musste. Klaus ging sich umziehen und wollte hinter dem Haus auf der verglasten Terrasse eine Zigarette rauchen. Er hielt jedoch inne: Neben dem Eingang zum Clubraum war die Hausmauer mit Farbspray beschmiert. Da stand: „Schleichts euch, Virenschleudern!“

„Jetzt reicht es.“ Mit diesen Worten ergriff Klaus sein Handy und wählte die Nummer der Polizei. Dimitri, Leonardo und Judith wollten ihn noch davon abhalten, aber zu spät. Er schilderte dem diensthabenden Inspektor die Vorfälle. Dann legte er auf. „In zehn Minuten wird jemand bei uns sein.“

Knapp fünfzehn Minuten später fuhr ein Streifenwagen vor und zwei maskierte Beamte betraten den Clubraum. Als Erstes wollten sie wissen, wie die Gruppe hierhergekommen war. Dann nahmen sie die Daten aller Kasernierten auf, bevor sie sich die Vorfälle – vom Steinwurf und dem Plakat bis zum Überfall auf Klaus und die beschmierte Hauswand – erzählen ließen. Schließlich verabschiedeten sie sich mit den Worten: „Gesund bleiben.“ Das sorgte für allgemeine Erheiterung.

„Das war es?“ Peter war verblüfft über den kurzen Besuch und das Desinteresse der Beamten.

„Denen waren wir herzlich egal“, stellte Klaus fest.

Manon ergriff die Leine und forderte Peter zu einem Spaziergang auf. Sie selbst würde danach beim örtlichen Greißler einkaufen, bei dem man unter Selbstbedienung Geld in eine Kassa werfen konnte. „Praktisch ein kontaktloser Einkauf“, erklärte sie. Als Peter zögerte, bot sich Dimitri an, sie zu begleiten. „Ich wollte etwas Persönliches mit Peter besprechen“, erklärte ihm die Ärztin entschuldigend. Doch der Russe bestand darauf, mitzukommen, und schlug vor, Abstand zu halten, damit Manon und Peter ungestört blieben. Peter schien damit nicht einverstanden zu sein, Manon aber willigte ein. Als ihr Frauchen nach der Leine griff, hüpfte Molly erfreut an ihr hoch.

Seit ihrem Aufenthalt in Quarantäne schien erstmals die Sonne, die Natur lebte langsam auf. Die Blätter der Laubbäume um die Sportanlage herum waren ausgewachsen und zeigten sich in einem hellen, frischen Grün. Der Himmel über ihnen war wolkenfrei. Nur in der Ferne zogen ein paar Gewitterwolken auf.

„Wie bist du eigentlich zum Backgammon gekommen?“, wandte sich Peter an den Russen, der sich nicht an den Vorschlag, in diskretem Abstand zu gehen, hielt. Als sie den Schranken am Waldrand erreichten, ließ Manon Molly von der Leine. Von jetzt an führte ein breiter Forstweg durch den dicht bewachsenen Nadelwald.

„In Moskau habe ich als Kind bereits Turniere gespielt, weil mein Vater mein Talent erkannte“, antwortete Dimitri nicht ohne Selbstlob. „Ich lernte auch Sprachen und Kampfsportarten.“

„Was für Kampfsportarten?“, wollte Peter wissen.

„Vor allem Karate, aber auch Wing Chun. Als ich zwanzig Jahre alt war, wanderte meine Familie nach Wien aus. Ich heuerte bei den Kanalarbeitern an."

„Ist das dein Ernst? Du warst Kanalräumer?" Peter konnte sich ein Lachen nicht verkneifen.

„Ganz genau. Ich war bei der damaligen Magistratsabteilung 30 angestellt. Ich machte mich auf diesem Weg mit der Kanalisation von Wien vertraut und kenne sie jetzt wie meine Westentasche. Das Kanalsystem ist mathematisch höchst interessant. Die alten Römer haben zu der Zeit, als Wien Vindobona hieß, die Bäche zur Abwasserentsorgung genutzt. Im Laufe der Jahrhunderte wurde das Kanalsystem immer weiter ausgebaut, sodass die Stadt Anfang des 18. Jahrhunderts fast zur Gänze kanalisiert war. Die Vororte nutzten aber noch angrenzende Bäche zur Ableitung von Unrat und Fäkalien. Durch die immer größere Bebauungsdichte konnten die Wasserläufe die wachsenden Fäkalmengen nicht mehr bewältigen. Und immer wieder führte Starkregen zu teilweise verheerenden Hochwasserkatastrophen. Die angespülten Abfälle, darunter auch Tierkadaver, lösten oft Epidemien aus, auch die Pest. Im Jahr 1830 trat die Donau nach einem Eisstoß so stark über die Ufer, dass Wien von einer furchtbaren Choleraepidemie heimgesucht wurde. Daraufhin hat man parallel zum Wienfluss zwei Kanäle gebaut. Für viele Obdachlose diente die Kanalisation damals als Zufluchtsmöglichkeit im Untergrund. Ihr müsst euch vorstellen: In den Hauptkanälen kann man bequem aufrecht gehen. Außerdem bleiben viele Verzweigungen, Kammern und Gänge auch bei Regen trocken. Der Untergrund diente vor allem in der kalten Jahreszeit als idealer Unterschlupf. Heute spielen die Bachkanäle übrigens eine wichtige Rolle bei der Abwasserbeseitigung."

Molly unterbrach Dimitris Ausführungen. Bellend lief sie in ein Gestrüpp. Sofort rannte Dimitri zu ihr und sah sich um, doch konnte er niemanden ausfindig machen. Also nahm er die Hündin am Halsband und führte sie zu Manon, die sie anleinte.

„Heute ist das Kanalnetz zirka zweieinhalbtausend Kilometer lang und besteht aus fünf großen Sammelkanälen, die das ganze Abwasser sammeln und in die Hauptkläranlage in Simmering oder ins Blumental bringen", setzte Dimitri seine Schilderung fort. „Der linke Hauptkanal alleine ist zehn Kilometer lang und entwässert den zweiten und den zwanzigsten Bezirk. Der Wiental-Kanal mit einer Länge von rund dreieinhalb Kilometern wurde in ungefähr dreißig Metern Tiefe unterhalb des Wienflusses zwischen Urania und Ernst-Arnold-Park errichtet. Er dient als Rückhaltebecken, das je nach freien Kapazitäten der Hauptkläranlage Simmering dorthin entleert wird, und zwar über den rechten Hauptsammelkanal."

„Was passiert eigentlich bei Starkregen?", wollte Peter wissen.

„Da wird das Wasser in den Wienfluss, den Donaukanal oder in die Donau geleitet." Dimitri blieb stehen, um sich in sein Stofftaschentuch zu schnäuzen, bevor er weitersprach: „Na, und abends arbeitete ich als Backgammonspieler."

„Du meinst, du hast dir damit dein Geld verdient", versuchte Peter ihn zu korrigieren.

„Das war harte Arbeit. Ich spielte im Sowieso, einem Lokal, in dessen oberem Stockwerk sich Abend für Abend Spieler aus aller Welt trafen und ihre Spielstrategien gegenseitig ausprobierten. Dabei konnte man sehr viel Geld verdienen."

„Ist beim Backgammonspielen nicht auch Glück dabei?", unterbrach ihn Peter.

„Nein, gar nicht. Es geht nur um Taktik, Wahrscheinlichkeit und Manipulation. Und das beherrsche ich. In diesem Lokal trat ich zweimal in der Woche gegen Backgammonspieler an und verdiente damit ein kleines Vermögen. Ich reiste auch zu internationalen Turnieren rund um den Globus. Das meiste Geld verdiente ich aber dank zwei Spielern im Sowieso: Der eine war Arzt, der eine Erbschaft gemacht hatte und hinter dem Rücken seiner Frau spielte, der andere ein Großindustrieller. Doch eines Tages starb Letzterer. Damit brach ein Teil meines Einkommens weg. Und dann erfuhr ich, dass mein Therapeut mich indirekt an den Arzt verraten hatte."

„Wieso verraten?" Peter konnte seine Neugierde kaum verbergen.

„Ich besuchte jahrelang einen Psychiater in Wien, weil ich Depressionen und schwere Konflikte mit meinem ehrgeizigen Vater hatte, die ich nicht überwinden konnte. Diesem Psychiater erzählte ich alles über mich, auch, wie ich meine Spielpartner regelrecht ausnahm. Du musst wissen, das waren krankhafte Spieler, die im Geldverlieren eine Passion entwickelten und dabei Befriedigung fanden. Und das nützte ich aus."

„Und wieso sagst du, dein Therapeut hätte dich verraten?", fragte Peter ungeduldig.

„Warte, ich erzähle die Geschichte gleich zu Ende. Eine Tages – ich hatte schon länger nicht mehr gegen den Arzt gespielt – vertraute mir jemand, der ebenfalls im Sowieso verkehrte, an, dass die Frau des Arztes den gleichen Psychiater aufsuchte wie ich. Und dass dieser seiner Patientin verraten hatte, dass ihr Mann das gesamte Vermögen verspiele, weil ich regelmäßig gegen ihn gewinnen würde."

„Ein Psychiater unterliegt doch der ärztlichen Schweigepflicht", mischte sich Manon ins Gespräch ein.

„Richtig. Aber die Arztgattin ist attraktiv. Mein Seelenklempner ist anfällig für attraktive Frauen. Sie wunderte sich, wo das ganze Vermögen hinfloss, das ihr Mann geerbt hatte. Er war schwer krank, und sie bangte um ihr Einkommen, wenn er eines Tages sterben sollte. Diese Sorge teilte sie ihrem Therapeuten mit. Und der packte aus. Als sie von mir erfuhr, erteilte sie ihrem Mann Spielverbot. Mir fiel auf, dass der Arzt mich von einem Tag auf den anderen mied. Existenzängste nagten an mir, schließlich war er meine letzte verlässliche Einkommensquelle. Ich wandte mich vertrauensvoll an einen Freund aus dem Spiellokal, der mir Geld schuldete. Ich erhoffte mir, herauszufinden, warum sich der Arzt plötzlich so zierte, gegen mich zu spielen. Mein Bekannter horchte ihn aus und erzählte mir dann die Geschichte."

„Hast du deinen Psychiater damit konfrontiert?", fragte Peter.

„Eigentlich ist das Ausplaudern von Geheimnissen der Patienten eine Anzeige bei der Ärztekammer wert", stellte Manon trocken fest.

„Ich habe ihm einen Schlägertrupp geschickt. Und habe den Psychiater gewechselt."

Peter erstarrte. Was waren das für Methoden? Aber er sagte nichts, sondern wechselte das Thema. „Was wolltest du eigentlich mit mir besprechen?", fragte er Manon.

„Es geht um meinen Exmann. Ich wollte dich um einen persönlichen Rat bitten", log sie. Sie waren bereits eine gute halbe Stunde unterwegs, vor ihnen tauchte eine beschilderte Kreuzung auf. „Wenn wir diesen Weg nehmen", damit deutete die Ärztin nach links, „dann sind wir in rund einer halben Stunde wieder in unserem Quartier. Unterwegs würde ich noch schnell beim Greißler einkaufen." Die Männer waren einverstanden. So traten sie schweigend den Rückweg an, beim Geschäft machten sie Halt. Manon setzte ihre Atemschutzmaske auf und besorgte die Dinge, die auf der Einkaufsliste standen.

Bei der Sportanlage angekommen, hielt Manon Peter zurück, während Dimitri mit der hechelnden Hündin in den Clubraum ging.

„Es tut mir leid, ich konnte nicht vor Dimitri sprechen. Ich wollte dir ein paar Dinge erzählen."

„Ich höre dir zu." Peter bot ihr eine Zigarette an, die sie ablehnte. Er zündete sich selbst eine an und schaute sie herausfordernd an.

„Ich habe Angst, dass ich verfolgt werde", begann Manon.

„Du leidest unter Verfolgungsangst? So wirkst du nicht auf mich", gab Peter mit einem Grinsen zur Antwort.

„Du weißt schon. Ich meine nicht krankhaft. Ich habe Angst, dass jemand hinter der Formel her ist."

„Hast du mich deswegen heute so bedeutungsvoll angeschaut, als Dimitri versucht hat, die anderen zu verhören?"

Manon ging nicht auf Peters Frage ein, sondern sagte beschwörend: „Peter, ich muss dir etwas sagen, aber das darfst du niemandem erzählen. Auch nicht Klaus."

„Raus mit der Sprache." Peter machte einen tiefen Zug an seiner Zigarette. Dann fragte er nach: „Hast du etwas mit dem Russen?"

„Bist du verrückt? Nein! Wie kommst du darauf?", rief sie und dämpfte sogleich ihre Stimme. Flüsternd setzte sie fort: „Vielmehr ist er mein Leibwächter."

„Du hast einen Leibwächter? Aber wofür denn? Du bist eine Ärztin und nicht Whitney Houston", rief Peter.

„Psst!" Manon hielt ihren Zeigefinger vor den Mund. „Nicht so laut! Das darf niemand wissen. Ich habe eine Vereinbarung unterschrieben, dass ich das nicht weitererzählen darf."

Eine schwarze Wolke zog über den Himmel, frischer Wind kam auf, die ersten Regentropfen fielen. Manon zog Peter weg von der Eingangstüre und ging mit ihm ums Haus herum. Vor der angeschmierten Wand blieb sie stehen und reichte ihm einen halbvollen Aschenbecher, den sie von einem Stehtisch nahm. Hier konnten sie sich ungestört unterhalten. Das Vordach schützte sie vor dem Regen.

„Die Sache ist die: Ich habe euch doch erzählt, dass ich gemeinsam mit den Kollegen vom Grazer Labor, das zum Hanna-Brein-Institut gehört, einen Impfstoff gegen das Virus entwickelt habe." Peter nickte und dämpfte die Zigarette aus. „Dieses Projekt wurde teils von Miranda finanziert, großteils von jenem Pharmariesen, der darauf drängte, die Testphase für den Impfstoff zu verkürzen. Unsere Arbeit dürfte den Durchbruch im Kampf gegen das Virus bedeuten. Trotzdem fehlen die entsprechenden Anwendungstests."

„Wie lange würde eigentlich eine seriöse Testphase dauern?", wollte Peter wissen und zündete sich eine weitere Zigarette an.

„Mindestens acht Monate, wenn nicht länger", antwortete Manon und fuhr fort: „Ich habe dir doch auch erzählt, dass die Kollegen von unserem deutschen Mutterinstitut diesem Drängen nachgeben wollten."

„Genau, und dass ihr daraufhin zu viert beschlossen habt, eure Zelte im Labor abzubrechen und die Formel nicht, wie vereinbart, auf die Plattform zu stellen, sondern stattdessen unterzutauchen und diese mitzunehmen. Jeder von euch vieren besitzt einen Teil der Formel. Ohne die anderen Teile ist jedes Puzzleteil wertlos. Richtig?"

„Gut zugehört." Manon sah ihn anerkennend an.

„Das ist Teil meines Jobs", erklärte Peter und wartete auf ihre weiteren Ausführungen.

„Peter, ich glaube nicht, dass jemand aus dem Dorf meine Sachen durchwühlt hat. Und schon gar nicht jemand aus unserer Wohngemeinschaft", eröffnete ihm Manon. „Ich glaube, es war tatsächlich jemand, der von dem Pharmaunternehmen geschickt wurde. Ich kenne den Besitzer. Er ist hoch verschuldet. Für ihn bedeutet es einen riesigen wirtschaftlichen Verlust, wenn er das Patent für den Impfstoff nicht durchbringen kann."

„Er selbst würde dich nicht verfolgen. Wen sollte er denn schicken?", wollte Peter wissen.

„Ich weiß es nicht. Ich weiß nur, dass er, kurz bevor wir uns im Freud kennengelernt haben, mich dort treffen wollte. Er benahm sich äußerst seltsam, beobachtete mich, bevor er sich an meinen Tisch setzte, und versuchte mich persönlich davon zu überzeugen, dass man den Impfstoff wegen des Virus Z früher als gewöhnlich herausbringen sollte. Und dann stellte er mir sogar einen saftigen Extrabonus dafür in Aussicht. Es war widerlich, ich bekam es mit der Angst zu tun", erinnerte sich Manon an jenen Abend im Freud.

Peter dachte daran, was Eugen ihm erzählt hatte: dass er die Ärztin vor nicht allzu langer Zeit im Lokal beobachtet hatte, als sie auffällig nervös auf jemanden gewartet hatte. Auch diesen Fremden mit Motorradhelm und Tätowierungen hatte Eugen erwähnt. Doch Peter sagte nichts, sondern hörte geduldig zu.

„Als sich mir die Möglichkeit bot, euch in der Quarantäne zu betreuen, habe ich zugesagt, um mich zu schützen."

„Wie hast du von der Quarantäne erfahren, dein Testergebnis war ja nicht positiv?", wollte Peter wissen.

„Es war Judiths Idee, als ich mich ihr an jenem Abend im Freud anvertraute und ihr meine Geschichte erzählte. Leider weiß ich nicht mehr genau, wie viel ich ihr wirklich erzählt habe. Ich hatte damals viel zu viel getrunken. Wir haben Telefonnummern ausgetauscht. Sie ist extrem gut vernetzt, hat eine gute Menschenkenntnis und empfahl mir gleich Dimitri als Aufpasser."

Deswegen rennt ihr Dimitri ständig hinterher, ging es Peter durch den Kopf. „Erfahrung als Bodyguard hat er aber anscheinend keine. Dass jemand in unser Quartier eindringen konnte, hat er zum Beispiel nicht verhindert", gab Peter zu bedenken.

„Das stimmt. Aber er ist ausgebildeter Kampfsportler und wirkt aufgrund seiner Statur abschreckend. Zudem braucht er momentan das Geld, wie es scheint. Und einen professionellen Bodyguard zu bezahlen, wäre mich viel teurer gekommen", rechtfertigte sich Manon.

„Danke, dass du mir vertraust und mir das erzählt hast. Weiß er Bescheid, wo du deinen Teil der Formel aufbewahrst beziehungsweise wo sich deine Kollegen aufhalten und wie du mit ihnen Kontakt hältst?"

„Nein. Ich habe ihm keine Details über die Angelegenheit erzählt. Nur, dass möglicherweise eine Firma jemanden schickt, der mir etwas antun will. Trotzdem hat er euch auch quasi verhört."

„Ein Verhör sieht anders aus", entgegnete Peter und fügte hinzu: „Aber gut, er ist ja auch kein Profi. Du meinst, dass die Pharmafirma dich verfolgen lassen könnte?", kam er auf Manons Vermutung zurück.

„Genau. Das ist mir nach unserem Gespräch, bei dem Klaus dabei war, erst so richtig bewusst geworden. Immerhin haben wir – also meine Kollegen und ich – der Firma die Formel unterschlagen, für deren Entwicklung sie bezahlt hat."

„Und? Ist die Formel eigentlich noch da?“, wollte Peter von Manon wissen.

„Ja, sowohl die Formel als auch das Handy, über das ich mit den anderen in Kontakt stehe, sind da“, beruhigte sie ihn. Wo sie die wertvollen Dinge aufbewahrte, verschwieg sie immer noch.

„Wer sind deine Kollegen?“ Peter wollte mehr über Manons „Verschwörungsgemeinschaft“ in Erfahrung bringen.

„Du meinst, woher sie kommen?“ Ohne eine Antwort abzuwarten, sprudelte es aus Manon heraus: „Es handelt sich um einen Österreicher, eine Schwedin und einen Spanier. Der Österreicher lebt in Wien. Er ist keine dreißig Jahre alt. Die Schwedin, sie heißt Anita, kommt aus Stockholm, ist aber mit einem Österreicher verheiratet und lebt in Kärnten. Anita ist ebenfalls noch sehr jung und sehr talentiert. Der Spanier, ursprünglich aus Bilbao, ist vor der Grenzschließung zurück nach Madrid, wo er jetzt lebt.“

„Bilbao, die Stadt mit dem modernsten Museum Europas“, schwärmte Peter.

„Tatsächlich zählt das Guggenheim im Baskenland zu den modernsten Ausstellungshäusern“, pflichtete Manon ihm bei.

Der Regen prasselte auf das Dach, ein kräftiger Windstoß wirbelte die Blätter hoch und ließ sie im Kreis tanzen. Nach einer längeren Pause, in der sie das Spiel der Blätter beobachteten, fiel es Peter wie Schuppen von den Augen: „Warst es eigentlich du, die diese Gruppe zusammengestellt hat?“

„Eigentlich war das Judith. Sie hat mir erzählt, dass Unterstandslose in Gruppen in Ausweichquartiere gebracht werden, wenn sie infiziert sind, und dass es für bis zu zehn Personen mindestens eine medizinische Betreuung braucht. Sie hat mich angerufen und vorgeschlagen, zu bewirken, dass ich sie,

Eugen, Dimitri und Leonardo als Ärztin in der Quarantäne betreue. Vorausgesetzt, Dimitri und Leonardo werden positiv getestet."

„Mich hat sie nicht vorgeschlagen? Die Behörde hat mich ja gefragt, ob ich mich hier in Quarantäne begeben will", wandte Peter nachdenklich ein.

„Das war meine Idee. Ich wusste von dem Abend im Freud, dass du bei deiner Mutter wohnen wolltest, bis du die neue Wohnung beziehen kannst. Da habe ich eins und eins zusammengezählt und mir gedacht, dass du wohl als infizierte Person nicht bei deiner Mutter einziehen würdest. Auch nicht vorübergehend. Also habe ich mir erlaubt, gegenüber dem Magistrat deinen Namen zu erwähnen. Ich sagte ihnen, sie sollen dir den Vorschlag machen, ebenfalls zu uns zu kommen, falls Eugen auch dich angesteckt haben sollte."

„Und als Klaus von mir erfahren hat, dass ich das Angebot annehme, in Quarantäne zu gehen, hat er die Beamten getäuscht und sich reingeschummelt", ergänzte Peter, der sich insgeheim geschmeichelt fühlte, dass Manon ihn bei sich haben wollte.

„Warum hat Judith eigentlich heute den Priester gefragt, wo er wirklich wohnt?", wechselte Peter nach kurzer Pause das Thema. Gedankenverloren zog er ein Päckchen Kaugummi aus der Hosentasche und bot Manon ein Stück an.

„Keine Ahnung. Vielleicht wollte sie seine Reaktion testen und schauen, ob er als Eindringling in mein Zimmer in Frage kommt."

„Seltsam ist es aber schon", fand Peter und zog den Kragen seiner Jacke fester zu.

Molly

„Merda, porca miseria, stronzi!“ Die Hausgemeinschaft wurde durch laute Schreie von Leonardo geweckt. Alle, bis auf Eugen, stürmten in ihren Schlafanzügen ins Freie, von wo die Flüche, die der Priester auf Italienisch ausstieß, herkamen. Auf dem Pfosten bei der Zuschauertribüne hing etwas, das anfangs nicht identifizierbar war. Bei näherem Hinschauen erkannten sie Molly. Um ihre Schnauze war eine Mundschutz-Maske gebunden. Kleine Fliegen umkreisten ihren leblosen Körper.

„Che porcheria! Was für eine Sauerei!“, rief Leonardo, auf dem Boden kniend, die Hände vor dem Gesicht, immer wieder. Die Gruppe sah fassungslos auf die tote Hündin. Manons Knie wurden weich, sie konnte sich nicht auf den Beinen halten. Dann entkam ihrem weit aufgerissenen Mund ein bitteres Schluchzen, das in ein lautes Wehklagen überging. Sie war kreidebleich. Klaus und Peter nahmen sie bei den Armen und führten sie weg. Zu grausam war der Anblick des getöteten Tieres.

„Che porcheria!“ Immer noch kniete Leonardo vor dem Pfosten.

„Sei endlich still“, tadelte ihn Judith, die seine Schimpfwörter verstehen konnte. „Und überhaupt: Wie kann ein Priester nur so fluchen?“ Damit wandte sie sich ebenfalls von dem grauenhaften Bild ab und folgte den beiden Journalisten und Manon in den Clubraum.

Dimitri, der sichtlich ein schlechtes Gewissen hatte, weil er als Aufpasser für Manon auch diese Tat nicht hatte verhindern können, verhielt sich ruhig. Er forderte Leonardo auf, ihm zu helfen, die tote Molly vom Pfahl zu nehmen. Immer noch vor sich hin fluchend stand der Priester auf und folgte Dimitri. Gemeinsam holten sie die Hündin von dem Pfosten herunter. Dann suchte der Russe nach einer Schaufel, um den Kadaver zu begraben. Er erinnerte sich, auf der Terrasse einen Gartenschlauch und Werkzeug für die Pflege des Rasens gesehen zu haben. Tatsächlich fanden sich dort auch ein Schubkarren und ein Spaten. Streng forderte er Leonardo auf, Molly in den Schubkarren zu heben. Die in Blut getränkte Maske nahm Dimitri ihr ab, den Spaten drückte er Leonardo in die Hand und deutete ihm, ihm zu folgen. Der Russe schob den toten Körper in Richtung Waldrand. Hinter ihm trottete der Priester nach, ein Gebet flüsternd.

Stan und Ollie

Sie ähnelten ein bisschen dem Komikerduo Stan Laurel und Oliver Hardy. Es waren dieselben Polizisten, die am Vortag die Anzeige wegen Körperverletzung und Bedrohung aufgenommen hatten. Besonders schlau wirkten beide nicht. Waren sie bei ihrem ersten Besuch noch misstrauisch gegenüber der Gruppe gewesen, so zeigten sie sich jetzt teilnahmsvoll und betroffen. Die brutale Tötung eines Hundes war ein schwerwiegendes Delikt. Kaffee oder Wasser lehnten sie ab. Auch wollten sie nicht am Tisch Platz nehmen.

„Haben Sie jemanden in Verdacht?", fragte der Korpulente in die Runde.

„Wer die Täter waren, liegt doch auf der Hand", antwortete Klaus. „Das waren dieselben, die mich tätlich angegriffen haben."

Manon, die schweigend vor sich hin starrte, saß von der Gruppe abgesondert. Sie trug eine enge schwarze Samthose und einen schwarzen, ebenfalls eng anliegenden Pulli. Schwarz unterstrich ihre trostlose Stimmung und stand ihr äußerst gut, wie Peter fand. Er lehnte an der Bar und wusch sich zum wiederholten Mal die Hände.

„Vielleicht war es auch jemand ganz anderes", gab er zu bedenken und blickte zu Manon. Doch die Ärztin reagierte nicht, sondern starrte weiter aus dem Fenster. Klaus blieb bei seiner

Meinung. Er bat die Polizisten eindringlich, sich hinter die Vorfälle zu klemmen und die Schuldigen ausfindig zu machen.

„Können Sie sich vielleicht doch an ein Detail erinnern, als Sie von dem Trio überfallen wurden?“, versuchte „Stan“ einen Hinweis von Klaus zu bekommen. In der rechten Hand hielt er einen Notizblock, in der linken einen Kugelschreiber. Klaus dachte angestrengt nach und schüttelte dann den Kopf.

„Denk nach“, drängte Leonardo Klaus, sich zu erinnern.

„Autonummer, Autotyp, besondere Kennzeichen der Personen, Sprache?“ „Ollie“ versuchte Klaus auf die Sprünge zu helfen. Dabei zupfte er an seinem Mund-Nasen-Schutz, der ihm offenbar lästig war.

„Oder hatten sie irgendeinen Akzent?“, bohrte der Dünne nach.

„Sie sprachen Deutsch. Akzentfrei, aber Dialekt.“

„So sprechen wir hier alle“, sagte der korpulente Polizist trocken.

„Nicht alle“, warf sein Kollege ein. „Auf dem Campingplatz wohnen seit längerer Zeit Zigeuner, wie wir vermuten. Die Nummerntafeln ihrer Autos zeigen, dass sie ursprünglich aus Frankreich kommen. Sie konnten vor der Grenzschließung nicht zurück, weil ihnen Papiere fehlten. Können es nicht vielleicht die gewesen sein? Vor denen muss man sich hüten, die stehlen gerne und sind gewaltbereit.“

„Sagen Sie bitte nicht Zigeuner.“ Peter hasste diesen Ausdruck. Die Polizisten sahen ihn verständnislos an. „‚Zigeuner‘ ist ein diskriminierender, klischeehafter Begriff und wird von den Angehörigen dieser Minderheit abgelehnt.“

„Na, und wie soll man sie sonst nennen?“ Für den schmächtigeren der beiden Beamten war diese Information völlig neu.

„Sinti und Roma“, antwortete Klaus an Peters Stelle.

„Na gut. Also dann eben Sinti und Roma", versuchte der Polizist an den Gedankengang von zuvor anzuknüpfen.

„Nur, weil hier Sinti und Roma campieren, heißt das noch lange nicht, dass sie auch kriminell sind." Peter versuchte, den beiden Beamten auch dieses Klischee auszureden. „Oder liegt Ihnen, seitdem die hier campieren, eine Anzeige wegen Eigentumsdelikten vor, die auf diese Gruppe zutreffen könnten?"

„Nein, aber ..."

„Na also", unterbrach ihn Peter. „Dann können wir die Sinti und Roma wohl als infrage kommende Täter ausschließen. Klaus hat ja gesagt, dass seine Angreifer einen österreichischen Dialekt hatten." Peter holte den hinter der Bar stehenden Banner mit der gegen die Wohngemeinschaft gerichteten Botschaft zum Vorschein, der auf dem Sportplatz aufgestellt worden war. „Oder wollen Sie behaupten, dass Sinti und Roma aus Frankreich die deutsche Sprache so gut beherrschen, dass sie in der Lage sind, fehlerfrei das hier zu schreiben?" Damit deutete er auf die Botschaft. Betroffen schüttelte das Beamtenduo den Kopf.

„Hätten wir das geklärt. Die Täter sind Österreicher, es handelt sich um mindestens drei gewaltbereite Männer. Ob es Dorfbewohner oder Außenstehende sind, wissen wir nicht", stellte Peter mit Blick auf Klaus fest, der bestätigend nickte. Der schmächtige Polizist schrieb eifrig mit. Dann verabschiedete sich das ungleiche Paar von der Gruppe, nicht ohne Manon sein herzliches Beileid bekundet zu haben.

Kaum waren sie draußen, sprang die Ärztin auf und schrie Dimitri unter den verdutzten Blicken der Anwesenden ins Gesicht: „Mit dir habe ich noch ein Hühnchen zu rupfen!" Damit zog sie ihn aus dem Clubraum nach draußen und sprach ihm seine „Kündigung" aus: „Zuerst hast du es nicht verhindern können, dass jemand in mein Zimmer eindringt, und dann lässt du es zu, dass man kaltblütig meinen Hund tötet. Ich brauche deine Dienste nicht mehr. Du kriegst auch keinen Cent von mir bezahlt. Das war's.“ Mit diesen Worten ließ sie ihn draußen stehen und kam mit hochrotem Kopf in den Clubraum zurück, wo die anderen sie besorgt dreinblickend erwarteten.

„Was ist jetzt schon wieder los?“, rief die Ärztin mit immer noch hochemotionaler Stimme.

„Eugen geht es nicht gut. Du solltest nach ihm schauen.“ Das war Peter, der zuvor beim Wirt im Zimmer gewesen war.

Tatsächlich fühlte sich Eugens Stirn heiß an. Sein Husten war zurückgekehrt. Er zitterte. Manon war mit einem Schlag ruhig und sachlich, nahm das Fieberthermometer und maß Eugens Temperatur. Wie schon wenige Tage zuvor kletterte das Thermometer auf über 38 Grad. „Ich rufe den Notarzt an, damit er dich ins Spital bringt“, kündigte sie an und griff nach ihrem Handy. Doch die Leitung war belegt. „Dann bringe ich dich persönlich ins Krankenhaus.“ Manon rannte in ihr Zimmer, packte ein paar Dinge zusammen und ergriff ihre Handtasche.

„Warte, ich begleite dich.“ Peter hielt sie am Arm fest. Sie sah ihn kurz an, dann nickte sie. „Einverstanden, aber du fährst, damit ich mich um ihn kümmern kann.“ Damit reichte sie ihm ihren Autoschlüssel.

„Lass doch Dimitri dich begleiten“, schlug ihr Judith vor. Doch Manon schüttelte energisch den Kopf.

Peter ging in Eugens Zimmer, nahm dessen Tasche, die dieser noch gar nicht ausgepackt hatte, und half ihm aus dem Bett. Dann reichte er ihm Jacke und Schuhe und bat Klaus, auf die restliche Gruppe aufzupassen.

Teil 2

Der Sturm

Ein kräftiger Sturm war aufgezogen, als Peter und Manon mit dem fiebernden Eugen an Bord auf der Autobahn Richtung Wien rasten. Peter kam abwechselnd Goethes Gedicht „Der Erlkönig“, das er in der Schule auswendig lernen musste, und Beethovens „Sturmsonate“ in den Sinn. Auffällig wenig Verkehr war auf der Straße. Manon hatte Peter das Steuer überlassen, sie selbst saß auf dem Rücksitz ihres geräumigen Wagens, Eugens Kopf auf ihren Schoß gebettet. Der Wirt bekam gut Luft. Manon hatte ein feuchtes Tuch auf seine Stirn gelegt, in der Hand hielt sie ein Fieberthermometer. Bei einem prüfenden Blick in den Rückspiegel stellte Peter erleichtert fest, dass ihrem Gesichtsausdruck zufolge das Fieber nicht weiter angestiegen war. Eugen wirkte sogar entspannt und dachte laut über die Lösung von Dimitris Rätsel nach. Manon warf ab und zu eine Bemerkung ein. Der Ärztin war anzusehen, dass sie sich immer noch nicht vom Anblick ihrer auf so grausame Weise getöteten Hündin erholt hatte und um deren Verlust trauerte. Doch tapfer sagte sie darüber kein Wort, sondern behielt den Schmerz für sich. Eine Sturmböe erfasste das Auto und ließ es für einen Moment aus der Spur kommen. Peter hielt das Lenkrad fester.

„Er hat den Knaben wohl in dem Arm, er fasst ihn sicher, er hält ihn warm.“

Immer wieder schlichen sich die Zeilen des „Erlkönigs“ in Peters Gedächtnis. Nach rund einer halben Stunde Fahrtzeit klingelte sein Handy. Es war Klaus: „Ich konnte Dimitri nicht aufhalten.“ Mit diesen Worten begann er das Gespräch.

„Was ist passiert?“, fragte Peter entsetzt.

„Judith macht sich solche Sorgen um Manon, dass ihr etwas passieren könnte. Du weißt schon, wegen dieser Formel. Also hat sie Dimitri gebeten, euch zu folgen. Ungefähr zehn Minuten nach dir ist er schließlich losgefahren. Wundere dich nicht, wenn er plötzlich in seinem Wagen hinter dir auf der Autobahn oder beim Spital auftaucht.“

Manon, die das Gespräch mit angehört hatte, ärgerte sich: „Ich habe ihm doch gesagt, dass ich seine Dienste nicht weiter in Anspruch nehmen will.“

„Ich glaube nicht, dass Dimitri dir etwas verrechnen wird. Und wenn, dann übernimmt Judith die Kosten. Sie hat ihn schließlich darum gebeten, dir zu folgen.“

„Darum geht es nicht. Mit dir fühle ich mich wesentlich sicherer.“ Peter freute sich über dieses Kompliment, auch wenn er nicht wusste, worauf dieses Gefühl der Sicherheit basierte. Gerade überlegte er, ob er sich dafür bedanken oder ihr ein Kompliment zurückgeben sollte, als seine Gedanken durch das Läuten eines Handys unterbrochen wurden. Instinktiv griff er nach seinem Gerät, doch das zeigte keinen eingehenden Anruf an. Es war Manons Handy, das den gleichen Klingelton wie seines eingestellt hatte: „Auftakt“ hieß er und galt als Standardton. In einem Handy-Horoskop hatte Peter einmal gelesen, dass Menschen, die diesen Klingelton einstellten, phantasielos, aber verlässlich und loyal seien. Er ärgerte sich über dieses blöde Vorurteil, obwohl er das Horoskop mit Interesse gelesen hatte.

Manon schien das eingehende Gespräch unangenehm zu sein. War es ihr Exmann, mit dem sie da sprach? Dafür klang ihre Stimme aber viel zu wenig vertrauensvoll. Interessiert hörte er zu, was sie sagte. Sie wirkte nervös, sogar leicht verängstigt. „Nein, keine Angst. Ist in Sicherheit." Sie erkundigte sich bei dem Anrufer nach dem Befinden eines gewissen Manuel, mit Betonung auf dem „e". Dann verabschiedete sie sich mit dem Versprechen, sich bald zu melden.

Peter stellte fest, dass sie nicht mit ihrem gewohnten Handy telefonierte, sondern mit einem anderen Gerät. Daraus schloss er, dass es sich bei dem Anrufer um einen jener Laborkollegen handeln musste, die aus dem Impfstoff-Projekt ausgestiegen waren und ihren Auftraggebern die Formel unterschlagen hatten. Manon hatte ihm gegenüber erwähnt, dass sie mit den drei Kollegen über ein „abhörsicheres" Handy Kontakt hielt, erinnerte sich Peter. Er nahm sich vor, sie später nach dieser Vereinbarung und nach dem Befinden ihrer Kollegen zu fragen.

Kurze Zeit danach bemerkte er im Rückspiegel ein Auto, das immer den gleichen Abstand hielt. „Das wird Dimitri sein", sagte er laut mit einer nach hinten deutenden Handbewegung. Manon drehte sich um. „Ich kann nichts sehen."

„Hinter uns fährt ein helles Auto."

„Auf die Farbe seines Autos habe ich bisher nicht geachtet", erwiderte Manon. „Aber weiß er überhaupt, zu welchem Krankenhaus wir fahren?", fragte sie zweifelnd.

„Du hast mit Judith laut darüber gesprochen, als ich meine Tasche gepackt habe", erinnerte sie Peter. „Außerdem muss er es ja nicht wissen, wenn er uns ohnehin verfolgt." Wieder eine Sturmböe, wieder drängte sich eine Zeile aus dem „Erlkönig" in seinen Kopf.

„Sei ruhig, bleibe ruhig, mein Kind: In dürren Blättern säuselt der Wind."

Als sie die Ausläufer der Großstadt erreichten, stellten sie fest, dass der Verkehr auch hier überschaubar war. Die Straßen waren beinahe wie leergefegt. Ab und zu sah man einzelne Menschen oder Zweiergruppen auf dem Gehsteig gehen, die meisten trugen, sehr zu Peters und Manons Verwunderung, einen Mundschutz. „Für einen Wochentag ist wenig los. Fast ein bisschen gespenstisch", meinte Manon. Der helle Wagen fuhr immer noch mit dem gleichen Abstand hinter ihnen. Peter konnte aber nicht erkennen, ob es Dimitri war, der am Steuer saß. Er lenkte das Auto quer durch die Stadt, bis sie das Spital erreichten.

Auf einem neu angebrachten Schild stand „Virus-Z-Patienten", ein Pfeil wies den Weg zu einem Extraeingang. Dort stand eine Gruppe in Schutzanzügen und mit Gummihandschuhen vor einem provisorischen Zelt. Sogar die Schuhe waren mit Schutzfolie überzogen. Zwei medizinische Fachkräfte, wie man aufgrund der Rotes-Kreuz-Symbole auf ihren Anzügen erkennen konnte, waren ebenfalls anwesend. Mit Fieberthermometern ausgestattet, maßen sie jedem, der hier durchkommen wollte, an der Stirn die Temperatur – eine Sache von Sekunden. Die Securitys hielten maskierte Angehörige mit dem Hinweis, dass Besuche momentan nicht möglich seien, davon ab, ihre Familienmitglieder oder Freunde zu besuchen. Ratlose, teils verzweifelte Blicke. Eine junge Frau weinte, weil sie anscheinend ebenfalls nicht durchgelassen wurde. Zwei Familien saßen auf dem Asphaltboden und warteten auf ein Durchkommen. Sie schienen hier schon länger auszuharren, zwei Kinder schliefen auf dem Boden, mit Jacken zugedeckt. Ob es sich bei den Wartenden um Angehörige oder Infizierte handelte, war nicht ersichtlich.

Peter drehte den Motor ab, nahm seinen Mundschutz und wollte die Autotüre öffnen, um Eugen anzumelden, doch Manon hielt ihn davon ab: „Lass mich mit ihnen sprechen. Ich kann einen mir bekannten Arzt rufen lassen, der uns hilft, Eugen da hineinzubringen, auch wenn sie sagen, sie haben keine freien Betten mehr.“ Peter willigte ein und legte den Mundschutz wieder zurück ins Handschuhfach. Manon zog sich ihren über Mund und Nase, stieg aus und steuerte zielsicher auf die Gruppe zu. Peter beobachtete, wie sie mit den Securitys sprach und auf ihr Auto deutete. Die Gruppe sah zu Peter und Eugen hinüber, dann ging einer der medizinischen Fachleute mit einem Handy in der Hand ins Innere des Zelts. Manon blieb geduldig davor stehen und wartete. Sie wandte sich den auf dem Boden sitzenden Familien zu und sprach sie an. Peter konnte trotz heruntergekurbeltem Fenster nicht hören, worüber sie redeten. Zu weit waren sie entfernt. Zudem war es auch sehr stürmisch, der Wind trug jedes Geräusch fort. Dann kam derjenige, der ins Zelt gegangen war, wieder heraus und sprach erneut mit Manon. Er reichte ihr einen Papierbogen. Kurz darauf drehte sie sich um und kam auf das Auto zu. „Ich glaube, sie hat dich unterbringen können“, sagte Peter zu Eugen gewandt. Nur ein lautes Grunzen war von hinten zu vernehmen, der Wirt dürfte eingeschlafen sein.

„Es sind zwar alle Betten belegt, aber ich habe den Vorstand der virologischen Abteilung anrufen lassen, mit dem ich studiert habe. Seine Abteilung gilt als die beste auf diesem Gebiet. Er konnte für Eugen ein Notbett freimachen. In wenigen Minuten werden sie ihn mit einer Bahre abholen“, berichtete Manon von ihrem Erfolg, während sie wieder auf dem Rücksitz Platz nahm. Peter hob den Daumen nach oben, der Wirt wachte auf. Gemeinsam mit Eugen füllte sie den Fragebogen, den ihr der Arzt überreicht hatte, mit den persönlichen Daten aus, am Ende unterschrieb der Wirt seine Angaben. Und wirklich: Keine fünf Minuten später kam ein Team, bestehend aus drei mit Schutzanzügen und Gesichtsschutz ausgerüsteten Pflegern aus dem Zelt, eine Bahre tragend. Einer der Securitys winkte ihnen zu, worauf Peter und Manon gemeinsam Eugen beim Aussteigen halfen. Die Pfleger betteten ihn auf die Bahre und breiteten eine Decke über ihn aus. Nach einer kurzen Verabschiedung verschwanden sie mit dem Wirt hinter dem Zelt.

Die anderen Wartenden waren empört: Warum wurde dieser Patient im Spital aufgenommen, während sie selbst draußen ausharren mussten? Unter ihnen befanden sich anscheinend auch Patienten und nicht nur Angehörige. Ein Murren und Schimpfen war zu vernehmen.

„Ich kann sie gut verstehen", sagte Manon mit Blick auf die wartenden Menschen. „Aber hätten wir Eugen jetzt einfach so daliegen lassen sollen?" Peter gab ihr recht. Er murmelte etwas von „2-Klassen-Medizin", war aber zu müde und zu hungrig, um sich damit weiter auseinanderzusetzen. Sie stiegen wortlos in den Wagen. Bevor er den Motor anließ, stellte Peter fest, dass das helle Auto, das sie zuvor die ganze Zeit in gleichmäßigem Abstand verfolgt hatte, verschwunden war.

Auf dem Friedhof

„Wollen wir uns etwas zu essen organisieren, bevor wir in die Quarantäne zurückkehren?“ Peter schaute Manon fragend an. „Unbedingt, ich sterbe vor Hunger“, antwortete die Ärztin und zückte ihr Handy, um herauszufinden, welches Lokal in der Nähe einen Abholservice anbot. Essen gehen konnten sie nicht, da ja wegen der Maßnahmen gegen die Ausbreitung des Virus alle Restaurants und Gasthäuser geschlossen waren.

„Worauf hast du Lust?“, wollte sie wissen. „Italienisch? Wienerisch? Asiatisch?“

„Am liebsten Wienerisch. Eigentlich hätte ich Lust auf ein Backhendl“, gab Peter zur Antwort, während er spürte, dass ihm das Wasser bei dem Gedanken an diese Spezialität im Mund zusammenfloss.

„Gleich hier in der Nähe gibt es ein Lokal, das noch bis 19 Uhr Wiener Küche anbietet. Auf der Speisekarte wird auch Backhendl angeführt. Wenn wir uns beeilen, schaffen wir es bis dahin.“ Manon tippte die Adresse ins Navigationsgerät ein. Peter startete den Motor, wählte Vivaldis „Frühling“ aus seiner Playlist aus und fuhr los.

„Wo Dimitri wohl geblieben ist?“, überlegte Manon laut.

„Keine Ahnung. Ich rufe mal Klaus an. Vielleicht weiß er Bescheid. Außerdem will ich ihm mitteilen, dass wir Eugen erfolgreich in gute Hände gegeben haben." Bei einer roten Ampel nahm Peter das Handy und rief seinen Freund an. Doch Klaus hob nicht ab. Daraufhin wählte er Judiths Nummer. Wieder Fehlanzeige. Leonardos Telefonnummer hatte er nicht eingespeichert. Auch Manon nicht.

Die Essensausgabe funktionierte einwandfrei, zum Backhendl hatten sie eine Flasche Rotwein und Erdäpfel-Mayonnaise-Salat sowie als Nachtisch einen Apfelstrudel bestellt. Zwei Plastikbecher für den Wein bekamen sie als Draufgabe. Das Backhendl war gut in einer Alufolie und einem Plastiksackerl verpackt. Der köstliche Geruch stieg ihnen im Auto in die Nase.

„Wo wollen wir denn essen?", überlegte Peter, bevor ihm selbst eine Idee kam – er hatte keine Lust, das Abendessen im Auto zu verdrücken. „Ich kenne den perfekten Platz." Zielstrebig lenkte er den Wagen durch den dritten Bezirk und hielt bald darauf vor dem Eingang des Sankt Marxer Friedhofs, auf sein Glück vertrauend, dass dieser noch offen sei. Er stieg aus, hielt Manon mit den Worten „Bitteschön, gnädige Frau" die Türe auf und schnappte sich das Essenspaket. Den Autoschlüssel gab er ihr, da er Angst hatte, ihn zu verlieren.

Der Friedhof war nicht nur für seine Biedermeier-Gräber, sondern auch dafür bekannt, dass hier Wolfgang Amadeus Mozart begraben wurde und zu guter Letzt auch für seinen prachtvollen Flieder. Dadurch, dass es in der Hauptstadt in den letzten Wochen relativ mild gewesen war, hatten die Büsche bereits begonnen, auszutreiben, das ganze Areal war in eine süßliche Duftwolke gehüllt. Auf einem Schild neben dem Eingang wurde die historische Bedeutung der Anlage erklärt: 1784 fand der Sankt Marxer Friedhof erstmals in einem Sterberegister Erwähnung; neben vielen anderen Persönlichkeiten wurde dort auch der Praterunternehmer Basilio Calafati beigesetzt. 1874 musste der Friedhof schließen, heute stand er sogar unter Denkmalschutz und die Stadt führte ihn als öffentlich zugängliche Parkanlage.

Außer ihnen schienen keine weiteren Besucher da zu sein. Der Parkplatz war leer, und auch im Inneren der Anlage war weit und breit keine Menschenseele zu sehen. Der starke Wind hatte nachgelassen, die Luft fühlte sich warm an, wie an einem Frühsommerabend. Peter wies Manon auf die alten Grabsteine hin, die im Laufe der vielen Jahrzehnte teils windschief und verwittert geworden waren. Die noch lesbaren Inschriften entziffernd streiften sie durch die von der Fliederpracht überhangenen und mit dichtem, frischem Gras bedeckten Seitenwege. Auf einer kleinen Lichtung breitete Peter schließlich seine Jacke auf dem Boden aus. Er bot Manon an, darauf Platz zu nehmen. Dann setzte er sich neben sie, packte das Essenspaket aus und schenkte Wein in die Becher ein. Zufrieden lauschten sie der Natur. Rund um sie herum gurrten Tauben, eine Elster ließ sich auf einem gegenüberliegenden Fliederbusch nieder, eine Amsel zwitscherte auf einem Strauch hinter ihnen. Sogar ein Kuckuck gab seine zweitönigen Rufe zum Besten. „Das ist das köstlichste Backhendl, das ich jemals gegessen habe", schwärmte Peter nach dem ersten Bissen. Manon pflichtete ihm bei und prostete ihm zu. Dabei schaute sie ihm lange in die Augen. Dann vertieften sie sich ins Essen. „Peter, ich ..."

„Sag jetzt nichts", bat er sie kauend und lauschte angespannt, während er den Kopf nach hinten drehte.

„Warum nicht? Zerstöre ich sonst die romantische Stimmung?", fragte sie ihn keck.

„Pssst." Peter legte den Zeigefinger auf seine Lippen.

„Was ist los?“, wollte Manon verwundert wissen. Peter ließ sein Stück Huhn fallen und sprang auf. Mit den Worten „Stehenbleiben!“ rannte er blitzschnell um das Gebüsch herum. Davoneilende Schritte auf dem Kies. Dann war kein Geräusch mehr zu hören. Auch von Peter keine Spur. Manon packte die Essensreste zusammen, schraubte die Flasche zu, leerte den restlichen Wein aus den Bechern ins Gras und stand auf, während sie Peters Jacke hochnahm und sie sich überzog. Ihr war kalt geworden. Ängstlich und verwirrt schaute sie sich um. Es war totenstill, wie es sich für einen Friedhof gehörte. Auch war niemand zu sehen. Die Vögel schienen genauso erschrocken wie sie zu sein, kein Zwitschern mehr. Ab und zu vernahm sie das Geräusch eines auf der angrenzenden Schnellstraße vorbeifahrenden Autos. Langsam ging Manon Richtung Eingang, als sie plötzlich jemand von hinten zu Boden warf.

Es war Peter, der sie jetzt auf die Erde drückte und ihr mit der rechten Hand den Mund zuhielt. Sie versuchte zu schreien, doch kam nur ein jämmerliches Quietschen dabei heraus. Peters Augen waren dicht an ihren, ihre Lippen berührten sich fast. Er konnte Manons Puls spüren, ihren Körper riechen. Sie roch genauso verlockend wie der Flieder. Er gab ihr zu verstehen, kein Geräusch zu machen. Ein, zwei Minuten lang blieben sie in dieser Position auf dem Boden liegen. Peter hörte das Blut in seinen Ohren rauschen. Plötzlich ertönte ein Schuss. Die Patrone dürfte nur haarscharf an ihnen vorbeigeschrammt sein, wie ihr Aufprall auf einem hinter ihnen befindlichen Grabstein verriet. Eilig rappelte sich Peter auf und zog Manon hoch. Gebückt und Hand in Hand rannten sie hinter den nächsten Grabstein. Sie drückte sich an ihn.

Peter hielt sie ganz fest und legte erneut den Finger auf seine Lippen, um ihr zu zeigen, dass sie jetzt nichts sagen durfte. Eine Weile blieben sie so stehen, kein Laut war zu vernehmen. Dann raschelte es plötzlich, wenige Meter von ihnen entfernt. Peter hob einen Stein auf, der zu seinen Füßen lag, und warf ihn in hohem Bogen weit von sich. Im Moment des Aufpralls waren wieder Schüsse zu hören, diesmal gleich mehrere hintereinander. Jemand rannte in Richtung des aufprallenden Steins. Peter nützte die Gelegenheit und lief los, Manon hinter sich herziehend. Kurz vor dem Ausgang fielen erneut Schüsse, diesmal wieder in ihre Richtung. „Den Schlüssel!", rief Peter im Laufen. Hektisch kramte Manon in ihrer Handtasche und warf ihm den Autoschlüssel zu. Mit einem Klick öffnete er den Wagen und sprang hinein. Da tauchten zwei maskierte Männer am Friedhofstor auf. Einer von ihnen hielt eine Waffe gezückt. Die Männer drehten sich suchend nach allen Seiten um. Peter startete die Zündung, der Motor heulte auf. Als sie das Auto entdeckten, das sich gerade in Bewegung setzte, drückte der eine ab. Die Kugel traf das hintere Seitenfenster, das klirrend in die Brüche ging, während Peter den Wagen in einem Höllentempo zurückschob, sodass er jetzt direkt auf die Verfolger zusteuerte. Im letzten Moment sprangen sie schreiend zur Seite. Das Auto touchierte das Tor, dann schaltete Peter einen Gang ein und jagte den Wagen auf der breiten Straße davon. Die Männer hinter ihnen richteten sich fluchend auf, der Verfolger mit der Waffe drückte wieder ab. Eine letzte Kugel streifte das Fahrzeug am Heck. Manon sah gerade noch, wie sie zu einem Sportwagen rannten, der auf dem Parkplatz vor dem Friedhof stand, dann waren die Männer außer Sichtweite.

Ein Schuss

„Was war das gerade?“ Manon, die auf dem Beifahrersitz saß, zitterte immer noch am ganzen Körper, keuchte und rieb sich das von Erde verschmutzte Gesicht mit einem Taschentuch ab. Erde klebte auch auf ihrem knallroten Pullover, ihrer Jeans und ihren Sneakers. Sogar die Haare waren voller Gras.

„Keine Ahnung“, erwiderte Peter. Auch er war von oben bis unten verdreckt. Sein weißes Hemd war übersät von Schmutzflecken. Er griff in seine Hosentasche und zog eine kleine Flasche mit Desinfektionsmittel hervor. Gedankenverloren sprühte er die Flüssigkeit auf seine Hände und verrieb sie, während er ziellos umherfuhr und dabei eine rote Ampel ignorierte. Inzwischen hatte sich der Abend über die Stadt gesenkt, die Straßen waren hier, im Sankt Marxer Medienviertel, nur spärlich beleuchtet. Dafür schien der Mond grell, ein paar Sterne funkelten am Himmel. Durch das zerschossene Fenster drang Frühlingsluft ins Auto. Peter drehte die Heizung stärker auf, als er bemerkte, dass Manon fröstelte. Da klingelte sein Handy. Klaus war am Apparat. „Sorry, ich habe deinen Anruf überhört“, entschuldigte sich dieser. „Ist etwas passiert? Wie geht es Eugen?“, wollte er wissen.

„Eugen geht es gut, wir haben ihn ins Krankenhaus gebracht. Er ist sofort aufgenommen worden.“ Peter versuchte so ruhig wie möglich zu wirken. Er wollte seinen Freund nicht verängstigen. Erleichtertes Aufatmen am anderen Ende der Leitung.

„Ich habe im Radio gehört, dass die Spitäler voll sind und sie keine freien Kapazitäten für Virus-Z-Patienten mehr haben. Die Stadt hat begonnen, ein Massenlager zu errichten“, berichtete Klaus. „Die Situation spitzt sich immer weiter zu. Man erwartet eine Ausgangssperre in den nächsten Tagen.“ Peter antwortete nicht, sondern konzentrierte sich aufs Steuer und auf die Straße, während sein Blick immer wieder zum Rückspiegel wanderte.

„Bist du noch da?“, hörte er Klaus fragen. Da verfinsterte sich plötzlich Peters Miene. Schnell drückte er Manon sein Handy in die Hand und stieg aufs Pedal. „Was ist los?“, drang Klaus' Stimme aus dem Hörer. Manon übernahm das Gespräch: „Du, wir werden verfolgt. Man hat auf uns geschossen. Wir müssen zusehen, dass wir sie abschütteln. Wir melden uns später.“ Klaus wollte noch etwas sagen, doch sie hatte aufgelegt. Prüfend drehte sie sich um. Und wirklich, knapp hinter ihnen fuhr der Sportwagen, zwei Männer saßen drin. Sie waren jetzt nicht mehr maskiert, doch konnte sie die Gesichter nicht erkennen. Sicherheitshalber tippte sie das Autokennzeichen in ihr Handy ein.

„Vergiss es, der Wagen ist sicher nicht auf die beiden zugelassen“, meinte Peter. „Konntest du erkennen, wie die Männer aussehen?“, wollte er wissen.

„Ich konnte nur sehen, dass sie von der Größe her sehr unterschiedlich sind. Besonders groß der eine, auffällig klein und zierlich der andere“, stellte Manon fest.

„Könnte es sein, dass es sich bei dem Größeren der beiden um Dimitri handelt? Mir kamen abgesehen von seiner Größe auch seine Statur und die Art, wie er sich bewegt, vertraut vor. Aber es ging alles so schnell.“ Peters Stimme hörte sich ruhig an, obwohl seine Hände das Gegenteil verrieten.

Manon kletterte auf den Rücksitz, um eine bessere Sicht auf die Verfolger zu bekommen. „Ich kann die Gesichter nicht erkennen, du müsstest sie näher an uns heranlassen." Der Wind, der durchs zerbrochene Seitenfenster kam, wirbelte ihr die langen Haare ins Gesicht. Mit einer Hand wischte sie sich die Strähnen aus den Augen, mit der anderen hielt sie sich am Rücksitz fest. „Das ist mir zu gefährlich. Die haben Schusswaffen. Schnall dich lieber wieder an und zieh zur Sicherheit deinen Kopf ein." Manon krabbelte auf den Beifahrersitz, legte den Sicherheitsgurt an und rutschte so weit nach vorne, dass sich ihr Kopf unter der Nackenstütze befand. Peter fuhr von der breiten Straße ab und bog blitzschnell in ein Grätzel nahe der Simmeringer Hauptstraße ein, das von einem Sackgassengewirr geprägt war. Die Verfolger blieben knapp hinter ihm.

„Hast du eine Idee, wo wir uns vor denen verstecken könnten?", rief er Manon zu, während er erneut bei Rot über eine Kreuzung raste.

„Fahr zum Alberner Hafen!", schlug sie ihm vor. „Dort gibt es genügend Möglichkeiten." „Welche Richtung?" Hektisch gab Manon das Ziel ins Navi ihres Handys ein. „Du musst weiter geradeaus und bei der nächsten Kreuzung rechts abbiegen. Dann wieder links, rechts und geradeaus." Peter tat, was sie ihm sagte. An einer Kreuzung sprang ein junger Mann, der gerade dabei war, die Straße zu überqueren, erschrocken zur Seite. Verärgert ballte er die Faust hinter ihnen. Als die Verfolger ebenfalls um die Ecke biegen wollten, konnte Manon, die sich nach ihm umschaute, beobachten, dass sich der Mann provokant mitten auf die Straße stellte und ihre Verfolger auf diese Weise an der Weiterfahrt hinderte. Das Letzte, das sie wahrnahmen, bevor sie in die nächste Straße einbogen, war ein Schuss, der die Stille des Abends jäh unterbrach.

Am Hafen

Sie kurvten noch eine Weile durch die Gegend um den Donaukanal, um sicherzugehen, dass sie die Verfolger abgehängt hatten. Erst, als Peter sich davon überzeugt hatte, dass ihnen niemand mehr folgte, bogen sie in den Alberner Hafen ein. Dieses Gebiet war als Umschlagplatz und zur Lagerung von Getreide und Stahlprodukten konzipiert worden. Die Errichtung des Hafens veränderte die Strömungsverhältnisse der Donau so, dass dort kaum mehr Ertrunkene angeschwemmt wurden, die in früheren Zeiten zuhauf im benachbarten „Friedhof der Namenlosen" beigesetzt worden waren. Begrenzt wurde das Areal vom Donaukanal, verrostete Schienen führten durchs Gelände. Als Hafenbecken diente das ehemalige Flussbett der Schwechat. Der Hafen beherbergte einen Baustoffterminal, mehrere Speditionen und eine Hackgutanlage, die das Kraftwerk Simmering versorgte. Fünf riesige, mit Luftschutzbunkern versehene Getreidesilos aus Beton ragten majestätisch in den Himmel. Einer davon war bis vor wenigen Jahren von einem riesigen Graffito, bestehend aus dem Kopf eines jungen, weinenden Mannes mit einem Schloss vor dem Mund, verziert gewesen. Ein Künstler wollte damit auf die Errichtung des Hafens und der Speicher durch NS-Zwangsarbeiter während des Zweiten Weltkrieges und auf die mangelhafte historische Aufarbeitung dieses Themas hinweisen. Von dem Kunstwerk waren nur noch Reste zu sehen, Unbekannte hatten es mutwillig zerstört.

Eine Zufahrtsstraße führte zu den Silos. Peter parkte den Wagen neben einem containerartigen Gebäude aus Stahl, das teils mit blauem Wellblech verkleidet war. Es war auf rund fünfzehn Meter hohen Stelzen befestigt und maß etwa zehn Meter in der Länge und vier Meter in der Breite. Fenster an den Fronten ließen vermuten, dass dieses Gebäude als Kommandozentrale für Fracht und Logistik diente. Von unten führte eine Stahltreppe zu einer Eingangstüre. Über eine weitere Treppe gelangte man bis in den zweiten Stock. Von einer Plattform aus ging es über einen stählernen Steg zu einer Treppe, die zu einem kleineren Container führte. Hinter den Gebäuden stand ein riesiger Kran, der das ganze Konstrukt noch industriemäßiger erscheinen ließ.

Peter reichte Manon die Hand und führte sie die stählerne Treppe hinauf, unterm Arm einen Schlafsack, den sie für die Quarantäne in ihrem Auto mitgeführt hatte. Die schwere Türe war nicht versperrt. Quietschend ließ sie sich öffnen. Im Inneren befanden sich neben einer riesigen metallenen Arbeitsplatte nur ein paar alte Gerätschaften. Ein starker Geruch von Lack und Motoröl schlug ihnen entgegen. Peter schaltete die Taschenlampe seines Handys ein und leuchtete den Boden aus. Er war aus Holz und von einer Staubschicht und von Taubendreck bedeckt, an manchen Stellen ragten rostige Nägel hervor. In einer halbwegs sauber wirkenden Ecke breitete Manon den Schlafsack aus.

„Wenn wir die Nacht hier verbringen, können wir morgen wieder getrost zurückfahren und unsere Quarantäne mit den anderen fortsetzen“, überlegte die Ärztin die weitere Vorgangsweise. „Aber zuerst müssen wir schlafen. Ich bin todmüde“, ergänzte sie, während sie es sich auf dem Schlafsack bequem machte. Peter reichte ihr seine Jacke, damit sie es wärmer hatte.

Auf einmal kamen Manon die Tränen. Der Stress der vergangenen Stunden, der Schmerz um den Verlust von Molly und die Angst vor den Verfolgern brachen aus ihr heraus. Sie schluchzte hemmungslos. Peter legte ihr tröstend die Hand auf den Kopf und streichelte ihr Haar. An seine Schulter gelehnt weinte sie sich aus. Endlich holte sie tief Luft, mit von Tränen erstickter Stimme erzählte sie Peter, dass Molly ein Geschenk ihres Exmannes gewesen war und wie sehr ihr Herz an dem klugen Tier gehangen hatte. „Wer kann so etwas Grauenhaftes tun? Einen Hund auf diese Weise töten? Das ist doch das Letzte. Meinst du, das war auch eine Drohgebärde dieser Dorfbewohner oder waren das die Verfolger von vorhin?“ Peter schüttelte stumm den Kopf. Er konnte sich auch keinen Reim auf diese Wahnsinnstat machen. „Wo habt ihr sie eigentlich begraben? Ich konnte mich gar nicht von ihr verabschieden und mich auch nicht dafür bedanken“, fiel Manon ein. Mit ruhiger Stimme erklärte Peter, dass Dimitri und Leonardo die Hündin am Waldrand beerdigt hatten und Leonardo sogar ein Gebet für sie gesprochen hatte. Zufrieden nickte sie. „Morgen will ich sie an dem Grab besuchen und Blumen darauflegen“, nahm sich die Ärztin vor und stand auf, um nach einer möglichen Toilette und einem Wasseranschluss in einem der Nebenräume zu suchen.

Kaum war sie draußen, läutete Peters Handy. Er fischte das Gerät aus seiner Hosentasche. Wieder war es Klaus. Mit besorgter Stimme wollte er wissen, was um Himmels willen passiert sei und wer sie denn verfolge. „Wir wissen selbst nicht, wer diese Männer sind. Tatsache ist, dass bei den Gräbern auf uns geschossen wurde, wir entkommen konnten und uns jetzt hier am Alberner Hafen vor ihnen verstecken", erzählte Peter etwas zusammenhanglos.

„Wieso Gräber? Was habt ihr bei Gräbern zu suchen?"

„Wir waren auf einem Friedhof, um dort ungestört eine Kleinigkeit zu essen."

„Wo sind sie?", hörte man Judiths Stimme im Hintergrund.

„Sie sind in Sicherheit", beruhigte sie Klaus.

„Aber wo sind sie jetzt?" Das war Leonardos Stimme. Anscheinend standen beide, die Exdiplomatin und der Priester, besorgt vor Klaus, während er mit Peter telefonierte.

„Haben sich irgendwo in einem Hafen versteckt." Das war wieder Klaus Stimme. „An welchem Hafen noch einmal?" wollte er von Peter wissen.

„Alberner Hafen. Wir sind am Alberner Hafen und verbringen die Nacht hier in einem auf Stelzen gebauten Container am Hafeneingang, bevor wir morgen wieder zu euch fahren", rief Peter laut ins Telefon, weil die Verbindung gerade nicht besonders gut war.

„Sie sind irgendwo am Alberner Hafen und kommen morgen wieder", wiederholte Klaus die Information für seine Zuhörer, denen diese wohl nicht entgangen war, so laut schrie Peter in sein Handy. „Aber erzähl weiter: Sie haben auf euch geschossen? Seid ihr verletzt? Zum Glück seid ihr noch am Leben!"

„Uns ist Gott sei Dank nichts passiert. Alles Weitere erzähle ich dir morgen. Eine andere Frage: Hast du etwas von Dimitri gehört?" Peter zeigte sich besorgt.

„Ihr seid nur zu zweit? Ich dachte, er hätte euch längst eingeholt, als ihr ins Krankenhaus gefahren seid." Überraschung schwang in Klaus' Stimme mit.

„Ja, wir sind nur zu zweit." Klaus versprach, Peter Bescheid zu geben, sollte er etwas von dem Russen hören, und verabschiedete sich, nicht ohne ihnen eine romantische Nacht zu wünschen. Peter ignorierte die Aussage. Zu gut kannte er seinen Freund, um zu wissen, dass er keine Gelegenheit ausließ, schlüpfrige Andeutungen zu machen. Er verabschiedete sich ebenfalls und beendete das Gespräch. Mit einem Blick auf die Anzeige seines Geräts stellte Peter zufrieden fest, dass er Internetempfang hatte und noch fast hundert Prozent Akku verfügbar waren, nachdem das Handy am Ladegerät im Auto angesteckt gewesen war. Danach überprüfte er die Nachrichten, weil er wissen wollte, wie viele virusbedingte Todesfälle an diesem Tag im Land verzeichnet worden waren. Zehn Menschen waren in den letzten vierundzwanzig Stunden am Virus Z gestorben, drei mehr als im Schnitt der vergangenen sieben Tage. Im Kopf versuchte Peter eine Hochrechnung, was das für die nächsten vier Wochen bedeutete, wenn sich die Todesfälle weiterhin in diese Richtung entwickeln würden. Dreihundert Opfer im Monat wären keine geringe Zahl. Er dachte an seine Mutter, daran, was passieren würde, wenn es sie träfe. Nicht auszudenken!

Da fiel ihm wieder der junge Mann ein, den er zuvor beinahe überfahren hätte. Zum Glück war dieser so geistesgegenwärtig gewesen, rechtzeitig auf die Seite zu springen. Doch wie war die Situation danach für ihn ausgegangen? Schnell checkte Peter den Chronikteil der Online-Medien, um festzustellen, ob es schon Informationen über einen Mord auf offener Straße in Wien gab. Nichts dergleichen. Wahrscheinlich war es noch zu früh. Der Vorfall mit dem jungen Mann an der Kreuzung und der Schuss hatten sich schließlich vor nicht länger als dreißig Minuten ereignet. So schnell standen solche

Informationen wohl nicht im Netz. Er schickte ein Stoßgebet zum Himmel, dass der Schuss aus der Waffe der Verfolger den Mann nicht getroffen hatte oder dass die Männer bloß einen Warnschuss aus dem Fenster abgegeben hatten und er noch am Leben war.

Dann wanderten Peters Gedanken zu Dimitri. Wo er sich wohl aufhalten mochte? Vielleicht hatte er die Gelegenheit genützt und war abgehauen, wollte einfach nichts mehr mit der Quarantäne-Gemeinschaft zu tun haben. Er versuchte via soziale Medien herauszufinden, wann Dimitri zum letzten Mal online gewesen war. Doch es schien, als würde der Russe keine Kommunikationsdienste nutzen. Peter rief seine Nummer an. Nach dreimal Läuten kam er in die Mobilbox. Er gab auf und zündete sich umständlich eine Zigarette an. Seinen Verdacht von zuvor, dass Dimitri selbst einer der Verfolger gewesen war und sich in die Quarantäne geschummelt hatte, um an die wertvolle Formel für die Impfung gegen das Virus Z heranzukommen, verwarf Peter wieder. Warum auch sollte er Manon verfolgen? Was für ein Interesse sollte er an der Formel haben? Dann dachte er an die Verfolger. Wenn der größere der beiden nicht Dimitri war, wer waren diese Männer eigentlich? Wurden sie von dieser Pharmafirma geschickt? Aber was nützten ihnen Schusswaffen, wenn sie an der Formel interessiert waren? Und war dieser Typ aus dem Freud derselbe, den Peter am ersten Abend ihrer Quarantäne auf einem Motorrad sitzend und zu ihm hinüberstarrend wahrgenommen hatte? Vielleicht handelte es sich bei diesem Motorradfahrer, der sichtlich die Sportanlage im Visier gehabt hatte, um einen der gewaltbereiten Dorfbewohner. Und was hatte es wirklich mit der brutalen und plakativen Tötung des Tieres auf sich?

So viele offene Fragen. Peter schwirrte der Kopf. Er spürte die einsetzende Müdigkeit. Hunger hatte er auch, schließlich hatten ihre Verfolger das Abendessen nach ein paar Bissen unterbrochen. Er nahm sich vor, mit Manon über seine Überlegungen und vagen Vermutungen zu sprechen und sie zu fragen, was sie von alldem hielt, beziehungsweise welche Theorie sie am plausibelsten fand. Bis jetzt war keine Zeit geblieben, sich über all das zu unterhalten. Aber wo war die Ärztin geblieben? Kurz bevor Klaus angerufen hatte, hatte sie ihm ja mitgeteilt, dass sie hinausschauen wollte. Doch waren seitdem gut fünfzehn Minuten vergangen. Peter lauschte. Kein Geräusch. Schließlich dämpfte er seine Zigarette aus und stand auf, um nach Manon zu sehen.

Im Container

Peter inspizierte den Raum. Die Industriefenster mit den vielen Unterteilungen waren sowohl Richtung Donaukanal als auch Richtung Schwechat ausgerichtet. Hinter der metallenen Arbeitsplatte befand sich ein weiterer Ausgang, durch den Manon kurz vor dem Anruf verschwunden war. Als er die Türe öffnen wollte, gab sein Handy erneut die „Auftakt"-Klingelmelodie von sich. Wieder war Klaus am Apparat.

„Nicht jetzt, Klaus", unterbrach ihn Peter. „Jetzt ist gerade ein schlechter Zeitpunkt." Klaus redete einfach weiter, diesmal flüsternd: „Ich konnte vorhin nicht gut sprechen. Erstens war die Verbindung schlecht, und zweitens wollte ich das, worüber ich mit dir reden wollte, nicht vor den anderen erwähnen."

„Warum flüsterst du?", fragte Peter verwundert.

„Ich will nicht, dass Leonardo mich hört. Er benimmt sich seit eurer Abreise ganz merkwürdig. Ständig faselt er von einem RFID-Chip. Er behauptet: ‚Mit einem Knopfdruck können sie dich eliminieren, einen Herzinfarkt auslösen, ja, dich sogar abhören und deine DNA verändern.' Aber das ist noch nicht alles ..."

„Wahrscheinlich irgendwelche Verschwörungstheorien, die er irgendwo aufgeschnappt hat. Frag ihn, was er damit meint, und sag ihm, dass er nicht alles glauben soll, was er liest oder hört. Vielleicht befindet er sich auch einfach nur in einer Art posttraumatischem Zustand nach dem Vorfall mit Molly."

„Warte, ich muss dir das genauer erklären." Klaus' Stimme klang ungeduldig, Peter konnte hören, dass er sich eine Zigarette anzündete. „Er zitiert auch die Bibel und ist der Meinung, dass es eine Vorhersehung gebe, die besagt, dass die Menschen das ‚Mal des Tieres' tragen würden. Damit spielt er auf diese technologischen Chips an, über die wir kürzlich gesprochen haben."

„Du meinst den körpereigenen Impfpass?", erinnerte sich Peter wieder an das Gespräch, in dem Manon ihnen erzählt hatte, dass Miranda Doolittle in eine solche Technologie investiert hatte.

„Ja, genau. Und stell dir vor: Ich war in seinem Zimmer, weil ich etwas gesucht habe, und da bin ich auf ausgeschnittene Zeitungsartikel gestoßen, bei denen es um diese Technologie geht. Und rate mal, wer federführend bei der Herstellung dieser Chips ist?"

„Klaus, wieso durchsuchst du sein Zimmer?", rief Peter verärgert. „Und dass Miranda das macht, ist doch nichts Neues. Das hat uns Manon ja erzählt."

„Ich habe geschaut, ob noch Weinflaschen in seinem Zimmer stehen", rechtfertigte sich Klaus vor seinem Freund. „Und nein, Miranda investiert nur in die Erforschung der Technologie und Produktion dieser Chips. Herstellen tut sie jemand anderer."

„Und wer?"

„Der Exmann von Manon." Das kam jetzt unerwartet. Peter wusste nicht, was er sagen sollte. Was war das für ein Zufall? Und warum hatte die Ärztin ihnen das verschwiegen, als sie darüber gesprochen hatten?

„Peter, bist du noch da?"

„Ja, und ich habe verstanden, was du gesagt hast. Manons Exmann produziert diese Computerchips, die in die Haut implantiert werden. Miranda finanziert die Produktion. Und weiter?“

„Verstehst du nicht? Der Priester sammelt Zeitungsartikel, in denen darüber berichtet wird, weil er dagegen ist, dass solche Technologien zum Einsatz kommen. Der ist hinter Manon her.“

„Geh, bitte. Was soll der Priester schon ausrichten? Manon hat ja nichts damit zu tun und kann auch nichts dafür, dass ihr ehemaliger Ehemann damit Geschäfte macht.“ Und nach einer Pause fügte er hinzu: „Aber seltsam ist das trotzdem.“

„Das finde ich auch. Ich halte die Stellung und finde heraus, ob er etwas mit euren Verfolgern zu tun hat“, versprach Klaus. Dann erinnerte er sich, was Peter am Anfang des Gesprächs gesagt hatte, nämlich, dass er gerade nicht sprechen konnte.

„Peter, du Verführer. Warum hast du vorhin gesagt, dass du nicht sprechen kannst? Bist du gerade mit ihr beschäftigt?“

„Mit Manon? Nein, ich wollte sie gerade suchen.“

„Du tust was?“ Diese neue Information schien Klaus zu beunruhigen.

„Sie ist hinausgegangen, bevor du vorhin angerufen hast. Und seitdem ist sie nicht mehr wiedergekommen.“ Er vernahm ein Pfeifen, wie es Klaus immer durch die Zähne erzeugte, wenn er besonders überrascht war.

„Sie kann ja nicht weit sein. Halt mich auf dem Laufenden!“ Peter versprach ihm, sich zu melden, sobald Manon wieder auftauchte, dann legte er nachdenklich auf. Leonardo als Drahtzieher hinter ihren Verfolgern? Niemals. Peter schüttelte den Kopf.

Wie auch immer, es war höchste Zeit, nach der Ärztin zu suchen. Er öffnete die Türe und räusperte sich, um auf sich aufmerksam zu machen. Es war stockdunkel, kein Licht fiel in diesen Gang, der sich hohl und weit anhörte. Peter schaltete seine Handy-Taschenlampe ein und leuchtete um sich. Er befand sich in einer Art Stiegenhaus. Eine schmale, verrostete Wendeltreppe aus Stahl führte in die obere Etage, über eine Galerie im selben Stockwerk gelangte man zu einer weiteren Türe. Kein Geräusch war zu hören. Doch. Aus der Ferne vernahm Peter dumpfe, metallene Schläge. Die Richtung, aus der die Geräusche kamen, konnte er aber nicht feststellen. Was mochte das sein? „Manon!“, rief Peter, so laut er nur konnte. „Manon“, echote es ihm entgegen. Und nochmals rief er ihren Namen – das Echo äffte ihn höhnisch nach.

Das metallene Geräusch verstummte. Keine Antwort von der Ärztin. „Manon, hörst du mich?“ „Hörst du mich?“ Geräuschvoll löste sich plötzlich hinter ihm ein Schatten aus der Dunkelheit und erhob sich mit flatterndem Getöse über seinen Kopf hinweg. Erschrocken zuckte Peter zusammen. Dann fluchte er. Am Flügelschlag erkannte er, dass es ein Vogel war, wahrscheinlich eine Taube, die er aufgeschreckt hatte und die nun aufgeregt die Flucht ergriff.

Langsam wurde ihm mulmig zumute. Wo konnte die Ärztin geblieben sein? Vielleicht war sie abgestürzt, als sie auf der Galerie balanciert war. Immerhin konnte man, wenn man nicht vorsichtig genug war und das Gleichgewicht verlor, gute acht Meter in die Tiefe stürzen. Er richtete den Lichtkegel hinunter. Doch die Taschenlampe war zu schwach, um irgendetwas erkennen zu können. Er strahlte den Boden vor sich aus. In einer Ecke lag ein achtlos liegengelassenes Werkzeug, eine Art Schürhaken. Zur Sicherheit hob er ihn auf und entschied sich, über die Galerie zur zweiten Türe zu balancieren. An den Stahlbalken konnte er sich mit der freien Hand gut festhalten. Die Türe auf der gegenüberliegenden Seite war aber versperrt, wie er nach mehrmaligem Rütteln feststellte. Peter dachte angestrengt nach. Schließlich kam er auf die Idee, Manon anzurufen. War sie in diesem Gebäude, musste er das Läuten auf jeden Fall hören. Er wählte ihre Nummer und lauschte. Das Freizeichen ertönte. Und richtig! Gleich darauf konnte er deutlich den Klingelton „Auftakt“ von Manons Handy hören. Er lauschte. Das Klingeln kam von oben, verstummte jedoch nach dem dritten Mal Läuten. Grabesstille breitete sich wieder aus. Peter legte auf und steckte sein Handy in die Hosentasche. Dann überlegte er. Was, wenn ihre Verfolger herausgefunden hatten, wo sie sich versteckten und Manon in ihre Gewalt gebracht hatten? Er wusste, dass diese Männer vor nichts zurückschreckten. Peter balancierte wieder zurück und stieg langsam die rostigen Stiegen zur zweiten Türe hinauf. Dabei versuchte er, möglichst kein Geräusch zu machen. Oben angekommen lauschte er. Totenstille. Vorsichtig nahm er die Klinke in die Hand und öffnete langsam das stählerne Portal. Eine karge Lichtquelle erhellte den Raum. Da spürte er einen Schlag auf den Hinterkopf, ihm wurde schwarz vor Augen. Peter sank zu Boden.

Das Verhör

Als er wieder zu sich kam, saß Peter Malaschofsky auf einem Sessel, seine Hände auf dem Rücken gefesselt, über dem Gesicht eine Mund-Nasen-Schutzmaske, die nur seine Augen verdeckte. „Zum Glück haben sie mich nicht geknebelt“, schoss es ihm durch den Kopf. Neben sich vernahm er ein Geräusch, das wie ein schrilles Quieken klang. Es war eine weibliche Stimme, also musste es Manon sein, die neben ihm saß. Wahrscheinlich war sie ebenso gefesselt, hatte aber anscheinend im Gegensatz zu ihm einen Knebel im Mund, sonst hätte sie seinen Namen gerufen oder etwas zu ihm gesagt. „Manon?“ Peter fand, dass seine Stimme ungewohnt und fremd klang. Vielleicht lag es an seiner Angst, die er jetzt spürte, vielleicht auch an dem Widerhall seiner Stimme. Als Antwort war erneut dieses jämmerliche Quieken zu hören. Okay, sie saß tatsächlich neben ihm. „Hab keine Angst, ich hole uns da schon raus“, hörte er sich sagen. Das klang jetzt aber alles andere als überzeugend. Was hatte sie zu ihm gesagt, als sie auf der Autobahn Richtung Wien fuhren, um Eugen ins Krankenhaus zu bringen? Bei ihm fühle sie sich sicher. Diese Sicherheit hatte er ihr jedenfalls nicht bieten können. Sonst würde sie jetzt nicht hier sitzen. Gefesselt. Geknebelt. Hilflos.

Er dachte an die Information, die Klaus ihm zuvor gegeben hatte: dass Manons Exmann diese umstrittenen Computerchips produzierte, die von vielen Menschen, vor allem Datenschützern, abgelehnt wurden. Peter selbst fand diese Technologie nicht unpraktisch. Immerhin hatte man auf diese Art immer seine Gesundheitsdaten bei sich, egal, wo man sich auf diesem Globus befand. Aber vielleicht war das jetzt alles hinfällig, wenn diese Pandemie kein Ende nahm. Vielleicht ist das Reisen in ferne Länder dann nicht mehr so wie früher möglich.

Seine Gedanken schweiften ab. Er musste sich auf die Situation hier konzentrieren. Irgendwie fühlte sich das alles gerade unwirklich an. Saß er, der stinknormale Journalist mit seinen Wasch- und Kontrollneurosen, tatsächlich in einem alten Container, oder was auch immer das hier sein mochte, in einer von den Nazis geplanten und von jüdischen Gefangenen errichteten Hafenanlage? Und befand sich neben ihm wirklich die schönste Frau, die er jemals kennengelernt hatte, an einen Stuhl gefesselt? Waren sie wirklich in Lebensgefahr? Wer waren diese Kerle eigentlich und was wollten sie von Manon? Wahrscheinlich war es diese blöde Formel, hinter der die Verfolger her waren, die sie beide in diese verzwickte Lage gebracht hatte.

Aber wer waren deren Auftraggeber? Er beschloss, ein Gespräch mit den beiden Männern zu beginnen. Vielleicht kam er der Lösung dadurch einen Schritt näher. „Wer seid ihr?“ Da war wieder seine verfremdete Stimme. Keine Antwort. Hinter sich hörte Peter das Geräusch eines Streichholzes, das an der rauen Oberfläche einer Zündholzschachtel gerieben wurde, dann das Aufflackern einer Flamme und das Ausblasen derselben. Das Ziehen an der Zigarette, das Knistern ihrer Glut, dann das Ausstoßen des Rauches. „Wer seid ihr?“, krächzte

Peter erneut. Unbeholfen, verunsichert, verängstigt. Und noch ein drittes Mal wiederholte er die Frage. Irgendwo hatte er einmal gelesen, dass man Entführer nerven musste, um sie aus der Fassung zu bringen. Diese Erkenntnis motivierte ihn. Das wollte er jetzt ausprobieren. Dieses Mal versuchte er es mit der Frage nach ihren Beweggründen: „Was wollt ihr von uns?" Als Antwort hörte er das Ausstoßen des Zigarettenrauchs. „Was wollt ihr von uns?" Klang schon besser. Jemand im Raum erhob sich. Der Richtung nach zu schließen, handelte es sich nicht um den Raucher. „Halt endlich deine Klappe!" Peter spürte einen brennenden Schmerz auf der rechten Wange. Der Typ hatte ihm eine Ohrfeige verpasst. Aber immerhin, das Experiment hatte funktioniert. „Wer wir sind, geht dich einen Dreck an. Und die Schlampe weiß, was wir wollen", ergänzte der Typ schreiend, vor ihnen auf und ab gehend. Dann vernahm er ein klatschendes Geräusch. Diesmal spürte er keinen Schmerz. Er dürfte Manon getroffen haben. Der Schlag hörte sich schmerzhaft an. Neben ihm blieb es still. Sie musste das Bewusstsein verloren haben. „Lasst sie in Ruhe", brach es aus Peter hervor. „Halts Maul!" Diese Antwort war eindeutig. Die wollten mit ihm nicht sprechen.

Peter dachte angestrengt nach. Was sollte er tun? Nerven alleine nützte anscheinend nichts. Er musste seine Strategie ändern. Was hatte er damals noch über Entführer gelesen? Verunsichern, ablenken, verwirren. Das war es. Am besten ging das, wenn man die Psyche der Täter verstand, ihre Schwächen traf. „Das Schweigen der Lämmer" fiel Peter ein. Dieser Film mit Anthony Hopkins als psychisch schwer gestörtem Serienmörder, der von seiner Zelle aus die angehende FBI-Agentin, gespielt von der jungen Jodie Foster, manipulierte, indem er ihren wundesten Punkt ansprach: den Verlust ihres Vaters und ihre Hilflosigkeit, weil sie die Lämmer auf dem Schlachthof ihres Onkels nicht hatte retten können.

Aufgrund seines Akzents folgerte Peter, dass der Mann, der ihn geschlagen hatte, slawischer Abstammung und seiner Stimme nach dreißig bis vierzig Jahre alt war. Von dem anderen Mann wusste er nur, dass er rauchte. Einer von ihnen war besonders groß, der andere eher schmächtig. Mehr wusste er nicht. Aufgrund dieser spärlichen Informationen einen wunden Punkt zu finden, fiel ihm schwer. Peter hatte einmal zwei Jahre lang privaten Unterricht in Serbokroatisch genommen, einmal mit einer serbischen Studentin, einmal mit einer Bosnierin. Dadurch verstand er nicht nur einige Wörter dieses Sprachstamms, sondern erkannte anhand des Akzents und der Sprachmelodie jeden slawischen Einschlag. „Nema formulu." Er versuchte diesem Satz einen energischen Ausdruck zu verleihen. Das wirkte. Nach einer kurzen Pause – die beiden Männer tauschten sicher gerade ratlose Blicke aus – kam offensichtlich wieder der Ohrfeigen-Verteiler. Ob er ihn mit seinen Sprachkenntnissen und seiner Botschaft verunsichert, abgelenkt oder verwirrt hatte, konnte Peter nicht feststellen. Nur, dass der Typ sich auf einmal für ihn interessierte und nicht mehr für Manon. „Was sagst du da?", wollte er wissen, indem er sich anscheinend zu Peter hinunterbeugte. „Nema formulu. Sie hat die Formel nicht", antwortete er so ruhig und gelassen, wie er konnte.

Plötzlich wurde ihm die Maske von den Augen gerissen. Der Lange stand gebückt vor ihm und starrte ihn mit funkelnden Augen an. Peter schätzte ihn auf Ende dreißig. Sein Haar trug er kurz geschoren.

„Kako znaš? Woher weißt du das?"

„Jer sam to sakrio. Weil ich sie versteckt habe."

„Gde? Wo? Wo hast du sie versteckt?“ Die Stimme des Mannes klang drohend.

Ich muss verrückt sein, mich hier als großen Helden aufzuspielen, aber ich muss Manon helfen, dachte Peter und schaute zur Ärztin. Ihr Kopf hing zur Seite. Die Augenbinde war ihr durch den Schlag vom Gesicht gerutscht und baumelte an einem Ohr, aus dem Blut rann. Überhaupt sah sie ziemlich lädiert aus. Ein Auge war zugeschwollen, an der Schläfe ein klaffendes Cut, aus dem ebenfalls Blut drang. Ihr Haar war durcheinander. Peter spürte, dass er diese Frau liebte, er wollte sie beschützen. Wollte die Männer von ihr ablenken, konnte es nicht ertragen, dass sie geschlagen wurde. Doch dass die Aufmerksamkeit nun ihm alleine gelten würde, war ihm unheimlich. Noch dazu wusste er ja tatsächlich nicht, wo sich diese fatale Formel befand. Vielleicht war das gut so. Aus Manon hatten sie es jedenfalls nicht rausprügeln können. Peter dachte wieder angestrengt nach. Verunsichern, ablenken, verwirren. Immerhin hatten sie ihn seit der Strategieänderung nicht geschlagen. Doch das war gerade einmal sechzig Sekunden her. Er sah sich im Raum um. Der Zigarettenraucher musste sich immer noch hinter ihm befinden, er konnte ihn nicht sehen. Wahrscheinlich war er vorsichtig genug, sich nicht zu zeigen, um später nicht identifiziert werden zu können. Er dürfte der hellere Kopf von den beiden sein. Da fiel Peters Blick auf das Werkzeug, das er zuvor bei dem Schlag auf den Kopf fallengelassen hatte. Immer noch lag dieser Schürhaken auf dem Boden vor der Eingangstüre. Irgendwie musste er es schaffen, daranzukommen, um die beiden Männer zu überwältigen. Aber wie?

„Ich muss aufs Klo“, hörte er sich sagen. Das klang schon einmal nach einem Plan. Der Typ, der immer noch gebückt vor ihm stand und ihn erwartungsvoll anstarrte, fuchtelte mit dem Zeigefinger vor seinem Gesicht, quasi als verneinende Geste, und schnalzte dabei die Zunge gegen den Gaumen. „Ne. Gde je formula?“, wiederholte er. Peter spürte nun tatsächlich starken Harndrang, was ihn mutiger machte, als er in Wirklichkeit war. „Moram u toalet. Ich muss auf die Toilette. Lasst mich aufs Klo, dann reden wir weiter.“ Der Brutalotyp deutete hinter Peter. Der zweite Täter erschien auf der Bildfläche, mit Mund-Nasen-Schutz maskiert. Den dürfte er erst jetzt als Tarnung aufgesetzt haben, rauchen konnte er damit jedenfalls nicht. Mit vorgehaltener Pistole nahm er Peter die Fesseln ab und führte ihn in einen Nebenraum, in dem sich ein Klo befand. Zigarettenstummeln schwammen darin. Das Zimmer war von einem widerwärtigen Geruch, der aus diesem Klo zu kommen schien, erfüllt. Der Mann deutete Peter, dass er da hineinmachen sollte. Widerwillig öffnete dieser seine Hose. Einen derart unappetitlichen Abort hatte er noch nie in seinem Leben benützt. Er spürte einen Brechreiz, wollte sich aber vor dem Mann keine Blöße geben. Er riss sich zusammen und wartete, bis er sich erleichtern konnte. Doch es kam nichts. Peter deutete seinem Entführer, sich umzudrehen, dieser schüttelte den Kopf. Um sich abzulenken, überlegte er, wie er die beiden Männer alleine überwältigen konnte. Er musste auf dem Weg zurück in den Raum den Schürhaken aufheben und seinen bewaffneten Begleiter damit niederschlagen, bevor er sich den anderen vornahm. Nach gut sechzig Sekunden noch immer kein Strahl. So ging das nicht. Peter konnte in letzter Zeit ohnehin schlecht Wasser lassen. Wenn jemand dabeistand, wie in öffentlichen Pissoirs, ging es noch schlechter. Wenn es sich dabei aber um einen Aufpasser handelte und ihm noch dazu so grauste wie jetzt vor diesem Klo voller Zigarettenkippen, ging es gar nicht. Grinsend beobachtete ihn der Typ. Peter hasste ihn dafür. Wut stieg in ihm auf. Er schwor sich, diesen demütigenden Akt nicht ungesühnt zu lassen. Aus dem Nebenraum war ein Stöhnen zu hören. Manon dürfte aus der Ohnmacht aufgewacht sein. Unverrichteter Dinge schloss Peter schließlich seine Hose. Sein Aufpasser wartete, bis er sich zur Türe bewegte, und ging mit erhobener Waffe hinter ihm zurück in den Raum.

Kaum trat Peter ins Zimmer, in dem der andere Mann Manon bewachte, stürzte er zu dem auf dem Boden liegenden Schürhaken, drehte sich blitzschnell um und schlug damit dem völlig verdutzten, ihm größenmäßig weit unterlegenen Begleiter die Waffe aus der Hand. Mit einem zweiten Hieb traf er ihn am Hals. Der Mann ging sofort zu Boden. Dafür stürzte sich der durchtrainierte Typ mit einem Körper wie Sylvester Stallone auf ihn. Hart schlug Peter auf, seine Glieder schmerzten von dem Aufprall. Er bekam ein Haarbüschel des Mannes zwischen die Finger und packte fest zu. Dabei schlug er dessen Kopf gegen die Wand. Mit von Angst erfüllten Augen beobachtete Manon die Szene. Die beiden Männer wälzten sich jetzt auf dem Boden, einmal bekam Peter die Oberhand, einmal der Angreifer. Irgendwann standen sie einander gegenüber. Gebückt, kampfeslustig. Sie atmeten schwer. Mit einem Schrei stürzte sich der Muskelmann erneut auf Peter, der Kampf fand nun in dem Stiegenhaus statt, Peter halb auf der obersten Stiege stehend. Eine für ihn ungünstige Position. Blitzschnell nützte er eine passende Gelegenheit, kletterte die Stufen hinunter und drehte sich, bereit für den nächsten Angriff, um. Sein Gegenüber schmiss sich von oben mit seinem gesamten Körpergewicht auf Peter. Das Gerangel setzte sich auf dem Gerüst fort. Immer näher kamen sie der Plattform mit dem Steg, der die beiden Container miteinander verband und der nur durch ein Geländer auf beiden Seiten gesichert war. Peter kassierte einen weiteren Faustschlag, der ihn auf die Nase traf. Blut spritzte seinem Angreifer ins Gesicht. Da holte er aus und traf seinen Kontrahenten am Kopf. Der taumelte. Mit einem letzten Stoß zwischen seine Beine verlor der Mann das Gleichgewicht und konnte sich nicht mehr am Geländer festhalten. Rücklings flog er in die Tiefe. Seine Schreie mussten weitere Tauben aufgeschreckt haben. Ein Schwarm stob auseinander und flog durch eines der offenen Fenster, die zum Donaukanal gerichtet waren, in Richtung des zartrosa Himmels, der die beginnende Morgendämmerung über der Stadt ankündigte.

Cyborgs

Manon sah fürchterlich aus. Die Männer hatten sie im Stiegenhaus des Hauptcontainers abgepasst, sie in den oberen Stock gezerrt, an einen Stuhl gefesselt und sie unverzüglich verhört. Doch Manon hatte ihr Geheimnis nicht preisgegeben. Dafür hatte sie gleich mehrere wuchtige Schläge in den Bauch und ins Gesicht kassiert, wie sie Peter berichtete. Als sie die Geräusche von unten hörten, hatten die Männer sie geknebelt und Peter aufgelauert. Mit dem Revolver im Anschlag hatte der Schmächtige der beiden Männer Manon gezwungen, kein Geräusch von sich zu geben und ihren Freund nicht zu warnen. Den Rest der Geschichte kannte Peter ja. Nachdem er die Ärztin befreit hatte, schleifte er den Mann, den er als Erstes überwältigt hatte, auf den Sessel, auf dem er selbst zuvor gesessen hatte, fesselte ihn und steckte ihm Manons Knebel in den Mund. Seinen Revolver nahm er an sich. Dann half er Manon über die enge Stiege hinunter in den Raum, wo sie ursprünglich die Nacht hatten verbringen wollen.

Sie setzten sich auf den Schlafsack und überlegten, was jetzt zu tun sei, während Peter Manons Schrammen im Gesicht mit einem Taschentuch reinigte.

„Was ist mit diesem großen Typen passiert?“, wollte die Ärztin wissen.

„Er ist beim Kampf in die Tiefe gestürzt."

„Lebt er noch?"

„Keine Ahnung. Das sind einige Meter von der Plattform bis zum Boden. Ich sehe später nach ihm. Zuerst schaue ich mir deine Wunden an ... Konntest du herausfinden, wer diese Männer beauftragt hat?", wollte er wissen, während er ihre aufgesprungene Lippe begutachtete. Sie schüttelte verneinend den Kopf.

„Ich vermute immer noch, dass das Pharmaunternehmen dahintersteckt", sagte sie mit müder Stimme. Dann sah sie Peter fragend an: „Sollten wir nicht die Polizei rufen?"

„Nein, wenn diese herausfindet, dass du die Formel für das Impfpatent unterschlagen hast, wäre das nicht zu deinem Vorteil. Außerdem darf ich offiziell nicht einfach die Quarantäne verlassen. Ich wurde positiv getestet und musste unterschreiben, dass ich im Quartier bleibe." Mit etwas Desinfektionsmittel auf einem Taschentuch tupfte er ihre Lippe ab. Das Gleiche tat er an der verletzten Schläfe.

„Aber es handelte sich um einen Notfall, du musstest Eugen ins Krankenhaus bringen", wandte Manon ein.

„Nein, das stimmt so nicht. Du hättest ihn auch alleine fahren können", widersprach ihr Peter und stand auf: „Ich sehe nach dem verunglückten Angreifer und bin gleich wieder da."

Als er zurückkam, war Manon bereits eingeschlafen. Aufgeregt weckte Peter sie auf: „Wir müssen abhauen. Der Typ ist nicht auffindbar. Wie durch ein Wunder dürfte er überlebt haben."

„Und der andere?"

„Ich habe nicht nach ihm geschaut", gestand Peter. Schnell rollte er den Schlafsack zusammen, nahm Manon bei der Hand und eilte mit ihr die Stiegen hinunter, während er dabei mitzählte und sich nach allen Seiten umsah. Bei ihrer Ankunft hatte er, seinem Zwang nachgehend, die Anzahl der Stufen registriert. Nun, in der Dunkelheit, war ihm das nützlich. Manons Wagen befand sich noch dort, wo er ihn abgestellt hatte. Sie stiegen ein und berieten, wie sie weiter vorgehen sollten, während er den Motor anließ und die Waffe, die er dem Typen zuvor abgenommen hatte, im Handschuhfach verstaute.

„Am besten, wir bringen das Auto an einen sicheren Ort und schlafen drin, bevor wir zurück in unser Quartier fahren“, schlug Peter vor. Für eine Autobahnfahrt war er zu erschöpft. Manon nickte müde. Fieberhaft dachte Peter nach: Wo könnten sie Unterschlupf finden, ohne gestört zu werden? Da fiel ihm die Garage seiner ehemaligen Wohnung im nahe gelegenen zweiten Bezirk ein, deren Zugangscode er auswendig wusste. Er steuerte den Wagen in Richtung Praterstraße. An einer roten Ampel informierte er Klaus mit einer Textnachricht über seinen Plan.

„Kann es sein, dass es jemandem nicht passt, dass dein Exmann an der Produktion dieser …“ Peter unterbrach sich. Wie hießen diese Chips gleich noch einmal? „… RFID-Chips, also Mikrochips, beteiligt ist?“ Das Gespräch mit Klaus kurz nach Manons Verschwinden ging ihm nicht aus dem Kopf. Sie sah ihn fassungslos an. „Diese Technologie ist seit Jahrzehnten im Einsatz und gilt als absolut sicher. Die Chips finden zum Beispiel bei Haustieren Verwendung, damit man sie wiederfindet. Die werden ihnen meistens in die Ohren implantiert.“ Darauf, dass ihr geschiedener Mann an der Technologie verdiente, ging sie gar nicht ein.

„Aber warum hast du Klaus und mir nicht erzählt, dass dein geschiedener Mann sich damit beschäftigt, als wir kurz über dieses Thema gesprochen haben?“, fragte Peter.

„Ich bin nicht so blauäugig, als dass ich nicht wüsste, was ich zwei erfahrenen Journalisten erzählen kann und was nicht. Ich weiß, wie umstritten die Technologie in den Medien ist, und wollte euch nicht auf meinen Exmann ansetzen“, verblüffte Manon Peter mit ihrer Antwort.

„Das sind also jene Chips, mit denen auch Koffer versehen werden, um sie zu identifizieren und damit sie am gleichen Ort ankommen wie ihre Besitzer. Auch auf Bankkarten sind sie im Einsatz“, erinnerte sich Peter an das, was er darüber gelesen hatte. „Und wenn der Mensch so einen Chip unter der Haut hat, kann er damit sein Auto starten, Zugriff auf seine sozialen Medien bekommen, ihn als Türschlüssel oder statt eines Flugtickets verwenden. Man kann sich damit auch am Computer anmelden oder bezahlen. Das ist nichts anderes als ein Speicherplatz für digitale Information“, fuhr er fort.

Manon nickte zustimmend und ergänzte: „Man kann aber nicht nur Daten von Bankkonten, Einkäufen oder Passwörter für Haus und Büro erhalten, sondern auch medizinische Informationen, zum Beispiel Blutgruppe oder mögliche Allergien des Besitzers.“

„Der Chip funktioniert über elektromagnetische Wellen mit der sogenannten ‚Near Field Communication Technology‘, also man kann die Informationen, die darauf gespeichert sind, nur ablesen, wenn er sich möglichst nahe am Lesegerät befindet.“

Manon sah Peter bewundernd an. Sie war über seinen Wissensstand überrascht. Dass sie selbst über diese Technologie so genau Bescheid wusste, hatte sie ihrem Exmann zu verdanken, der sich von früh bis spät damit beschäftigte und sie mit diesem Thema ständig gelangweilt hatte.

„Die Chips sind eigentlich darauf ausgerichtet, dem Menschen viel Zeit und Mühe zu ersparen“, meinte sie. „Mein Exmann ist nun dabei, Implantate zu entwickeln, die in Zukunft die Gesundheitsparameter der Träges überwachen und sie informieren, wenn etwas mit seiner Gesundheit nicht stimmt. Dafür investiert Miranda Doolittle einen Haufen Geld. Mein Ex und ich haben uns eigentlich über eine gemeinsame Stiftung von Doolittle kennengelernt."

„Dass sich die Milliardärin an einer solchen Technologie beteiligt, ist ja eigentlich eine gute Sache", meinte Peter, ohne auf Manons Exmann weiter einzugehen.

„Ja, es geht darum, dass die Träger ihre medizinischen Informationen auf verschlüsselten RFID-Chips speichern. Menschen mit Alzheimer oder schwerer Altersdemenz sollen damit geortet werden. Ich verstehe wirklich nicht, was daran verwerflich sein soll", ergänzte die Ärztin und griff sich vorsichtig an ihre geschwollene Schläfe.

„Wahrscheinlich haben die Menschen Angst, dass man damit immer aufgefunden werden kann, etwa von seinem Chef, wenn der Chip zum Beispiel im Arbeitsleben eingesetzt wird. Und natürlich davor, dass die Sicherheit der personenbezogenen Daten nicht gewährleistet ist. Also, dass diese gestohlen werden können. Heute kann ja jedes Gerät gehackt werden. Und manche finden es einfach unheimlich, einen Fremdkörper im eigenen Körper zu haben." Peter musste scharf auf die Bremse steigen, weil die Ampel gerade auf Rot wechselte.

„Na ja, man könnte auch befürchten, dass diese Chips für die eigene Gesundheit schädlich sind oder Krebs verursachen könnten", gab Manon zu bedenken. „Studien haben das aber inzwischen widerlegt. Eine Studie vom Biotechnologischen Institut der Universität in Denver hat sogar festgestellt, dass sich die Implantation aktiver RFID-Chips bei Krebstumoren positiv auswirkt." Nach einer Nachdenkpause fügte sie hinzu:

„Aber so weit will ich gar nicht gehen, ich kann mir das nicht vorstellen."

„Irgendwie klingt das Ganze wie ein erster Schritt, uns in Cyborgs zu verwandeln", lachte Peter.

Sie waren bei dem Haus in der Praterstraße angekommen. Er kurbelte das Fenster hinunter und tippte den Zahlencode in ein Kästchen vor der Garagentüre ein, die sich gleich darauf öffnete. Erleichtert atmete er auf und parkte den Wagen.

„Geh bitte, schon Ende der fünfziger, Anfang der sechziger Jahre haben die ersten Menschen elektronische Geräte wie Herzschrittmacher implantiert bekommen", knüpfte die Ärztin an ihr Gespräch von vorhin an. „Das ist heute durchaus üblich und rettet Leben. Auch die bionische Prothetik ist nichts anderes als die Implantation von körperfremder Technologie. Das funktioniert mit Nervenimpulsen. Inzwischen gibt es nicht nur Prothesen für Arme oder Beine, sondern auch für komplexere Körperteile, wie Augen oder Ohren." Manon hörte auf zu reden. Müdigkeit übermannte sie. Außerdem verspürte sie an den Stellen, wo ihre Peiniger sie geschlagen hatten, Schmerzen. Sie sah auf die Uhr. Der Zeiger ging auf halb fünf zu.

„Lass uns kurz schlafen, ich kann die Augen kaum mehr offenhalten", schlug sie vor. Peter klappte den Rücksitz um, breitete seine Jacke aus und deckte sie mit dem Schlafsack zu.

Der Unterschlupf

Als Manon aufwachte, saß Peter am Steuer und beschäftigte sich mit seinem Handy. „Kein Empfang“, erklärte er, legte es beiseite und drehte sich zu ihr um. Immer noch befanden sie sich in der Garage. Im Auto roch es nach frischem Kaffee und Motoröl, dessen Geruch durch das zerschossene Heckfenster aus der Garage ins Wageninnere zog. Manon blinzelte, dann streckte sie sich gähnend. Strähnen ihres langen dunklen Haars hingen in das zerschundene Gesicht.

„Gut geschlafen?“ Während er die Lichter im Wagen einschaltete, begrüßte Peter die Ärztin mit einem freundlichen Lächeln. Ihr Make-up war über Nacht verwischt. Ungeschminkt sah sie fast noch hübscher aus. Trotz geschwollener Lippe und blauem Fleck unterm Auge und auf der Stirn. Er entdeckte zwei lustige Grübchen auf ihren Wangen, die er bis dahin noch nicht bemerkt hatte. Peter hatte Lust, sie zu küssen.

Manon nickte verschlafen. „Hast du gar nicht geschlafen? Wie spät ist es?“, wollte sie wissen.

„Ich habe mich eine Stunde ausgeruht. Das reicht mir fürs Erste. Jetzt ist es kurz nach 9 Uhr.“ Peter reichte ihr warmen Kaffee in einem kleinen Pappbecher, dazu eine Papiertüte mit einem frischen Nusskipferl und eine Wasserflasche.

„Wo hast du das her?“, fragte sie überrascht, während sie sich aufrichtete, so weit es der im Fond des Wagens beschränkte Platz erlaubte.

„Ich habe über zehn Jahre lang in diesem Haus gewohnt. Etwa hundert Meter von hier entfernt gibt es den besten Bäcker der Stadt, der auch Kaffee anbietet. Über einen Abholservice kann man dort auch während der Pandemie einkaufen“, antwortete er.

„Apropos Pandemie. Wir sollten zurück in die Quarantäne, damit ich mich um meine restlichen Patienten kümmern kann“, meinte Manon entschlossen, während sie den Kaffee schlürfte und von ihrem Kipferl abbiss. Entzückt verdrehte sie die Augen. „Du hast recht, ein besseres Gebäck kenne ich auch nicht“, schwärmte sie kauend.

„Ab heute Abend tritt in Wien eine Ausgangssperre in Kraft. Wir haben gar keine andere Wahl.“ Peter erinnerte sich an Klaus' Erzählung und hatte sich auf dem Weg zum Bäcker im Internet über die neuesten Nachrichten informiert.

„Das wird ja immer schlimmer mit den Maßnahmen. In Quarantäne kann uns das aber herzlich egal sein“, gab Manon zurück.

„Wie geht es deinen Verletzungen?“, wechselte Peter das Thema und deutete auf ihr Gesicht.

„Die Schwellung auf der Stirn tut noch weh, das werde ich noch länger spüren. Meinem Auge und der Lippe geht es gut.“ Vorsichtig betastete sie ihren Mund.

Dann fiel ihr ein, dass Peter von dem Schlag, den er abbekommen hatte, als er das Zimmer betrat, zumindest am Kopf verletzt sein musste. Ganz zu schweigen von möglichen Blessuren von der Rauferei mit dem „Rambo“. „Und wie geht es dir? Du hast ja auch einiges einstecken müssen.“

Besorgt schaute sie ihn an. Peter griff sich auf den Kopf und spürte eine Kruste an der Stelle, die vom Schlag geblutet hatte.

„Alles in Ordnung. Mein Kopf schmerzt noch, aber das wird hoffentlich bald vergehen."

Mit ernster Miene fixierte Peter Manon eine Weile. Sie bemerkte seinen Blick und sah ihn fragend an, während sie an ihrem Gebäck kaute.

„Der Mann ist tot, Manon."

„Welcher Mann? Der, der hinuntergestürzt ist?"

„Nein, jener, der gestern zur falschen Zeit am falschen Ort war. Auf den unsere Verfolger an der Kreuzung geschossen haben. Er wurde mit einer schweren Bauchverletzung ins Krankenhaus gebracht und ist noch in der Nacht gestorben. Manon, er war erst zweiunddreißig Jahre alt. Ich habe die Schlagzeilen im Internet gelesen, als ich auf dem Weg zum Bäcker war. Unter dem Titel ‚Toter bei Schießerei in Simmering' wurde berichtet, dass am Abend unbekannte Täter aus ebenso unbekannten Gründen das Feuer auf einen Fußgänger eröffnet hatten. Ein Zeuge, der zwar nichts gesehen hat, hörte das Geräusch zweier Autos, die mit überhöhter Geschwindigkeit heranrasten. Spekuliert wird, ob es sich möglicherweise um einen Racheakt im Zuhältermilieu handeln könnte. Die haben ja keine Ahnung."

Manon war den Tränen nahe. Ein Unschuldiger hatte sein Leben lassen müssen! Und das vielleicht nur, weil sie und ihre Kollegen diese Formel nicht hergeben wollten. Diese Männer waren tatsächlich gefährlich. Sie war überzeugt davon, dass es sich um die gleichen Täter handelte, die auch schuld am Tod von Molly waren.

„Vielleicht sollte ich aufgeben und meine Kollegen überreden, die Formel herauszugeben. Andererseits ...", sie überlegte kurz, während sie den letzten Schluck Kaffee trank, „... wissen wir nicht mit hundertprozentiger Sicherheit, ob das wirklich der Grund für die Verfolgung ist. Denn warum haben diese Männer auf uns geschossen, auch, als wir auf dem Friedhof waren? Wenn ich tot bin, nütze ich ihnen doch nichts mehr“, dachte sie laut nach.

„Ich habe gehört, wie sie auf Serbokroatisch miteinander redeten, als wir gefesselt waren. Sie sagten, sie wollten uns nur Angst einjagen.“

„Danach hat es aber für mich nicht ausgesehen“, widersprach Manon und ergänzte überrascht: „Du verstehst diese Sprache?“

„Ein bisschen. Aber glaub mir, es stimmt. Der Schmächtige hat den anderen zurechtgewiesen, dass er dich nicht zu hart anfassen soll, hat ihm auch Vorwürfe gemacht, weil dieser uns auf dem Friedhof beinahe getroffen hätte. Er sagte: „Du Idiot, wir brauchen die Frau lebend!“ Es dürfte auch der Muskelmann gewesen sein, der den Fußgänger erschossen hat. Sehr hell in der Birne dürfte dieser auftrainierte Typ jedenfalls nicht sein.“

Eine Weile sagten sie nichts. Von der Straße drang Motorengeräusch herein, dann war es wieder ruhig. „Ob der Typ, mit dem ich gekämpft habe, wohl noch lebt?“, fragte Peter mit ängstlicher Stimme in die Stille hinein. Er war sich nicht sicher, ob es ihm lieber wäre, dass der Mann tot war oder überlebt hatte. Als er noch einmal Nachschau gehalten hatte, hatte er ihn dort nicht liegen gesehen. Allerdings befand sich dort in der Tiefe des Stiegenhauses ein riesiges Becken. Womit dieses gefüllt war, hatte er in der Eile in der Dunkelheit nicht feststellen können.

„Wenn er nicht tot ist, dann muss er besonders glücklich gefallen sein. Aus dieser Höhe kann er das schwer überlebt haben“, war Manon überzeugt.

„In den Online-Nachrichten habe ich jedenfalls nichts über einen Toten im Alberner Hafen gefunden. Doch kann es lange dauern, bis er dort entdeckt wird, wenn sich der Schmächtige nicht befreien konnte und ihn weggebracht hat. Fakt ist, dass wir damit rechnen müssen, dass sie uns weiter verfolgen. Und von nun an werden sie eher hinter mir her sein, als hinter dir."

„Wieso sollten sie hinter dir her sein?" Manon sah ihn fragend an und fügte hinzu: „Du weißt ja gar nicht, wo ich die Formel versteckt habe." Peter antwortete nicht, sondern stellte ihr eine Gegenfrage, die ihn schon den ganzen Morgen lang beschäftigte: „Manon, warum haben sie dich eigentlich geknebelt, wenn sie von dir Informationen haben wollten?"

„Ich habe dir doch schon erzählt, wie es gelaufen ist: Während du mit Klaus telefoniert hast, wollte ich eine Toilette und ein Waschbecken suchen. Kaum war ich im Stiegenhaus, haben sie mich von hinten überwältigt. Sie hielten mir den Mund zu und führten mich die Treppe hinauf in den Raum, wo sie mir die Hände fesselten. Weil ich schreien wollte, haben sie mich geknebelt. Vermutlich um zu verhindern, dass du mich hörst."

„Haben sie nach der Formel gefragt?"

„Nicht direkt. Sie haben ständig gesagt, dass ich weiß, warum sie hinter mir her sind. Und dass, wenn ich ihnen nicht entgegenkomme, sie mir etwas antun würden. Jedes Mal, als sie mir den Knebel aus dem Mund nahmen, damit ich ihnen antworten konnte, versuchte ich zu schreien, weil ich hoffte, dass du mich hörst. Und jedes Mal schlugen sie mir ins Gesicht und knebelten mich erneut. Als sie schließlich im Stiegenhaus Geräusche wahrnahmen, haben sie mir die Waffe vorgehalten und gedroht, mich zu töten, würde ich ein Geräusch von mir geben. Ich wollte dich warnen, traute mich dann aber nicht, mich bemerkbar zu machen." Peter nickte verständnisvoll.

Nach einer Pause beantwortete er ihre Frage: „Als du nach einem Schlag kurzzeitig benommen warst, sagte ich ihnen, dass ich die Formel versteckt hätte und du gar nicht wüsstest, wo sie ist. Ich wollte sie von dir ablenken. Deswegen werden sie ab nun wohl eher hinter mir her sein."

„Das hättest du nicht tun müssen." Nachdenklich und mit einem kläglichen Unterton in der Stimme ergänzte Manon: „Erst habe ich dich unschuldig in diese Sache hineingezogen ‚und jetzt bist du selbst am meisten gefährdet. Das wollte ich alles nicht." Manon klang ehrlich.

„Zu spät. Ich bin selbst schuld. Ich hätte von vornherein die Quarantäne nicht verlassen dürfen. Aber ich wollte bei dir sein." Peter drückte ihren Unterarm.

Manon sah ihn dankbar an.

„Aber", setzte Peter fort, „von nun an verlange ich von dir, dass du zu hundert Prozent ehrlich zu mir bist."

„Natürlich bin ich das!"

„Dann sag mir, wer Manuel ist?"

„Wieso weißt du von ihm?" Manon wirkte verdutzt.

„Als wir mit Eugen ins Krankenhaus gefahren sind, hast du mit jemandem telefoniert und dich nach einem Manuel erkundigt. Klingelt es bei dir?"

„Natürlich! Ich habe dir ja erzählt, dass wir vier Kollegen sind, die aus dem Impfprogramm ausgestiegen sind. Ein Spanier aus dem Baskenland ist auch dabei. Sein Name ist Manuel."

„Und was ist mit ihm?"

„Er hatte das Gefühl, dass man ihm auf der Spur sei, als ich das letzte Mal mit ihm telefoniert habe. Das war von der Quarantäne aus. Gestern sprach ich dann mit Anita, der Schwedin, die in Österreich lebt und von der ich dir ebenfalls erzählt habe. Ich fragte sie, wie es Manuel gehe, ob er immer noch glaube, verfolgt zu werden. Sie sagte, es sei alles in Ordnung."

Peter nickte und drehte sich nach vorne. Das klang einleuchtend. Später würde er sie nach ihrem Versteck der Formel fragen. Und ob sie nicht doch den Schlüssel zu den anderen drei Teilen dieser Formel hatte. Denn, nachdem er den Schlägern glaubhaft gemacht hatte, dass er in Besitz der Informationen war, könnte das Wissen um den Aufbewahrungsort der Formel für ihn noch von lebenswichtiger Bedeutung werden.

Aber zuerst wollte Manon ihren Kollegen im Spital anrufen, um sich nach Eugens Befinden zu erkundigen. Über zwölf Stunden war es her, dass sie den Wirt an die Ärzte übergeben hatten. Und dann würde Peter Klaus anrufen und fragen, wie es ihm gesundheitlich ging. Immerhin war er nun bereits seit Tagen mit Virus-Z-Infizierten mehr oder weniger eingesperrt. Und vielleicht war Dimitri inzwischen aufgetaucht. Zudem wollte sich Peter nach der Lage in der Quarantäne erkundigen. Ob Klaus, Judith und Leonardo möglicherweise weiter von den Dorfbewohnern schikaniert wurden. Er hatte keine Lust, in die Sportanlage zurückzukehren, solange der Hass der Anrainer anhielt.

Aber zuallererst mussten sie aus der Garage verschwinden. Denn hier hatten sie keinen Empfang. Das war eigentlich der Hauptgrund gewesen, warum er dieses Versteck als sicheren Zufluchtsort gewählt hatte. Peter wollte vermeiden, dass die Verfolger sie über ihre Handys orten konnten. Manon schlug ihm vor, dass er sich zur Sicherheit eine Wertkarte besorgen sollte. Vielleicht hatten die Männer irgendwie seine Telefonnummer ausfindig gemacht. Die Ärztin brauchte aber noch ein bisschen Zeit, wie er durch den Rückspiegel feststellte. Sie war mit Umkleiden beschäftigt – auf der zurückgeklappten Rückbank ein nicht ganz so einfaches Unterfangen.

„Woher kommt eigentlich der Begriff ‚Quarantäne', mit der Inkubationszeit kann er ja nichts zu tun haben, weil diese meist viel kürzer dauert", wollte Manon von Peter wissen, während sie umständlich in ein frisches T-Shirt und einen blitzblauen Pullover mit V-Ausschnitt schlüpfte. Die Kleider, die sie in der Nacht getragen hatte, stopfte sie in ihre Reisetasche.

„Der Begriff Quarantäne geht zurück auf die Zeit der Pest im 14. Jahrhundert", erinnerte sich Peter an einen interessanten Artikel in einem Magazin, den er vor nicht allzu langer Zeit zu diesem Thema gelesen hatte. „Die Pest nahm damals im Mongolenreich ihren Anfang, drang bis ans Schwarze Meer vor und erreichte von dort über das Mittelmeer Europa. In Italien gab es zwei Städte, die im Seehandel miteinander konkurrierten: Genua und Venedig. Um die Pest einzudämmen, beschloss Venedig, ankommende Schiffe vierzig Tage lang zu isolieren. Das heißt, die Schiffe lagen im Hafen, die Besatzung durfte aber nicht an Land. Von dieser Zahl vierzig – italienisch ‚quaranta' – leitet sich der Begriff ‚Quarantäne' ab." Peter machte eine kurze Pause und betrachtete Manon, die ihm aufmerksam zuhörte, durch den Rückspiegel. Dann fuhr er fort: „Händler mit genügend Geld konnten sich allerdings von der Quarantäne freikaufen und direkt von Bord gehen. Schon damals war Bestechung anscheinend gang und gäbe. So gelangte die Pest schließlich doch nach Mitteleuropa, nämlich von Venedig über den Brenner. Ein anderer Weg führte über

Genua und Marseille durch das Rhonetal. Insgesamt starben in Europa etwa 25 Millionen Menschen am ‚Schwarzen Tod'."

Als ob es sich um ein Stichwort in einem dramatischen Bühnenstück handelte, ging in diesem Augenblick die Garagentüre geräuschvoll auf. Drei Männer standen im Tor und spähten angestrengt in die Dunkelheit. Gegen das Tageslicht hoben sich ihre Umrisse in der Dunkelheit der Garage gut ab. An ihrer Statur erkannte Peter sofort die beiden Verfolger vom Vortag: Der eine war schmächtig, der andere groß und muskulös. Den dritten Mann konnte er auf den ersten Blick nicht identifizieren.

„Schnall dich an", rief er Manon zu. Dann startete er den Wagen und raste mit heulendem Motor auf die Männer zu.

Am Würstelstand

„Was machst du da? Du bringst sie um!“, schrie Manon, als Peter die drei Männer anvisierte. Im letzten Moment brachten sich diese vor dem herannahenden Auto mit Hechtsprüngen in Sicherheit. Peter war nicht wiederzuerkennen. Entschlossen und mit finsterer Miene lenkte er Manons Wagen aus der Garage. Sekunden später befanden sie sich auf der Praterstraße und verschwanden im langsam einsetzenden Verkehr.

„Schalte unsere Handys aus, schnell!“, rief Peter.

„Wie ist es möglich, dass sie uns gefunden haben?“ Er war aufgebracht. „In der Garage gibt es keinen Handyempfang, wir konnten über unsere Handys doch nicht geortet werden!“ Manon, die vom hinteren Teil des Wagens vorsichtig auf den Beifahrersitz kletterte, war kreidebleich im Gesicht.

„Du hättest sie töten können“, rief sie.

„Manon, die sind bewaffnet und schrecken vor nichts zurück, wie wir ja bereits festgestellt haben. Das war unsere einzige Chance, ihnen zu entkommen“, antwortete Peter, während er ihr sein Handy in die Hand drückte. Er lenkte den Wagen Richtung Prater. Trotz des Schocks, den der Anblick der Männer bei ihm ausgelöst hatte, spürte Peter eine unglaubliche Erleichterung, dass der Rambo-Typ noch am Leben war und er ihn nicht getötet hatte. Damit wäre er nämlich nicht so leicht fertig geworden. Na ja, eigentlich hätte er ihn ja nicht umgebracht, sondern juristisch gesehen wäre es Totschlag gewesen. Vermutlich sogar Notwehr. Aber trotzdem: Noch nie hatte Peter Schuld am Tod eines Menschen getragen. Andererseits, der junge Mann, den die Verfolger mit einem Schuss in den Bauch getötet hatten, war irgendwie ein indirektes Opfer seines Tuns gewesen. Aber schlussendlich konnte er nichts dafür, dass sie auf ihn geschossen hatten. Er überlegte, ob er gleich zum nächsten Wachzimmer fahren und die Männer anzeigen sollte. Aber was hatte er in der Hand? Weder kannte er die Namen dieser Typen noch ihren oder ihre Auftraggeber. Den Dritten hatte er überhaupt noch nie gesehen. Nicht einmal beim Motiv war er sich hundertprozentig sicher. Und er selbst? Ein positiv auf das Virus Z getesteter, unterstandsloser Journalist, der in Wien unterwegs war und damit andere potenziell gefährdete. Der darüber hinaus eine Ärztin deckte, die sich der Unterschlagung einer Formel für einen Impfstoff schuldig gemacht hatte.

„Es gibt nur zwei Möglichkeiten, wie sie uns gefunden haben", setzte er seinen Gedankengang von zuvor fort, während Manon die Handys deaktivierte. „Entweder, sie haben uns eine Art GPS-Tracking-Chip an die Kleidung geklebt, als sie uns gefesselt haben, damit sie uns überall orten können." Peter kannte diese Technologie von einer preisgekrönten israelischen Fernsehserie, bei der sich der israelische Geheimdienst solcher Chips bediente, um auch in entlegenen Gebieten oder Luftschutzkellern die Spur zu ihren Gegnern nicht zu verlieren. Der Held der Serie schaffte es, dem Boten eines gesuchten palästinensischen Terroristen einen solchen Chip anzuheften. „Die zweite Möglichkeit …"

Er stockte. Konnte das sein? Weder traute er das Judith noch Leonardo zu. Und Klaus? Klaus war manchmal naiv, plauderte leicht Geheimnisse aus. Aber auf keinen Fall war er bestechlich. Schon gar nicht würde er seinen besten Freund verraten.

„Die zweite Möglichkeit?“ Manon sah ihn von der Seite her fragend an.

„Die zweite Möglichkeit ist, dass sie die Informationen über unseren Aufenthaltsort von jemandem aus unserer Gruppe erhalten haben.“ Im Rückspiegel bemerkte Peter ein Auto, das aus dem Nichts aufgetaucht war und nun knapp hinter ihnen fuhr.

„Aus der Quarantäne meinst du? Wer sollte Interesse daran haben? Und woher sollte jemand von denen diese mörderische Truppe kennen?“ Manon schüttelte den Kopf.

Erleichtert atmete Peter auf, als der Wagen hinter ihm blinkte und in eine Seitengasse abbog. Sie waren jetzt kurz vor dem Praterstern. Der Wurstelprater! Der Vergnügungspark hatte pandemiebedingt geschlossen, doch konnte er hier in einer Trafik eine Wertkarte und Zigaretten kaufen. Und er verspürte Hunger, immerhin hatte er in der Früh nur ein Kipferl gegessen. Das Abendessen in Form eines Picknicks war in die Hose gegangen. Peter erinnerte sich an einen Würstelstand, der vierundzwanzig Stunden am Tag offen hielt. So viel er wusste, waren Imbissstuben nicht von den Virus-Z-Maßnahmen betroffen, durften also Essen ausgeben.

Beflügelt von der Vorstellung einer Käsekrainer mit Ketchup wagte er ein, wie er fand, zugegebenermaßen etwas absurdes Gedankenexperiment: „Angenommen, der Priester hat sich in unsere Gruppe hineingeschwindelt.“ Und während er den Wagen Richtung Parkplatz steuerte, der sich am Rande des Praters befand, setzte er seinen Gedankengang fort: „Dieses Unterfangen, sich unter die Infizierten in die Quarantäne zu schummeln, dürfte ja nicht so schwierig gewesen sein, wie wir am Beispiel von Klaus gesehen haben.“ Ein Parkplatzanweiser mit Mund-Nasen-Schutz deutete ihnen, dass der Schrankenmechanismus kaputt war und man bei ihm zahlen konnte. Er winkte sie zu einem der vielen freien Parkplätze.

„Was machen wir hier eigentlich?“, wollte Manon wissen, ohne auf seine Idee einzugehen.

„Hier gibt es einen herrlichen Würstelstand. Außerdem will ich mir eine Wertkarte fürs Handy besorgen und Klaus anrufen, um ihm meinen Verdacht mitzuteilen.“

„Echt jetzt?“ Ungläubig starrte sie ihn an.

„Echt was?“

„Das mit deinem Verdacht.“

„Ja, ich habe dir ja gesagt, dass es zwei Möglichkeiten gibt, wie die Typen uns in der Garage finden konnten. Eine davon ist die Sache mit unserer Kleidung. Finden wir einen Chip, so lässt sich mit an Sicherheit grenzender Wahrscheinlichkeit ausschließen, dass jemand aus unserer Gruppe uns verraten hat.“ Mit diesen Worten stieg Peter aus dem Wagen und bat Manon, ebenfalls auszusteigen und sich mit erhobenen Armen vor ihn hinzustellen.

„Nichts, absolut nichts“, stellte Peter fest, nachdem er sie abgetastet hatte.

„Und jetzt mich.“ Er hob die Arme, während sie sein Gewand Zentimeter um Zentimeter begutachtete.

„Auch nichts. Kein Chip.“ Dann fiel ihm ein, dass sie zuvor ihre Kleider vom Vortag in ihre Reisetasche gesteckt hatte.

„Gib mir deine Tasche“, forderte er sie auf.

„Wieso willst du meine Tasche haben?“, fragte sie verwundert, während der Parkplatzwächter sich ihnen näherte.

„Der Prater hat zu. Und Parken dürfen S’ hier nur bis maximal 17 Uhr. Weil ab 18 Uhr ist Ausgangssperre. Ich muss den

Platz räumen, damit ich rechtzeitig nach Hause komme", erklärte der Wächter durch seine Maske.

„Keine Sorge, wir sind in einer halben Stunde wieder weg", beruhigte ihn Peter.

„Zahlen tun S' dann, wenn S' wegfahren. Stecken S' das Karterl hinter die Windschutzscheibe." Damit überreichte er ihnen ein Ticket mit den Angaben ihrer Ankunftszeit. Peter bedankte sich und legte die Karte, von außen gut sichtbar, auf die Konsole im Wageninneren. Der Mann blieb stehen, anscheinend war ihm langweilig.

„Fesches Auto", stellte er fest und ging um den Wagen herum. Als er die kaputte Windschutzscheibe sah, blieb er stehen: „Jessas, was ist Eana denn da passiert?", wollte er wissen. „Schaut aus wie ein Einschuss", stellte er halb im Scherz fest, während er in aller Ruhe eine Packung Zigaretten aus der Jackentasche zog und den beiden eine anbot, bevor er sich selbst eine anzündete.

Peter lehnte dankend ab, obwohl er nur zu gerne eine Zigarette geraucht hätte. Er wollte den lästigen Mann loswerden. Doch dieser dachte gar nicht daran, wegzugehen, sondern nahm genüsslich einen tiefen Zug von seiner Zigarette. Beim Ausstoßen des Rauchs erinnerte er sich daran, dass in der Früh im Radio von einer nächtlichen Schießerei und einem Toten die Rede gewesen war. Das wollte er in diesem Zusammenhang loswerden.

„Apropos Einschuss. Da war a Schießerei in Simmering. Habts davon ghört?", wandte er sich an Peter und Manon.

Energisch schüttelte die Ärztin den Kopf, während Peter zur gleichen Zeit antwortete: „Natürlich haben wir davon gehört. Schrecklich. Mitten in Wien. Die Pandemie tut den Leuten nicht gut."

Verwirrt, dass er von beiden unterschiedliche Antworten erhalten hatte, drehte sich der Parkplatzwächter um und ging zu seinem Portierhäuschen zurück. Dabei murmelte er etwas wie: „Die ganze Welt ist verrückt geworden." Wahrscheinlich fühlte er sich auf die Schaufel genommen.

„Ich ruf im Spital an, um in Erfahrung zu bringen, wie es Eugen geht. Du kannst dir inzwischen eine Wertkarte besorgen", schlug Manon vor.

„Guter Plan. Ich will wissen, ob Klaus gesund ist und er von Dimitri gehört hat. Außerdem werde ich ihm sagen, dass er mit niemandem, auch nicht mit Judith und Leonardo, über unseren Aufenthaltsort sprechen darf. Wenn die Anrainer aus dem Dorf nicht wieder zugeschlagen haben, fahren wir zurück in die Quarantäne, so wie du es wolltest. Okay?"

Die Ärztin war einverstanden. Sie zog sich eine warme Daunenjacke über. Peter nahm zwei Mund-Nasen-Schutzmasken aus dem Handschuhfach, angelte sich seine Jacke und versperrte das Auto. Der Morgen war kühl, es sah nach Regen aus. Graue Wolken hingen über der Stadt. Peter zog sich ebenfalls seine Jacke an und verstaute Schlüssel, Portemonnaie und Handy in den Taschen. Dann gingen sie auf einen Eingang des Wurstelpraters zu, über dem ein Schild mit der Aufschrift „Grottenbahn" in verschnörkelten Buchstaben hing. Ein Pfeil zeigte geradeaus.

Etwa hundert Meter weiter befand sich eine geöffnete Trafik. Peter kaufte drei Packungen Zigaretten seiner Lieblingssorte und eine Wertkarte für sein Handy, wie Manon ihm vorgeschlagen hatte.

Vor der Trafik tauschte er seine alte SIM-Karte gegen die Wertkarte aus. Manon wählte die Nummer des Arztes, den sie am Vortag im Spital kontaktiert hatte. Gleich beim zweiten

Klingeln hob er ab. Nach einer kurzen Begrüßung fragte sie nach Eugens Zustand.

„Er ist stabil, aber es geht ihm nicht besonders gut. Er liegt auf der Intensivstation." Die Stimme des Arztes klang besorgt.

„Wird er es schaffen?"

„Noch besteht Hoffnung", war die knappe Antwort, bevor sich der Arzt verabschiedete. Entsetzt teilte Manon Peter mit, was sie in Erfahrung gebracht hatte.

Dann trotteten sie stumm nebeneinander in Richtung Hauptallee. Hier irgendwo musste sich der Würstelstand befinden, den Peter in Erinnerung hatte. Tatsächlich tauchte kurz danach die Hütte auf, der Imbiss war geöffnet. Manon bestellte eine Käsekrainer mit einer Extraportion Ketchup und eine Brezel für Peter, ein Hotdog für sich. Sie gingen ein Stück weiter. Auf einer Bank ließ sich Peter nieder, um zu essen und Klaus anzurufen. Er erzählte ihm von dem erschossenen Passanten und teilte seinem Freund mit, dass die Verfolger sie aufgespürt hatten, obwohl sie sich in einer Garage ohne Empfang aufgehalten hatten. Und er äußerte seine Bedenken, dass sich möglicherweise ein Maulwurf in die Quarantäne eingeschlichen hatte.

„Bist du verrückt geworden? Was meinst du mit Maulwurf? Und von welcher Nummer aus rufst du mich überhaupt an?", rief Klaus in den Hörer. „Leonardo spinnt zwar mit seinen Theorien über die implantierten Chips, aber deswegen ist er doch kein Maulwurf!"

Peter versuchte ihn zu beruhigen und erklärte ihm seine Theorie. Dass sie entweder über sein Handy oder über einen GPS-Chip an der Kleidung gefunden worden waren. Oder aber, dass der Priester beziehungsweise Judith, auf welche Weise auch immer, mit den Verfolgern verbunden waren. Beide wussten ja von Klaus stets über ihren Aufenthaltsort Bescheid. Während Peter Klaus seine Theorie darlegte, fiel ihm wieder ein, dass er in Manons Reisetasche noch ihre Kleidung, die sie am Vortag angehabt hatte, nach einem GPS-Chip durchsuchen hatte wollen. Er nahm sich vor, das gleich nachzuholen, sobald sie beim Auto waren.

„Dass jemand von uns etwas mit denen zu tun hat, ist ausgeschlossen", war Klaus felsenfest überzeugt. Ein zweites Mal fragte er ihn nach der Nummer, von der aus Peter ihn angerufen hatte.

„Ich habe mir vorsichtshalber eine Wertkarte gekauft. Ich traue mich nicht mehr, über meine SIM-Karte Gespräche zu führen. Vielleicht orten die uns doch über mein Handy und in der Garage ist der Empfang gar nicht so schlecht, wie ich dachte", gab ihm Peter zur Antwort.

Dann wollte er von Klaus wissen, was genau der Priester in seiner Abwesenheit noch so an Verschwörungstheorien bezüglich der Implantat-Technologie von sich gegeben hatte.

„Er sagte, wir sollen in der Bibel nachlesen: ‚Sie werden das Mal des Tieres zwischen Zeigefinger und Daumen oder auf der Stirn tragen.' In dem Zusammenhang erwähnt er immer die Zahl 666 und spricht von ‚Teufel' und ‚Ziege'. Er sagt, sie können uns mit diesem Chip überall orten. Oder sie machen es wie in der Diktatur: Gehst du bei Rot über die Straße oder zahlst deine Strafen, Steuern, Miete und dergleichen nicht, so wird der Chip einfach ausgeschaltet und du kannst auf einmal deine Autotüre nicht mehr öffnen, an der Kasse nicht mehr bezahlen, oder die Türe deines Büros geht nicht mehr auf. Und wenn du etwas über das System sagst, das ihnen nicht gefällt, dann schicken sie dir über den Chip Impulse und lösen Atemnot bei dir aus. Sie wollen alles mit dem Chip steuern."

Aufmerksam hatte Peter seinem Freund zugehört. Dann fragte er neugierig: „Ist das jetzt deine Meinung oder die von Leonardo?“

„Spinnst du? Du wolltest wissen, was er darüber gesagt hat, das ist natürlich seine Meinung.“ Peter wusste, dass Klaus für Verschwörungstheorien durchaus empfänglich war. Daher war er sich plötzlich dessen nicht mehr so sicher. Dann fiel ihm ein, wie Judith unvermittelt vor allen anderen von Leonardo hatte wissen wollen, ob er wirklich im Kloster oder doch woanders lebte.

„Was genau mag es wohl mit dieser Frage auf sich gehabt haben?“, wollte er von Klaus wissen und biss herzhaft in seine Käsekrainer, worauf ihm der geschmolzene Käse auf die Hose tropfte.

„Himmelherrgott!“, rief er. Er hasste Flecken auf seiner Kleidung. Mit einem Taschentuch versuchte er den Käse wegzuwischen, was den Fleck nur vergrößerte.

„Was ist los?“ Klaus wirkte irritiert.

„Ach nichts. Ich habe mich angepatzt.“

Klaus kannte die Marotten seines Freundes, speziell seine Abneigung gegen alles, was schmutzig war. Doch er ging nicht darauf ein, sondern antwortete auf die Frage nach Judiths Bemerkung: „Das habe ich nicht gehört, keine Ahnung. Wird wohl nichts Wichtiges bedeutet haben.“

„Wie geht es Judith überhaupt, vor allem gesundheitlich?“, erkundigte sich Peter nach deren Befinden und wischte immer noch an seiner Hose herum.

„Judith geht es blendend. Sie hängt dauernd am Handy. Ich weiß nicht, mit wem sie da immer telefoniert. Ansonsten legt sie den ganzen Tag Patiencen oder kocht mit Leonardo. Manchmal geht sie spazieren“, berichtete Klaus. „Sie ist wirklich besonders rührend, macht sich große Sorgen um Manon. Fragt mich ständig, wie es ihr geht. Ich glaube, sie hat Schuldgefühle, weil sie ihr Dimitri als Aufpasser vorgeschlagen hat und der Russe als Bodyguard erst versagt hat und dann verschwunden ist. Sie scheint sich der Ärztin gegenüber verpflichtet zu fühlen. Es macht sie fertig, dass sie nicht helfen kann", erzählte Klaus weiter.

„Und Dimitri? Hast du etwas von ihm gehört?", wollte Peter wissen, biss erneut in seine Käsekrainer, während er sich so weit wie möglich vorbeugte, und riss ein Stück von der Brezel ab. Die andere Hälfte sparte er für Manon auf.

„Nein, ich mache mir Sorgen um ihn. Aber wie geht es euch?", fragte Klaus zurück. Peter antwortete nicht, sondern erhob sich von der Bank und ging ein paar Schritte weiter.

„Läuft da etwas zwischen dir und Manon?", bohrte sein Freund weiter.

„Nein, eigentlich nicht. Wir hatten ja bisher keine freie Minute", murmelte er ins Telefon und verdrückte den letzten Bissen seiner Käsekrainer.

„Wie geht es euch gesundheitlich, und wo seid ihr jetzt? Hast du von der Ausgangssperre gehört?" Klaus wollte alles genau wissen. Peter berichtete ihm von den Blessuren, die sie abbekommen hatten, beruhigte ihn, dass es ihnen sonst gutgehe, und erzählte, dass sie sich gerade im Prater befanden.

„Was macht ihr im Prater? Hochschaubahn fahren? Geisterbahn?", lachte Klaus ins Telefon, während im Hintergrund Stimmen hörbar waren.

„Nein, ich habe ein paar Sachen kaufen müssen, und wir vertreten uns kurz die Füße, bevor wir weiterfahren. Aber bitte erzähle niemandem von unserem Aufenthaltsort. Nicht

Judith, nicht Leonardo, einfach niemandem", fügte er beunruhigt hinzu. Dann lauschte er ins Telefon.

„Ist da jemand bei dir im Zimmer?", fragte er Klaus.

„Judith und Leonardo sind vorhin hereingekommen."

Peter erkundigte sich nach den Dorfbewohnern, und ob es bereits eine Spur zu jenen gäbe, die den Stein durchs Fenster geschmissen und vermutlich die Hündin getötet hatten.

„Es gab keine weiteren Vorfälle, von der Polizei haben wir nichts gehört. Aber wann kommt ihr zurück?", drängte Klaus. Peter schaute auf die Uhr und setzte sich wieder auf die Bank.

„Wir werden so in einer halben Stunde losfahren, dann wären wir in rund zwei Stunden bei euch."

„Gut, dann bereiten wir ein ausgiebiges Mittagessen vor", freute sich Klaus. Sie verabschiedeten sich voneinander. Peter steckte das Handy in die Jackentasche und zog ein Taschentuch heraus, um sich die Hände abzuwischen. Er war durstig, bereute, dass er nichts zu trinken genommen hatte.

Währenddessen ging Manon, Hotdog essend, vor der Bank auf und ab, als ihr Handy läutete. Peter beobachtete, wie sich ihre Miene verfinsterte und sie wie gelähmt stehenblieb. Sie sagte nichts. Hörte nur zu. Nickte ein paar Mal mit dem Kopf. Drehte sich um, als fühlte sie sich beobachtet. Ihr Verhalten schien nichts Gutes zu verheißen. Dann legte sie auf. Immer noch stand sie wie angewurzelt da, in der linken Hand hielt sie die Reste ihres Hotdogs. Plötzlich taumelte sie nach vorne. Peter lief zu ihr und konnte sie gerade noch auffangen. Das Hotdog fiel ihr aus der Hand, und sie begann hemmungslos zu schluchzen.

Das Versteck

„Ständig passieren Katastrophen“, brach es aus Manon hervor. „Es ist genug. Ich werde ihnen meinen Teil der Formel aushändigen.“ Tränen flossen ihr übers Gesicht. Peter versuchte Manon zu beruhigen und führte sie zur Bank. Er legte einen Arm um sie. Dann reichte er ihr ein Taschentuch. „Sag mir, was passiert ist“, bat er sie so ruhig es ihm nur möglich war.

„Anita hat mir mitgeteilt, dass sie Manuel entführt haben, und auch Jakob, der österreichische Kollege aus dem Labor, mit dem ich eng zusammengearbeitet habe, ist verschwunden. Auch ihn dürften sie in ihrer Gewalt haben.“

„Aber gestern ist es Manuel doch noch gut gegangen, du hast mir gesagt, dass alles in Ordnung ist.“

„Richtig. Doch dann scheinen diese Typen ihn gefunden und entführt zu haben. Anita konnte mit seiner Mutter sprechen. Die Entführer verlangen von ihm die Herausgabe der Daten. Sie haben die Mutter involviert, damit diese auf ihren Sohn einwirkt, und ihr ein Foto geschickt, auf dem er Verbrennungen im Gesicht und ein blaues Auge hat. Die Mutter hat Anita alles erzählt. Es ist schrecklich!“

„Hat er ihnen gegeben, was sie wollten? Was für Typen waren das überhaupt?“

„Ich weiß es nicht. So viel Anita weiß, hat er bis jetzt durchgehalten. Anscheinend hat jemand jedem von uns vieren Leute auf den Hals gehetzt, die uns den Aufbewahrungsort der Formel entlocken sollen. Jemand, der weiß, dass es vier Teile der Formel gibt."

„Was ist mit diesem Jakob? Woher weiß Anita, dass sie ihn ebenfalls entführt haben?"

„Er konnte das geheime Handy, über welches er mit uns verbunden ist, vor ihnen verbergen. Er hat Anita eine Textnachricht geschickt."

„Das heißt also, sie weiß, wo er sich befindet?"

„Korrekt. Er ist irgendwo in der Nähe von Madrid."

„Damit sollten wir zur Polizei gehen, Manon!", rief Peter aufgeregt.

„Dann gefährden wir sein Leben. Er schrieb ihr, dass, wenn jemand die Polizei einschaltet, sie ihn töten würden. Die schrecken vor nichts zurück."

„Und Anita? Wie geht es ihr?"

Die Ärztin trocknete sich die Tränen mit einem Taschentuch. Dann sagte sie: „Anita geht es zum Glück gut. Sie hat sich mit ihrer Familie in einem Haus verschanzt, das absolut uneinnehmbar ist. Das Haus hat ihr paranoider Schwiegervater gebaut, der sich vor dem Dritten Weltkrieg fürchtet. Ein Teil des Hauses ist unterirdisch angelegt. Dort dürfte sie halbwegs sicher sein. Aber ich will nicht so enden wie Manuel und Jakob. Wir müssen das beenden und ihnen geben, was sie wollen." Ihr Gesicht nahm einen flehenden Ausdruck an.

„Manon, wir dürfen jetzt nicht aufgeben. Denn dann haben diese skrupellosen Menschen gewonnen und geben einen Impfstoff frei, dessen Nebenwirkungen verheerend sein könnten. Und das nur aus Geldgier. Du hast ja selbst gesagt, wie gefährlich das sein kann. Ich habe mich dann auch noch im Internet schlau gemacht. Es wäre absolut unverantwortlich, denen die Formel für den Impfstoff zum jetzigen Zeitpunkt auszuhändigen. Stell dir vor, wie viele Menschen sich in dieser Situation weltweit impfen lassen würden. Ihr habt richtig gehandelt, als ihr die Herausgabe verweigert habt. Nur solltest du dir mit Anita überlegen, wem ihr wirklich vertrauen könnt, und dafür sorgen, dass dieses Serum möglichst bald von einem seriösen Institut getestet wird."

Manon nickte. Peters Worte machten ihr Mut, nicht aufzugeben. Ihr fiel eine Organisation ein, die ihr vertrauenswürdig erschien und die vermutlich nicht unverantwortlich mit den Informationen umgehen würde. Sie würde das mit Anita besprechen.

„Ich habe da eine Idee." Sie stockte kurz, dann fuhr sie fort: „Es gibt ein österreichisches Unternehmen, das solche Tests durchführt. Die haben dort langjährige Erfahrung und arbeiten bei der Entwicklung von neuen Impfstoffen eng mit der Regierung zusammen. Ich kenne die Geschäftsführerin seit vielen Jahren." Nach einer kurzen Nachdenkpause fügte sie hinzu: „Warum ist mir das nicht schon früher eingefallen?"

„Das ist eine großartige Idee. Aber es gibt mehrere Haken", gab Peter zu bedenken. „Erstens: Weißt du überhaupt, wo Manuel und Jakob ihre Informationen versteckt haben? Und zweitens: Hast du Kontakt zu der Geschäftsführerin?"

Zu Peters Überraschung bejahte Manon beide Fragen.

„Wie bitte? Du weißt, wo sich die anderen Teile der Formel befinden? Wieso hast du das nicht gleich gesagt?"

„Du hast nicht danach gefragt."

„Und den Kontakt zu der Frau, deren Firma diese Tests durchführt? Den hast du auch?"

„Ja, den habe ich auch. Ich rufe sie auch gleich an, damit wir keine Zeit verlieren. Aber davor bespreche ich das noch mit Anita. Gib mir ein paar Minuten Zeit." Die Ärztin erhob sich und wählte die Nummer der Kollegin. Während sie mit ihr sprach, deutete sie mit dem Daumen nach oben. Peter schöpfte Hoffnung. Nun könnte sich das Blatt zu ihren Gunsten wenden. Sobald sie im Besitz aller Teile dieser Formel waren und sie diese in die richtigen Hände gelegt hatten, konnte dieser Albtraum endlich ein Ende nehmen. Er würde die Polizei über die Existenz dieser Bande informieren und mit Manons Einverständnis gemeinsam mit Klaus einen Artikel über die Ärztin und ihr Geheimnis in einer seriösen Zeitung veröffentlichen. Aber zuerst musste Manon ihm verraten, wo sich die Formelteile befanden.

„Alles okay. Sie ist einverstanden." Erleichtert legte Manon auf. Dann setzte sie sich wieder auf die Bank und hantierte mit ihrem Handy, in dem der Kontakt ihrer Bekannten gespeichert war, deren Unternehmen für die Tests infrage kam.

„Manon, du musst mir jetzt verraten, wo du dein Geheimnis aufbewahrst. Und wenn du tatsächlich weißt, wo die anderen ihre Teile versteckt haben, dann sag es mir bitte. Es ist auch zu meiner Sicherheit. Wir sollten dann die anderen Teile schnellstmöglich organisieren, um sie an deine Bekannte weiterzugeben." Peter zündete sich eine Zigarette an und sah sie eindringlich an. Die Ärztin legte ihr Handy zur Seite und streckte ihm die Hand entgegen.

„Da", sagte sie.

„Was meinst du mit ‚da'?", wollte Peter wissen und stieß den Rauch aus.

„In der Hand. Mein Formelanteil ist in der Hand." Als er immer noch nicht verstand, erklärte sie: „Ich habe ihn auf einem Chip gespeichert und mir diesen zwischen Daumen und Zeigefinger implantiert. So können die Daten nicht verloren gehen, ich trage sie immer bei mir."

„Das hast du tatsächlich gemacht!", rief Peter überrascht aus. Dieses Versteck wäre ihm in seinen kühnsten Träumen nicht eingefallen – obwohl er mit Manon über das Thema Implantation von Daten gesprochen hatte. Nachdenklich zog er an der Zigarette. Dann kam ihm ein Gedanke: „Was ist mit deinen drei Kollegen? Haben die sich die Formel ebenfalls implantiert?"

Mit prüfendem Blick sah Manon Peter an und überlegte. Dann nickte sie mit dem Kopf.

„Ja, wir alle vier haben das gemacht, als wir uns entschlossen haben, sie nicht freizugeben, sondern unterzutauchen, bis wir einen vertrauenswürdigen Partner gefunden haben, der den nach der Formel erstellten Impfstoff verantwortungsbewusst und lange genug prüft, bevor er bei Patienten angewendet wird. Dieses Versteck schien uns am geeignetsten zu sein für solch heikle und komplexe Datensätze."

Still saßen sie nebeneinander auf der Bank. Verkehrslärm war kaum zu hören. Das Vogelgezwitscher, zuvor nur als akustische Hintergrundkulisse wahrnehmbar, drang nun umso lauter an ihre Ohren. Zwei Tauben, die Manons Hotdog entdeckt hatten, labten sich jetzt an den auf dem Boden liegenden Brotresten. Kleine Regentropfen fielen vom wolkenverhangenen Himmel. Peter rauchte seine Zigarette zu Ende, dann stand er auf. „Und wie kommen wir zu den Chips der restlichen drei Mitwisser?", wollte er wissen.

„Anita schickt den Chip per Boten an eine Adresse unserer Wahl. Die anderen beiden müssen wir irgendwie organisieren."

„Kann Manuel die Formel nicht einfach über SMS schicken, wenn er sein Handy vor ihnen geheim halten konnte?“

„Peter, diese Formel besteht nicht aus ein paar Zahlen. Das ist ein komplexer Datensatz.“

Er rauchte sich eine neue Zigarette an, dann überlegte er laut: „Vielleicht sollte sie den Chip an die Adresse unserer Quarantäne schicken.“

Plötzlich blieb er wie angewurzelt stehen und starrte gebannt in eine bestimmte Richtung. Manon folgte seinem Blick. In der Ferne sahen sie die drei Männer, die zuvor in der Garageneinfahrt aufgetaucht waren, vor dem Würstelstand. Angeregt unterhielten sie sich mit dem Verkäufer. Auf einmal deutete dieser in ihre Richtung. Peter warf seine brennende Zigarette zu Boden und ergriff Manons Hand. Gemeinsam rannten sie los.

In der Geisterbahn

Der Regen war stärker geworden, in der Ferne hörte man ein dumpfes Grollen. Die Attraktionen im Wurstelprater waren wegen der Pandemie geschlossen. Das um diese Jahreszeit ohnehin schwach frequentierte Gelände wirkte wie eine Geisterstadt. Ein Frühlingsgewitter zog auf. Das fröhliche Gezwitscher der Vögel war mit einem Schlag verstummt. Sie rannten über den Calafatiplatz und steuerten auf das Rondeau zu, um links Richtung Zufahrtsstraße abzubiegen. Die drei Männer hatten sie entdeckt und nahmen die Verfolgung auf. Im Prater kannte sich Peter gut aus. Oft hatte er sich mit Klaus auf einer der Hochschaubahnen die Zeit vertrieben oder sich mit ihm im kühlen Gastgarten des Schweizerhauses eine Stelze mit Bier gegönnt.

Da hatte Peter eine Idee: die Geisterbahn! Bei einer TV-Reportage über den Prater war er ein Jahr zuvor die über zweihundert Meter lange Strecke entlanggeführt worden. Dabei hatte er sich mit den Fantasiefiguren vertraut gemacht, die vor allem Kindern Angst einjagen sollten. Die Führung durch diese insgesamt sechshundert Quadratmeter große Anlage im Vorfeld der Dreharbeiten war ihm wie eine Ewigkeit vorgekommen. Er kannte fast jeden Winkel der Geisterbahn, die geheimen Mechanismen und wusste sogar, wie man sich ohne Schlüssel einen Zugang in das Grusellabyrinth verschaffen konnte. Das hatte ihm sein Begleiter mit verschmitztem Gesichtsausdruck verraten. Zwischen einem Schießstand und einer Familienhochschaubahn befand sich seitlich hinter dem Stand der Eingang, eine versteckte Holztüre, die sich mit einem bestimmten Griff öffnen ließ. Peter drehte sich nach den Verfolgern um, die gerade um die Ecke bogen. Mit einem Satz hechtete er über die Theke, an der man die Bälle zum Schießen entgegennahm, und reichte Manon die Hand. Dann griff er in eine Delle in der Türe. Mit einem Ruck öffnete sich diese. Schnell zog er sie hinter ihnen zu.

In dem Raum war es stockdunkel. Sie warteten einen Moment, bis sich ihre Augen an die Dunkelheit gewöhnen konnten, doch es blieb schwarz. Peter tastete nach seinem Handy und drehte die Taschenlampenfunktion an. Manon hielt sich an seiner Jackentasche fest. Besser als zuvor nahm er ihren Geruch wahr, der ihn an Rosenblüten erinnerte. An dieser Stelle nahm die schaurige Fahrt ihren Anfang, sobald die Besucher in den Wagen saßen und sich das Eingangstor mit der Totenkopf-Bemalung hinter ihnen geschlossen hatte. Flink stiegen Peter und Manon über die Mittelschiene, um sich am ebenen Rande der Gleise fortzubewegen. Von draußen hörte man das Geräusch eiliger Schritte und aufgeregte Rufe. Mit einem Mal wurde es still. Die drei Männer mussten jetzt genau vor dem Pult des Wurfstands stehen. Sie dürften Manon gerade noch wahrgenommen haben, als sie über die Theke geklettert war. Wahrscheinlich lauschten sie, ob ein Geräusch den Aufenthaltsort der beiden verriet.

Ausgerechnet in diesem Moment vibrierte Peters Handy. Er erstarrte. Das konnte nur Klaus sein. Er drückte ihn weg. Zu spät. Die Männer mussten das Vibrieren vernommen haben.

Die Schreie wurden wieder lauter und näherten sich der Geisterbahn. Eilig rannten Peter und Manon, so schnell wie es der Lichtkegel der Handy-Taschenlampe erlaubte, weiter. Vorbei an überlebensgroßen Figuren, die in Ecken und Nischen auf Kundschaft warteten, nahm die Bahnführung einen steilen Verlauf. Anhand der Rufe der Verfolger konnte Peter nicht beurteilen, wo sich diese konkret befanden. Er erinnerte sich, dass die Bahn im oberen Stockwerk kurzzeitig den Innenbereich verließ, um mehrere Meter auf einer Galerie im Freien zu verlaufen, bevor sie durch eine Türe wieder in der Dunkelheit verschwand. Dort wollte er hin, um einen besseren Überblick über die Lage zu bekommen und zu sehen, wo sich die Verfolger befanden. Zum Glück war die Türe ins Freie nicht verschlossen. Geräuschlos tasteten sie sich langsam vor, bis sie zur Balustrade gelangten. Von hier hatten sie einen ausgezeichneten Blick auf den Platz. Der kurze Regen hatte nachgelassen. Vorsichtig spähte Peter hinunter. Und tatsächlich stand dort der Muskelmann, der bei ihrem Kampf im Alberner Hafen über das Geländer gefallen war. Von weitem war ihm keine Verletzung anzusehen. Rauchend prüfte er die Umgebung. Seine Kollegen hatten ihn anscheinend als Späher eingesetzt. Aber wo waren sie geblieben? Peter konnte keinen Ton hören. War es ihnen gelungen, ins Innere der Geisterbahn vorzudringen? Vielleicht hatten sie ja die Geheimtüre beim Wurfstand entdeckt. Manon drückte sich an ihn. Er konnte ihren warmen Körper spüren, ihren Rosenduft aufnehmen, der sich mit der Luft, die nach Blüten und frischem Regen roch, vermischte. Wie gerne hätte er sie jetzt umarmt, aber das war nicht der richtige Zeitpunkt.

Plötzlich ertönte eine Sirene. Der Muskelmann unter ihnen zuckte zusammen. Auch Peter und Manon erschraken bei dem Geräusch. Peter gewann die Fassung sofort wieder.

Er erinnerte sich, dass die Sirenen Teil der Show in der Geisterbahn waren. Jemand dürfte versehentlich auf einen Schalter gedrückt haben, der das Geheule auslöste. Das bedeutete auch, dass sich dieser jemand im Inneren der Bahn befand. Unten auf dem Platz vor der Geisterbahn liefen mehrere Männer zusammen. Ihren Uniformen nach handelte es sich um Sicherheitspersonal des Vergnügungsparks. Als der „Rambo" sie entdeckte, griff er zu seinem Mobiltelefon und wählte eine Nummer. Kurz darauf erklang hinter der Türe, die ins Innere der Geisterbahn führte, die ihnen wohlbekannte Handy-Melodie „Auftakt" – keine sechs Meter von Peter und Manon entfernt. Daraufhin war ein aufgeregtes Flüstern zu hören, bevor sich eilige Schritte von der Türe entfernten. Peter atmete auf. Er konnte beobachten, wie die Securitys einander so etwas wie „Kinderstreich" zuriefen und den Haupteingang zur Geisterbahn aufsperrten. Kurz darauf verstummte die Sirene, anscheinend hatten sie den Schalter abgedreht. Lachend erschienen sie ein paar Augenblicke später wieder beim Ausgang und schlossen ab. Ein paar Minuten blieben sie auf dem Platz stehen und plauderten, bevor sie sich voneinander trennten. Kurz danach tauchten die beiden anderen Verfolger vor dem Schießstand wieder auf, während sie sich immer wieder suchend umschauten. Ein paar Wortfetzen drangen bis nach oben zur Balustrade. Die Männer gingen davon aus, dass die Geisterbahn eine falsche Spur war und sich ihre Zielpersonen anderswohin verflüchtigt hatten. Peter und Manon verharrten so lange dort, wo sie waren, bis sich das Trio achselzuckend vom Platz entfernt hatte. Kaum war es verschwunden, fiel die Ärztin Peter um den Hals und küsste ihn leidenschaftlich. Ob vor Erleichterung oder Leidenschaft konnte er nicht wirklich feststellen. In diesem Moment war ihm das aber egal.

Die Sissi-Bar

Sie standen hinter einer Litfaßsäule vor dem Parkplatz am Praterausgang und stellten fest, dass ihre Verfolger Manons Auto bewachten. Die drei wirkten so, als hätten sie viel Zeit und würden ihre Position nicht so schnell wieder verlassen. Lümmelnd lehnten sie am Wagen, Wurstsemmeln und Bierdosen in den Händen, und unterhielten sich in aller Ruhe mit dem Parkplatzwächter, der wie die drei Männer pflichtgetreu mit einem Mund-Nasen-Schutz vermummt war. Peter zog Manon vom Parkplatz fort. Was sollten sie jetzt tun? Erneut waren dunkle Wolken aufgezogen. Diesmal würde es nicht bei einem kurzen Schauer bleiben, es sah nach einem heftigen Wolkenbruch aus. Irgendwo mussten sie Unterschlupf finden. Peter rief Klaus zurück, um sich mit ihm zu beraten, während Manon sich ein Stück entfernte, um in ihrem Handy die Nummer ihrer Bekannten von der Pharmafirma herauszusuchen. Viel Zeit blieb ihnen bis zum bevorstehenden Regenguss nicht, und die Ausgangssperre würde bald in Kraft treten.

„Peter, die Anrainer haben sich wieder bemerkbar gemacht. Eine Stunde lang sind sie mit ihren Motorrädern vor der Sportanlage auf und ab gefahren und haben gepöbelt. Das ist nicht mehr auszuhalten."

Peter erzählte ihm von der Episode in der Geisterbahn. Abgesehen davon, dass Klaus den Ort als Schauplatz einer Verfolgung für „originell“ und „filmreif“ befand, machte er sich ernsthaft Sorgen. Trotzdem riet er Peter davon ab, in die Quarantäne zurückzukehren, auch auf die Gefahr hin, dass es eine Anzeige von Seiten der Behörde geben könnte, weil sie sich nicht an die vorgeschriebene Quarantänezeit hielten. Über eine Woche müssten sie dort eigentlich noch bis zum offiziell geplanten Ende verweilen.

Klaus selbst und die beiden anderen Mitbewohner, Judith und Leonardo, wollten wegen der lästigen Dorfbewohner ebenfalls aus der Quarantäne verschwinden, teilte er seinem Freund mit.

„Wohin soll ich mit Manon gehen?“ Peter war der Verzweiflung nahe.

„Ich kenne eine Bar unmittelbar neben dem Pratergelände, die trotz Schließungsbestimmungen bestimmt offen hält. Die Sissi-Bar ist eigentlich mehr so etwas wie ein Geheimbordell. Der Hintereingang ist in einer Seitengasse der Ausstellungsstraße. Geht dorthin und sagt, ihr kommt von mir. Dort könnt ihr so lange bleiben, bis ihr etwas anderes gefunden habt. Ich versuche, so schnell wie möglich zu euch zu stoßen, nachdem ich Judith irgendwo abgesetzt habe. Leonardo wird vermutlich ins Kloster zurückkehren wollen, vorausgesetzt, die Mönche lassen ihn. Aber er zeigt keinerlei Symptome, also wird das wohl kein Problem sein. Er ist übrigens immer noch mit seiner Verschwörungstheorie rund um dieses Chip-Implantat beschäftigt.“

„Klaus, hol ihn mir einmal ans Telefon“, bat Peter.

„Wieso das denn?“

„Erzähle ich dir später.“

„Hallo? Was gibt es?“, hörte er kurz darauf am anderen Ende der Leitung Leonardos vertraute dunkle Stimme mit italienischem Akzent.

„Leonardo, Klaus hat mir erzählt, du hättest etwas gegen diese Implantat-Technologie, bei der Mikrochips unter die Haut transplantiert werden. Kannst du mir erklären, warum?“

Keine Antwort.

„Bist du noch da?“, rief Peter ins Handy. Anstatt auf seine Frage einzugehen, antwortete der Priester: „In einer Offenbarung wurde Gottes schrecklichste Warnung an die Menschheit vorausgesagt: Wer das Zeichen des Tieres annimmt, den wird Sein Zorn treffen, nämlich die Heimsuchung der letzten sieben Plagen. Diese werden über die ganze Menschheit hereinbrechen.“

„Du sprichst in Rätseln, Leonardo. Was meinst du damit?“, fragte Peter irritiert.

„Wer trotz Gottes Warnung das Malzeichen des Tieres annimmt, der wird Gottes Zorneswein unvermischt eingeschenkt bekommen, heißt es in dieser Offenbarung. Der Sünder hat Tag und Nacht keine Ruhe und wird mit dem Tod im Feuersee bestraft.“

Peter erkannte den Priester nicht wieder. Was sollte das Ganze? Was meinte Leonardo mit diesen Sätzen, die wie auswendig gelernt klangen? Und was sollte dieser „Feuersee“ überhaupt sein?

„Was weißt du eigentlich genau über Manon? Und weißt du eigentlich, was ihr Exmann beruflich macht?“ Peter hatte keine Lust, mit ihm über diese seltsamen Theorien zu diskutieren. Stattdessen stellte er Leonardo auf die Probe. Er wollte herausfinden, ob der Priester davon wusste, dass Manons Exmann RFID-Chips herstellte.

„Sie sind des Teufels. Alle beide. Dafür werden sie von Gott bestraft."

Peter riss die Geduld. „Hast du dich deswegen bei uns in der Quarantäne eingeschlichen, damit du sie bestrafen kannst? Warst du es, der ihr diese Männer auf den Hals gehetzt hat? Und warst es vielleicht auch du, der Molly getötet hat?"

„Stronzo!"

Mit diesem Wort beendete Leonardo das Gespräch. Peter starrte fassungslos und wütend auf sein Handy.

„Manon, ich glaube …", begann er. Aber wo war sie nur geblieben? Peter war so erregt, dass er nicht bemerkt hatte, dass sie nicht mehr neben ihm befand. Auch den einsetzenden Regen hatte er nicht wahrgenommen. Ängstlich sah er sich nach Manon um. Wo steckte sie nur? Ihm wurde mulmig zumute. Da sah er ihre blaue Jacke durch einen blühenden Fliederbusch leuchten. Sie stand unter dem Vordach der Kassa für die Hochschaubahn, das sie vor dem Regen schützte, und winkte ihn zu sich.

„Ich habe meine Bekannte erreicht. Sie hat sich mit unseren Forschungsergebnissen befasst und ist überzeugt, dass wir tatsächlich den Impfstoff gegen das Virus gefunden haben", erzählte Manon erfreut. „Die Branche ist klein, da spricht sich so etwas schnell herum. Außerdem kennt sie unseren Geschäftsführer gut", erklärte sie.

„Und? Würde sie die Tests durchführen lassen?", wollte Peter wissen.

„Ja, ihre Firma ist genau darauf spezialisiert. Ich soll ihr die vier Datensätze zuschicken. Sie hat mir dafür eine sichere Adresse genannt."

„Du hast ja nur deinen eigenen Chip mit deinem Teil der Formel", wandte Peter ein.

„Anita habe ich gerade per Textnachricht informiert, sie schickt meiner Bekannten alles direkt. Außerdem steht sie mit Manuel in Kontakt. Die Kidnapper haben sein zweites Handy ja zum Glück nicht entdeckt, wie Anita mir erzählt hat. Und sobald wir von Jakob hören, bekommt er ebenfalls ihre Adresse. Hoffentlich ist er wohlauf."

„Wie ist es möglich, dass die Kidnapper das zweite Handy nicht gefunden haben?", fragte Peter zweifelnd.

„Wir haben einen befreundeten Schuster gebeten, uns ‚Geheimfächer' in unsere Schuhsohlen einzubauen, in denen wir die Handys versteckt haben. Darum tragen wir seit Tagen immer dieselben Schuhe." Zum Beweis zeigte sie ihm ihre Sohlen.

Peter musste lachen: „Ein todsicheres Versteck." Dann hatte er eine weitere Verständnisfrage: „Verschickt ihr die Chips an eine Postadresse?"

„Ja. Aber meine Vertrauensperson kann die Daten auch über eine Handy-Applikation empfangen, wenn sie sich diese am Handy installiert."

„Das ist gut." Peter war beruhigt, glaubte aber nicht, dass es so leicht für Manons Kollegen sein würde, die Daten zu verschicken, solange sie in der Gewalt irgendwelcher Gangster waren. Was wusste die Ärztin eigentlich genau über deren Aufenthaltsort? Und wer waren diese Entführer wirklich? Hatten sie vielleicht doch etwas mit dem Priester zu tun? Unwahrscheinlich, der Priester war ein irrer Verschwörungstheoretiker, während die Verfolger ja tatsächlich hinter der Formel her waren.

„Du, irgendetwas stimmt hier nicht." Vorsichtig versuchte Peter, Manons Aufmerksamkeit auf sein Gespräch mit dem Priester zu lenken. So wie dieser geklungen hatte, könnte er durchaus in der Lage sein, ihr etwas anzutun. Peter wollte die Ärztin dabei aber nicht erschrecken.

„Leonardo ist tatsächlich der Überzeugung, dass diese Chip-Implantate etwas Teuflisches an sich haben. Könnte es sein, dass er mit diesen Männern kooperiert?“ Irgendein Gefühl sagte Peter, dass da etwas faul war.

„Blödsinn. Der Priester ist harmlos, glaub mir.“ Manon betrachtete besorgt die Regenwand vor ihnen.

„Wo sollen wir jetzt hin? Es regnet immer stärker.“

„Klaus hat mir eine Bar neben dem Prater genannt, die garantiert geöffnet hat. Er hat mir empfohlen, dass wir über den Hintereingang hineingehen. Ich weiß, wo sich diese Bar befindet. Bist du bereit? Dann starten wir bei drei los.“

Sie zogen sich die Jacken über den Kopf. Peter zählte bis drei, daraufhin rannten sie um die Ecke und überquerten die Ausstellungsstraße. Von weitem war das leuchtende Schild der Bar zu sehen. Peter zog Manon in die Seitengasse. Tatsächlich befand sich dort eine schmale Türe, die zur Bar gehören musste. Hastig klopfte er an.

Der Regen wurde immer stärker, ein Blitz erleuchtete den Himmel, gleich darauf war über ihnen ein dumpfes, lautes Grollen zu hören. Der Blitz musste ganz in der Nähe eingeschlagen haben. Nach dem zweiten Klopfen wurde die Türe einen Spalt breit geöffnet.

„Wir kommen von Klaus, dem Journalisten.“ Peters Stimme klang flehend.

„Kommt herein.“

Schnell schob Peter Manon durch die Türe, blickte kurz über die Schulter, um zu überprüfen, ob ihnen jemand gefolgt war, und drängte sich hinter ihr hinein, nachdem er sich den Mund-Nasen-Schutz aufgesetzt hatte. Das Licht in dem verrauchten Raum war zu schummrig, um Genaues im Raum zu erkennen. Das allgemeine Rauchverbot dürfte hier kein Thema sein.

Gimme! Gimme! Gimme! A Man After Midnight!

Leise ertönte Abbas Welthit aus den Lautsprechern. Die Person, die ihnen aufgesperrt hatte, war eine Frau, wie man erst nach dem zweiten Hinsehen erkennen konnte. Denn ihr Erscheinungsbild und ihre raue Stimme wirkten ausgesprochen männlich. Sie schien hier die Chefin zu sein. Peter schätzte sie auf Anfang vierzig. Ihr rotes, gelocktes Haar trug sie kurz. Sie hatte einen schwarzen, engen Catsuit an, dazu hochhackige Schuhe. Aus ihrem Mund hing eine brennende Zigarette. Mund-Nasen-Schutz war hier anscheinend ebenfalls kein Thema. Stumm half sie ihnen aus den tropfnassen Jacken und hängte sie an einen Haken.

„Ich heiße Sissi. Wollt ihr was trinken?“, begrüßte sie die Neuankömmlinge und nahm die Zigarette aus dem Mund. Dabei musterte sie die beiden von oben bis unten. Dann deutete sie auf Peters Gesichtsschutz.

„Den Fetzen im Gesicht brauchst du nicht zu tragen, wir haben die Krankheit beide hinter uns.“

Hinter der spärlich beleuchteten Bar stand eine Frau, die etwa im gleichen Alter wie Sissi sein musste und deren Dekolleté ein wenig zu tief ausgeschnitten war, und putzte Gläser. Gäste waren keine zu sehen. Die Barfrau sah die beiden freundlich an.

„Mein Name ist Peter. Das ist Manon.“

Sissi nickte, als wüsste sie Bescheid, wer sie waren. Wahrscheinlich hatte Klaus sie auf ihren Besuch vorbereitet.

„Und i bin die Irmi.“ Die Bardame zeigte auf ihr Dekolleté, während sie sich vorstellte.

„Ich kann jetzt etwas Starkes gebrauchen. Für mich einen Whiskey auf Eis, bitte." Dankbar setzte sich Peter auf einen Barhocker. Den Gesichtsschutz steckte er in die Hosentasche.

„Für mich einen Whiskey Sour, bitte, aber ohne Eis." Obwohl sie um diese Uhrzeit normalerweise niemals trank, schloss sich Manon der Bestellung an und nahm ebenfalls Platz.

„Mit Eiweiß?", wollte die Bedienung wissen.

„Ohne, dafür extraviel Zitronensaft."

Sie sahen sich in dem Raum um. Ein paar Tische mit bequemen Fauteuils und Polstersesseln standen herum, an einer Wand hing ein Fernseher, die Fenster waren mit Vorhängen verdeckt. Peter stand auf und ging zu einem der Fenster, um zu schauen, ob man von hier aus einen Blick auf den Parkplatz mit dem Auto hatte. Dazu war er zu weit entfernt. Dafür konnte man trotz anhaltenden Regens auf das Gelände sehen, das an den Prater grenzte. Die Stadtverwaltung ließ hier ein Lazarett aufbauen, um Virus-Z-Erkrankte, die keine Spitalsversorgung benötigten, aber überwacht werden mussten, unterzubringen. Vor dem Areal standen Gestalten in Ganzkörperschutzanzügen, überall waren Polizeiautos. Dieses Bild vermittelte einen unheimlichen, fast surrealen Eindruck, ganz so, als wäre die Szene für einen Science-Fiction-Film inszeniert worden. Peter drehte sich wieder der Bar zu, die im Gegensatz zu dieser furchterregenden Szene Wärme und Geborgenheit ausstrahlte. Er verspürte den dringenden Zwang, sich gründlich die Hände zu waschen.

„Wo sind denn hier die Toiletten?" Mit einem Kopfnicken deutete ihm Sissi, ihr zu folgen. Sie gingen einen langen, schmalen Gang entlang, die Barchefin hielt die beinahe zur Gänze abgebrannte Zigarette immer noch mit den Lippen fest.

Sehr gesprächig war sie nicht. Von dem Gang gingen rechts und links Türen weg, wahrscheinlich führten sie zu Separées. Die Musik war auch hier über an der Decke befestigte Lautsprecher zu hören.

Won't somebody help me
Chase the shadows away
Gimme, gimme, gimme a man after midnight
Take me through the darkness
To the break of the day ...

Am Ende des Gangs stießen sie auf zwei weitere Türen. Eine davon war aus Glas und führte in einen mit Pflanzen bewachsenen Innenhof. Die andere stand offen. Vor Peter präsentierte sich ein großzügiges Entrée mit Spiegeln an den Wänden, Waschbecken und einer Couch sowie Hockern aus Plüsch, Taschentuch-Boxen und teuren Parfums auf Ablagen. Dazu eine große, palmenähnliche Zimmerpflanze, die neben einer weiteren Türe platziert war. Ein kleiner Aufenthaltsraum, in dem sich zwei große, saubere Duschkabinen befanden sowie eine mit Handtüchern, Froteeschlapfen und Bademänteln ausgestattete Garderobe. An der Wand hing das Bild einer nackten Frau, die vor einer untergehenden Sonne in einen See stieg. Von diesem Raum aus führten drei Türen zu den Toiletten. Sissi blieb davor stehen und wies ihm mit einem Handzeichen den Weg.

Als Peter zurück an die Bar kam, standen die Whiskeygläser bereits auf dem Tresen. Manon war mit ihrem Handy beschäftigt und hörte nur mit halbem Ohr Irmi zu, die ihr von der bevorstehenden Ausgangssperre erzählte. Sissi saß am anderen Ende des Raums in einer gemütlichen Sitzecke und verfolgte rauchend die Nachrichten. Von draußen drang das Grollen des Donners herein. Peter erhob sein Glas und stieß mit Manon an. Er versuchte, ihren Blick zu halten, doch sie schloss beim Trinken die Augen. Dann nahm auch er sein Handy und googelte nach „Malzeichen des Tieres". Leonardos Worte ließen ihm keine Ruhe. Und tatsächlich befassten sich viele Seiten mit diesem Thema.

„Schau, was ich über diese seltsame Teufelstheorie in Zusammenhang mit diesen RFID-Chips gefunden habe." Mit dem Finger zeigte er auf einen Text und nahm einen großen Schluck Whiskey. „Da steht etwas von ‚Malzeichen des Tieres' und dessen Merkmale: ‚Das beschriebene Tier erzwingt die Annahme des Malzeichens für alle Menschen. Das Malzeichen kann entweder an der Hand oder an der Stirn angenommen werden. Wer das Malzeichen nicht hat oder den Namen des Tieres oder seine Zahl, wird nicht mehr kaufen bzw. verkaufen können.' Und dann steht hier weiter, dass ‚Gott die Annahme des Malzeichens des Tieres nicht gutheiße. Folgende Warnungen werden dem gegeben, der das Malzeichen annimmt: Er wird Gottes Zorneswein unvermischt eingeschenkt bekommen.'"

Manon sah Peter fragend an. Dieser zuckte mit den Achseln, bevor er weiterlas: „‚Er hat Tag und Nacht keine Ruhe. Er wird mit dem Tod im Feuersee bestraft. Wer es dagegen nicht angenommen hat, wird mit Christus tausend Jahre herrschen.'"

Schweigend nippten sie an ihren beinahe leeren Whiskeygläsern. Der Regen hatte etwas nachgelassen, im Fernsehen liefen Nachrichten, die sich mit den Konsequenzen der Ausgangssperre befassten. Die Bevölkerung musste bei Verstößen mit harten Strafen rechnen. Aus der Lautsprecherbox ertönte nun „Boys Toys“ des österreichischen Musikers Mavi Phoenix. Irmi hatte Peters Worten interessiert gelauscht. Jetzt durchbrach sie die Stille.

„Wos haßtn des?“, wollte sie in breitem Dialekt von Peter wissen und setzte dabei eine kindliche Miene auf.

„Was meinst du?“

„Na, des mit ’n Teifl. Wost grod vorglesen host. I glaub, des haßt, dos ma si kane RFID-Chips zum Einkaufen in die Haut implementieren derf, wö ma sonst im Feuersee ertränkt wird. Oba wer si weigert, wöchane zu implantieren, der konn nimma einkaufen gehn, wö ma in Zukunft ohne dera Chips net zoin ko. Dafür kummt er ins Himmelsreich zum liabn Gott.“

Peter und Manon sahen einander verblüfft an. Dann rief Peter anerkennend: „Ja, du hast den Nagel auf den Kopf getroffen. Genau das heißt es. Aber wieso weißt du das?“

„I hob amoi wos zu dem Thema glesen, is oba ois no net Realität“, winkte sie ab. „No an Whiskey?“ Ohne auf eine Antwort zu warten, nahm sie die leeren Gläser und mixte neue Drinks.

Teil 3

Ein Plan

Nach dem zweiten Drink hielten sie sich die Bäuche vor Lachen über die Teufelstheorien beziehungsweise den künstlich geschaffenen Zusammenhang zwischen den RFID-Chips und der in einer Offenbarung angedrohten Bestrafung durch Gott. Nach dem dritten Glas nahm Peter die Ärztin bei der Hand und tanzte mit ihr eng umschlungen zu Whitney Houstons, wie es Peter formulierte, „schaurig-schönem, aber abgedroschenem Song *I Will Always Love You.* In einer Hand hielt er eine brennende Zigarette, mit der anderen umfasste er Manons schmale Taille. Ihr schwarzes, samtenes Haar kitzelte ihn wunderbar im Gesicht. Erneut strömte ihm Manons Rosenduft in die Nase. Er genoss es, sich mit ihr im Takt zu wiegen, sie so nah an seinem Körper zu spüren. Gemeinsam schwebten sie gleichsam über den Boden. Peter wünschte sich, dass dieser Moment nie aufhören möge.

Bittersweet memories
That is all I'm taking with me
So, goodbye
Please, don't cry
We both know I'm not what you, you need
And I will always love you
I will always love you, you

Ausgerechnet in dem Moment, in dem er sie küssen wollte, trommelte jemand an die Türe. Erschrocken lösten sie sich voneinander. Hatten die Verfolger sie erneut aufgespürt? Sissi schaltete den Fernseher und die Musik ab, setzte einen Mund-Nasen-Schutz auf und drückte ihre Zigarette aus. Dann erhob sie sich. Mit einer Handgeste forderte sie Irmi auf, es ihr gleichzutun, und deutete ihren Gästen, sich in den hinteren Bereich des Etablissements zu begeben. Rasch führte Peter Manon zum Gang und zog sie in den prachtvollen Vorraum, der zu den Waschanlagen und Toiletten führte. Manon nahm ängstlich auf einem Fauteuil Platz, während Peter an der Türe lauschte. Eine männliche Stimme war zu hören, doch konnte er nicht verstehen, was drinnen in der Bar gesprochen wurde. Was, wenn es wirklich die Männer waren? Peter bereute es, dass er Sissi nicht nach einer Fluchtmöglichkeit gefragt hatte. Dann fiel ihm die Glastüre am Ende des Ganges ein, die in einen Innenhof führte. Er gab Manon ein Zeichen, auf ihn zu warten, und schlich langsam zu der Türe, um zu testen, ob sie unversperrt war. Fehlanzeige. Die Türe war verriegelt. Sie befanden sich also in einer Sackgasse. Die einzige Möglichkeit, sich zu verstecken, waren die Toiletten. Peter drehte um und deutete Manon, sich in einer Klokabine einzusperren. Dann ging er zurück und schlich langsam den Gang entlang Richtung Bar, ohne dabei das geringste Geräusch zu machen. Die Stimmen wurden lauter. Vielleicht handelte es sich bei dem Neuankömmling einfach um einen Kunden. Sein Herz klopfte schnell. Peter merkte, wie seine Hände zitterten und seine Beine weich wurden. Fest klammerte er sich an einen Türstock, um nicht auf den Boden zu sinken. Nach ein paar Sekunden, die ihm wie eine Ewigkeit vorkamen, hörte er etwas Vertrautes im Raum vor ihm.

Diese Stimme kannte er doch! Tatsächlich, es war Klaus. Erleichtert stürmte Peter in die Bar und umarmte seinen Freund. Selten hatte er sich so gefreut, ihn zu sehen.

„Vom Schwedenplatz den ganzen Donaukanal entlang ist die Hölle los. Hunderte Menschen feiern den Abschied von der Freiheit, bevor die Ausgangssperre losgeht“, schilderte Klaus lautstark die Lage draußen.

„Trotz des Regens?“

„Es hat aufgehört zu regnen. Die meisten haben Regenschirme mit und sitzen auf Klappsesseln oder Plastikplanen. Es herrscht Partystimmung. Aber …“, er sah auf die Uhr, „in zwei Stunden müssen alle in ihre Wohnungen zurück.“

Peter klopfte ihm auf die Schulter. „Wieso bist du hergekommen? Und wo hast du die anderen Mitbewohner gelassen?“

„Wir hielten es dort nicht mehr aus. Immer die Angst, dass wir wieder attackiert werden. Zudem wollte ich bei dir sein, Peter. Ich habe beide in der Innenstadt abgesetzt. Sie lassen euch schön grüßen. Judith war immer noch sehr besorgt um Manon und hat mich gebeten, dass wir gut auf sie aufpassen. Sie ist wirklich rührend. Ich habe ihr versprochen, dass wir sie laufend informieren. Sie hat auch ihre Hilfe angeboten, du weißt, sie ist enorm gut vernetzt. Hat mir erzählt, dass sie als freie Lobbyistin Aufträge annimmt, um bei wichtigen politischen Playern für die Wirtschaft zu intervenieren. In ganz Europa und Übersee hat sie Leute sitzen, die auf Zuruf für sie arbeiten. Die ist echt gut darin. Verfügt über wertvolle Verbindungen und umfangreiche internationale Netzwerke.“

„Das wusste ich gar nicht, ich dachte, sie ist nach ihrer Diplomatenlaufbahn in Pension gegangen.“

„So alt ist Judith gar nicht. Sie ist erst Anfang sechzig. Ich finde, sie sieht toll aus, sehr elegant. Aber jetzt zu etwas ganz anderem: Erstens, was ist mit euren Verfolgern, und zweitens, lass uns etwas trinken."

Als hätte sie auf ein Stichwort gewartet, füllte Irmi zwei Gläser mit Whiskey und stellte sie mit den Worten „Cheers" auf den Tresen. Die Freunde stießen an.

Klaus musterte die Bardame, die er von seinen früheren Besuchen her kannte. Keck zwinkerte er ihr zu und flüsterte ihr etwas ins Ohr.

„Keine Ahnung, was mit den Verfolgern ist. Hoffentlich haben wir sie abgeschüttelt", beantwortete Peter seine Frage. „Ich dachte schon, dass sie es sind, als du an die Türe getrommelt hast. Du hast mir damit einen gehörigen Schrecken eingejagt. Das letzte Mal haben wir sie vor etwa zwei Stunden bei unserem Auto gesehen. Sie standen auf dem Parkplatz und warteten auf uns, dann habe ich dich angerufen."

„Wo ist eigentlich Manon?" Klaus drehte sich suchend um.

„Ich bin hier." Die Ärztin trat vom Gang in die Bar, ihr Handy, über das sie mit ihren Kollegen kommunizierte, fest umklammernd. Peter bemerkte, dass sie kreidebleich war. Ihr Haar trug sie nun offen, ihr Anblick erinnerte ihn an ein Bild der Heiligen Jungfrau Maria. Sofort wollte Irmi ihr einen neuen Drink mixen, doch Manon winkte ab.

„Jakob, der Kollege aus Österreich, ist immer noch nicht erreichbar. Anita befürchtet, dass ihm etwas zugestoßen ist. Vielleicht haben sie aus ihm die Formel herausgepresst und ihn danach beseitigt", mutmaßte die Ärztin. Dann begrüßte sie Klaus.

„Und was ist mit dem anderen Kollegen? Dem Spanier?", fragte Peter.

„Manuel konnte Anita, die Schwedin, erreichen. Sie haben ihn tatsächlich gefoltert. Darum das blaue Auge und die Verbrennungen. Aber er gibt seine Formel nicht heraus, denn er weiß, dass er damit sein Leben riskiert. Wenn sie einmal die Informationen haben, ist er für sie nutzlos und ein Zeuge obendrein. Was sollen wir nun tun?" Manons Stimme zitterte.

Tröstend umarmte Peter sie. Er versuchte klar zu denken: „Du hast doch gesagt, dass ihr Kollegen euch eine gegenseitige Ortungsmöglichkeit auf euren Handys installiert habt." Manon nickte. „Das heißt, du kannst punktgenau die Aufenthaltsorte deiner Kollegen verfolgen." Wieder nickte Manon.

„Wenn wir Jakob über sein Handy orten, könnten wir als Sanitäter getarnt zu ihm fahren und ihn unter dem Vorwand, wir hätten erfahren, dass er mit dem Virus Z infiziert ist, mitnehmen." Das war eine von Klaus' spontanen Ideen.

„Wir sollen dort einfach reinspazieren, diesen Jakob ins Auto setzen und mit ihm wegfahren? Und das vielleicht auch noch mit unserem Auto, das einem Teil dieser Gruppe bekannt ist und das immer noch bewacht wird? Unmöglich!", rief Peter. „Außerdem sind die bewaffnet. Wenn sie auf den Schwindel draufkommen, sind wir geliefert." Er winkte ab.

„Über meine Kontakte im Spital könnte ich ja einen Rettungswagen und entsprechende Uniformen ausleihen. Ich als Virologin bekomme derzeit sicher alles, was ich an Ausrüstung verlange." Offensichtlich stieß der Plan bei Manon auf Gefallen. „Mit Krankenwagen fallen wir außerdem trotz Ausgangssperre nicht auf", ergänzte sie.

„Zuerst müssen wir herausfinden, wo er sich befindet." Klaus nahm Manon das Handy aus der Hand und tippte darauf herum. Wenige Minuten später rief er zufrieden: „Bingo!" Peter und die Ärztin drängten sich zu ihm und schauten ihm über die Schulter.

„Die Ortungsfunktion funktioniert einwandfrei. Hier halten sie Jakob gefangen. Mit dem Finger zeigte Klaus auf einen Punkt.

„Das ist ja ganz in unserer Nähe“, stellte Peter fest und bewunderte die Technologie, mit der die Ortung so einfach möglich war.

„Ja, er muss irgendwo bei der Hafenzufahrtsstraße, direkt an der Donau, sein, in der Nähe des Alberner Hafens, wo ihr gestern wart. Mal sehen, was sich dort genau befindet.“ Auf einer digitalen Karte, die alle Gebäude anzeigte, suchte Klaus den von der Handyfunktion markierten Ort.

„Hmmm, dort steht die buddhistische Friedenspagode, eine von weltweit rund achtzig ihrer Art. Japanische Mönche haben das zirka dreißig Meter hohe Bauwerk in den 80er Jahren errichtet. Es symbolisiert Buddha und seine Lehre ‚Dharma‘.“ Klaus gab wieder mal sein Wissen zum Besten.

„Vermutlich musste das buddhistische Zentrum wegen der Pandemie schließen, und die Kidnapper haben es als Unterschlupf genützt. Geniales Versteck“, bemerkte Peter.

„Sonst befindet sich dort nichts?“, fragte Manon skeptisch.

„Außer einem Reitclub in unmittelbarer Nähe, ist auf der Karte nichts eingezeichnet. Mit dem Auto sind wir in zehn Minuten dort.“

„Jetzt fehlen nur noch der Rettungswagen und die Uniformen“, stellte Peter fest, der sich von dem Plan hatte überzeugen lassen.

Manon wählte die Telefonnummer des mit ihr befreundeten Arztes und fragte ihn zuerst nach Eugens Befinden. Ihre Miene verfinsterte sich, ein Zucken um ihre Mundwinkel verriet, dass sie dem Weinen nahe war. Mit düsterer Stimme bat sie ihn um den Gefallen und brachte ihr Anliegen vor.

„Eugen hat es nicht geschafft." Tränen rannen ihr über das Gesicht, als sie das Gespräch beendete. Auch Peter und Klaus waren tief betroffen über den Tod des Wirts. Sogar Sissi und Irmi, die alles mitgehört hatten, schauten bekümmert drein.

„Wir können in einer Stunde einen Wagen mit entsprechender Ausrüstung abholen", berichtete Manon die gute Nachricht.

Angesichts der traurigen Botschaft kam ihnen der Plan jedoch plötzlich idiotisch vor. Peter fasste sich aber schnell wieder.

„Wir haben einen Freund verloren. Jetzt müssen wir versuchen, einen anderen Menschen zu retten. Wir ziehen das jetzt durch und holen ihn dort raus. So eine Chance bekommen wir nicht so schnell wieder."

Der Tempel

Von den Bardamen verabschiedeten sie sich mit dem Versprechen, bald wiederzukommen. Klaus beschwor Irmi augenzwinkernd, auf ihn zu warten, weil er später mit ihr allein sein wolle. Mit seinem Auto fuhren sie zu jenem Krankenhaus, in dem Eugen durch das tödliche Virus gestorben war. Dort wies sich Manon mit ihrem Ärztepass aus und bekam den Schlüssel zu einem Rettungsfahrzeug samt Uniformen und Schutzanzügen. Im Wagen zogen sie sich eilig um. Sogar die Schuhe hüllten sie in Plastikfolien. Der Mund-Nasen-Schutz und die Visiere im Gesicht schützten sie zusätzlich davor, identifiziert zu werden. Wie Außerirdische sahen sie in diesem Aufzug aus.

Dann fuhren sie auf die Lände auf. Die Straßen waren bereits nahezu leergefegt, die meisten Menschen befanden sich wegen der Ausgangssperre in ihren Wohnungen. Der Himmel über der Stadt war klar, die Wolken hatten sich verflüchtigt. Der Regen hatte der für diese Jahreszeit viel zu trockenen Erde gut getan. Man spürte richtig, wie die Natur aufatmete. Lustig zwitschernd flogen Schwalben über den Donaukanal und ließen sich auf einem noch nicht blühenden Kastanienbaum nieder, bevor die Vögel wieder in den Himmel stoben. Peter lenkte das Auto, auf dem Beifahrersitz saß Manon. Klaus hatte auf der Rückbank Platz genommen. Sie sprachen kein Wort, jeder spürte die starke Anspannung. Peter schaltete das Radio ein, ein Klassiksender spielte Antonio Vivaldis *Sonate Nr. 5 in e-Moll.* Wie schicksalhaft drang die schleppende Musik durch das Fahrzeug. Schnell drehte er wieder ab.

Sie hatten ausgemacht, dass Klaus anfangs die Initiative übernehmen sollte, wenn es darum ging, zu erklären, warum sie dort auftauchten. Sie würden sagen, dass jemand beim Magistratischen Bezirksamt Leopoldstadt eine anonyme Anzeige erstattet hatte, dass sich Virus-Z-infizierte Obdachlose in dem Tempel befanden und sie beauftragt worden waren, Nachschau zu halten, beziehungsweise die möglicherweise Erkrankten abzuholen, um sie zu versorgen. Manon hatte Schnelltests für Nasen-Rachen-Abstriche dabei. Nach den Schnelltests vor Ort würde Manon erklären, dass Jakob positiv sei und sie ihn schleunigst mitnehmen müssten. Alle anderen, die sie angetroffen und getestet hatte, seien negativ. Zum Schein sollte sie einen Anruf tätigen, um zu simulieren, dass sie den Fall bei der Behörde meldete. Peter sollte in der Zwischenzeit im Fahrzeug warten, bis alles erledigt war, und erst in Erscheinung treten, wenn es um das Verladen Jakobs in den Rettungswagen ging. Zudem sollte er als Aufpasser fungieren, falls noch mehr Männer hinzukommen würden oder sonst irgendetwas Unvorhersehbares passierte. Dann sollte er Klaus kurz anrufen und nach einem Mal Läuten wieder auflegen. Zur Sicherheit hatten sich Klaus und Peter Valiumspritzen von Manon aushändigen lassen, die sie als Waffe einsetzen würden, sollte etwas schiefgehen und sie angegriffen werden. Die darin enthaltene hochdosierte Flüssigkeit sollte die Angreifer ruhigstellen. Lachend hatte Klaus gemeint, dass er sich diese gerne für sich selbst aufheben würde.

Vor der weißen, glockenähnlichen Pagode mit ihren Treppen und ihrem goldenen Aufsatz, der stolz in den Frühlingshimmel ragte, stand ein schwarzes Fahrzeug mit Wiener Kennzeichen und getönten Scheiben. Peter parkte den Rettungswagen neben diesem Auto, darauf bedacht, dass die Schnauze Richtung Fahrbahn zeigte, damit er jederzeit schnellstens wegfahren konnte. Er wünschte den beiden viel Glück, als sie ausstiegen - Manon mit einem Arztkoffer in der Hand. Im Rückspiegel sah Peter, dass ein Mann vor die Pagode trat und sich eine Zigarette anzündete. Er trug eine Militärhose und schwarze Stiefel. Peter nahm die Spritze aus dem Handschuhfach und hielt sie fest, um seine rasende Nervosität zu besänftigen. Wie in Zeitlupe schritten Klaus und Manon tapfer dem Gebäude entgegen. Als sie bei den Stufen anlangten, blieben sie stehen. Der Mann trat einen Schritt auf den Stiegenabsatz zu. Sie schienen sich zu unterhalten. Peter stockte der Atem. Nach wenigen Augenblicken winkte er Manon und Klaus zu sich, und beide stiegen die Treppen hoch. Dann folgten sie ihm und verschwanden im Tempel.

Warten

Die Sonne warf müde Strahlen auf die Donau und verwandelte das Wasser in ein schillerndes Farbenspiel, welches das Licht über dem Strom einmal blau, einmal silbern oder golden erscheinen ließ. Peter hörte sein Herz klopfen. Noch nie im Leben war er so angespannt gewesen wie in diesem Moment. Na ja, vielleicht bei der Matura. Er dachte an seine Schulzeit und daran, mit welchen Ängsten er damals als Schüler konfrontiert war: mit Lehrern, die ihn quälten, mit Prüfungsangst. Peter schaute auf die Uhr: Fast zehn Minuten waren vergangen, seitdem seine Freunde den Krankenwagen verlassen hatten. Ob die Geiselnehmer ihnen Glauben schenken würden? Klaus machte seine Sache gut, wenn es ums Schauspielern ging. Überzeugend konnte er in verschiedenste Rollen schlüpfen. Nervosität war ihm fremd. Aber das hier war etwas anderes. Hier ging es um Leben und Tod. Und Manon? War sie gut im Täuschen? Das konnte er nicht beurteilen, dafür kannte er sie zu wenig. Immerhin musste sie ja in dieser Situation niemanden anderen darstellen, sondern trat als die auf, die sie war: als Ärztin. Insofern müsste die Situation für sie ein leichtes Spiel sein.

Wieder drei Minuten um. Peters Anspannung wuchs von Minute zu Minute. Für eine Weile schloss er die Augen und spürte seinen galoppierenden Puls. Versuchte sich mit tiefen Atemzügen zu beruhigen. Vergeblich.

Als er die Augen wieder öffnete, sah er Klaus und Manon auf der obersten Stufe der Treppe zum Tempel, zwischen ihnen ein junger Mann, den sie mühsam stützten. Das musste Jakob sein. Klaus trug zusätzlich den schweren Arztkoffer. Zwei Männer standen am Eingang des Tempels, den einen erkannte Peter an seiner Militärhose wieder. Mit Argusaugen beobachteten sie die Szene. Der andere Mann schien zu telefonieren. Klaus winkte Peter verzweifelt zu. Mit einem Satz sprang er aus dem Wagen und öffnete die Türen zum Fond, in dem sich eine Bahre befand. Vorsorglich zog er diese heraus. Wieder winkte Klaus. Was wollte er ihm mitteilen? Peter schob die Bahre wieder zurück und wartete. Als Klaus in Rufweite war, rief er Peter zu: „Steig ins Auto und lass den Motor an!" Peter lief zur Fahrerkabine zurück, setzte sich und startete den Wagen. Nur noch wenige Meter trennten die drei von dem Fahrzeug, als die Männer, die immer noch am Pagodeneingang standen, plötzlich unruhig wurden und sich hektisch unterhielten. Dann rannten sie los. Etwa in der Mitte der Treppe blieb der Typ mit der Militärhose abrupt stehen, zog eine Pistole aus der Hose und gab einen Schuss ab. Augenscheinlich wollte er die Reifen treffen. Doch ohne Erfolg. Klaus schob Jakob in den Wagen und schmiss den Arztkoffer hinterher. Manon sprang ins Wageninnere und brüllte: „Losfahren!". Wieder ein Schuss. Klaus, der erst mit einem Bein im Fahrzeug war, schrie auf. Während Manon und Jakob versuchten, ihn an den Armen in den Wagen zu ziehen, war der zweite Verfolger bereits beim Fahrzeug angekommen und packte Klaus am Bein. Ein paar Augenblicke lang beobachtete Peter das Gerangel im Rückspiegel. Wenn er jetzt losfuhr, würde sein Freund womöglich aus dem Auto fallen.

Der bewaffnete Typ war nun ebenfalls beim Wagen und wollte seinem Kollegen zu Hilfe kommen. Jakob verpasste ihm einen Tritt mit dem Fuß, sodass er rückwärts ins Gras fiel. Mit einem Ruck gelang es Manon, Klaus in den Wagen zu ziehen. Der zweite Verfolger konnte ihn nicht mehr halten. In dem Moment gab Peter Gas, Manon warf die Türen zu. Durch das unvermittelte Anfahren verloren alle drei ihren Halt und purzelten im Wagen durcheinander. Gequält schrie Klaus erneut auf. Peter konnte jetzt keine Rücksicht auf das Befinden der Mitfahrer nehmen. Rasant steuerte er das Rettungsfahrzeug auf die Straße. Manon hatte ihm bei der Hinfahrt gezeigt, wo sich der Knopf für die Sirene befand. Den drehte er nun auf. Im Rückspiegel sah er, wie der Angreifer in der Militärhose sich aufgerappelt hatte und erneut einen Schuss abgab, bevor er zu dem schwarzen Fahrzeug vor dem Tempel rannte. Aber wo war der andere Verfolger geblieben? Mit einem Blick in den rechten Seitenspiegel entdeckte Peter zu seinem Entsetzen, dass sich der Mann am Fahrzeug festhielt.

Die Falltüre

Mit lautem Sirenengeheul und in halsbrecherischer Geschwindigkeit lenkte Peter den Krankenwagen Richtung Prater. Ein paar Meter weit hatte sich der ungebetene Mitfahrer am Fahrzeug festhalten können, dann musste er aufgeben und loslassen. Das schwarze Auto, in das sein Kollege gesprungen war, um die Verfolgung aufzunehmen, war im Rückspiegel nicht zu sehen.

Die Sonne war untergegangen. Die Straßen waren nun endgültig menschenleer. So wirkte Wien gespenstisch. Die Kirchenglocken läuteten das Osterfest ein, ihr Klang drang durch das geöffnete Fenster und verbreitete eine feierliche Stimmung, die durch die verlassen anmutende Stadt noch erhabener wirkte. Im Wagenhinteren versorgte Manon Klaus. Er lag auf der Bahre, die Ärztin schnitt ihm die Hose auf und verarztete ihn. Ein Schuss hatte ihn am Oberschenkel gestreift, zum Glück war die Wunde jedoch nur oberflächlich.

Immer noch ungläubig, dass er aus den Händen der Kidnapper entkommen war, saß Jakob auf der Bank und beobachtete Manon. Blaue Flecken an seinem Hals bezeugten die Folter. Die Peiniger hatten ihm außerdem zwei Zehen gebrochen. Sein rechter Fuß war daraufhin so angeschwollen, dass er den Schuh ausgezogen hatte.

„Wir haben es geschafft!“, brach es aus Klaus heraus, als Peter den Krankenwagen vor dem neu errichteten Krankenlager gegenüber der Sissi-Bar parkte. Manon hatte versprochen, das Fahrzeug dort noch am selben Abend abzugeben. Der Wagen wurde dringend für neu infizierte Fälle benötigt. Bevor sie ausstiegen, erzählte Jakob ihnen, wie die Männer bei ihm zu Hause eingebrochen waren und ihn brutal aus der Wohnung gezerrt hatten, um ihn zu entführen. Den Ort, wo er die Formel aufbewahre, habe er ihnen nicht verraten, obwohl sie ihn gefoltert hätten. Doch lange hätte er nicht mehr durchgehalten, versicherte der junge Wissenschaftler Manon.

„Wie ist es euch gelungen, dass die Männer Jakob so einfach freigeben?“ Peter platzte fast vor Neugierde.

„Wie geplant haben wir dem Typ in der Militärhose vor dem Eingang zum Tempel vorgespielt, dass eine Anzeige über Infizierte, die sich im Buddhistischen Zentrum aufhielten, eingegangen sei. Außerdem haben wir ihn sehr streng und formell darauf hingewiesen, dass alle religiösen Einrichtungen wegen der Pandemie ausnahmslos zusperren mussten und diese Regelung auch für das Buddhistische Zentrum gelte. Dann haben wir ihm gesagt, dass wir von der Polizei angewiesen wurden, sofort Schnelltests durchzuführen. Er war völlig verblüfft und führte uns kommentarlos ins Innere. Der zweite Kidnapper schlief gerade, wir haben ihn einfach überrumpelt. Manon hat einen Abstrich aus seinem Rachen genommen. Das Gleiche hat sie bei dem Mann in der Militärhose und bei Jakob getan.“

„Und ich habe sofort mitgespielt“, freute sich dieser über das Gelingen des Manövers.

„Mit besorgtem Blick habe ich den Kidnappern dann mitgeteilt, dass Jakob leider mit dem Virus infiziert sei und wir ihn mitnehmen müssten. Klaus hat ihnen vorgelogen, dass die

Polizei jeden Moment auftauchen würde, um das Zentrum zu räumen. Wir gaben ihnen den Hinweis, schnellstens zu verschwinden, wollten sie einer polizeilichen Anzeige entgehen."

„Und haben die nicht versucht, sich zu rechtfertigen, dass da jemand sitzt, der offensichtlich gefoltert worden ist?", wollte Peter wissen.

„Sie wiesen darauf hin, dass Jakob gestürzt sei. Wir taten so, als würden wir ihnen das abnehmen." Peter nickte anerkennend und gestand, dass er diesen Mut nie im Leben hätte aufbringen können.

„Doch irgendetwas schien sie irritiert zu haben. Vielleicht haben sie ihre Kollegen angerufen und dich beschrieben", überlegte Peter laut und sah dabei Manon an. „Doch egal, auf diesen sensationellen Einsatz stoßen wir gleich an!" Er stieg aus dem Wagen und öffnete die Hintertüre.

Gemeinsam mit Manon führte Peter seinen verletzten Freund über die Straße zum Seiteneingang der Sissi-Bar, Jakob humpelte hinter ihnen her. Die vielen Polizeiautos, die Peter zuvor durchs Fenster bemerkt hatte, waren verschwunden. Auf ihr Klopfen hin wurde die Türe nicht geöffnet, doch sie war unversperrt. Als sie die Bar betraten, erschraken sie. Die Inneneinrichtung war verwüstet, der Fernseher und zahlreiche zerbrochene Flaschen lagen auf dem Boden. Von Sissi und Irmi keine Spur. Peter wollte gerade das Kommando zum Rückzug geben, als sie ein unterdrücktes Stöhnen wahrnahmen, das vom Gang her kam. Am Ende des Flurs, vor der Ausgangstüre zum Hof, kauerte Sissi. Sie war geknebelt, die Hände waren auf dem Rücken gefesselt, die Füße an einen Heizungskörper angebunden. Sissi machte einen jämmerlichen Eindruck. Peter eilte zu ihr und befreite sie.

„Was ist passiert?", fragte er.

„Da waren drei Männer. Sie haben nach euch gesucht, dabei haben sie Irmi erschossen, weil sie sich geweigert hat, euch zu verraten. Es ist furchtbar! Aber ihr müsst von hier weg, sie haben gesagt, sie würden wiederkommen."

„Wo ist Irmi?", wollte Peter wissen. Er überlegte, ob die Männer gewartet hatten, bevor sie in die Bar gekommen waren, weil draußen alles von Polizeiautos gewimmelt hatte, und sie Peter und die anderen deshalb verpasst hatten.

„Sie liegt hinter dem Tresen. Der Typ, der sie ausgefragt hat, hat ihr einfach in den Kopf geschossen."

Sie eilten zum Tresen und fanden den leblosen Körper der Bardame auf dem Boden liegen. Manon fühlte ihren Puls. Dann schüttelte sie bekümmert den Kopf.

„Sissi, es tut uns leid, dass wir dich da hineingezogen haben, aber du musst die Polizei anrufen und genau erzählen, was passiert ist. Bitte lass uns dabei aus dem Spiel. Sag ihnen, die Typen hätten euch schon öfter wegen Schutzgeld erpresst, oder lass dir irgendetwas anderes einfallen."

Manon sah sie flehend an. Sissi nickte und bot ihr und Peter eine Zigarette an, nachdem sie sich selbst eine angezündet hatte. Dann streichelte sie zärtlich über Irmis Wangen, bevor sie ein Tuch über den Kopf der Toten breitete.

„Wo sollen wir jetzt hin?" Peter sah Manon ratlos an. „Sollen wir dein Auto vom Parkplatz holen?"

„Zu gefährlich. Die Typen könnten immer noch ein Auge darauf haben", winkte sie ab.

„Wenn uns jemand während der Ausgangssperre draußen erwischt, haben wir außerdem ein weiteres Problem", gab Jakob zu bedenken. Sissi überlegte. Dann sagte sie: „Ich habe eine Idee. Ihr geht zu meinem Freund, dem ‚Zarten'. Er besitzt ein Lokal bei der Oper. Er und seine Freunde leben jetzt dort, quasi in Quarantäne. Wenn euch jemand beschützen kann, dann sind sie es."

„Und wie sollen wir dorthin kommen, ohne von der Polizei angehalten zu werden?", fragte Klaus mit Tränen in den Augen. Er hatte sich auf den Boden neben den Leichnam gesetzt und sich bisher ungewohnt ruhig verhalten. Sichtlich bekümmerte ihn Irmis Tod sehr. Als Stammkunde kannte er die Bardame bereits seit langer Zeit.

„Die Sissi-Bar liegt direkt oberhalb eines Seitenarms der Kanalisation. Im Raum vor den Toiletten befindet sich im Boden ein versteckter Zugang zu diesem Kanal. Über eine Leiter müsst ihr einen Schacht hinunterklettern. Dort seid ihr in Sicherheit. Ihr orientiert euch an den Pfeilen, die euch zum Hauptkanal führen. Die jeweilige Richtung ist angeschrieben. Mit euren Handy-Taschenlampen dürfte es kein Problem sein, den Weg zu finden."

„Glaubt ihr, dass ihr das schafft?" Manons Frage galt Klaus und Jakob, die beide stark mitgenommen waren. Einhellig nickten sie bestätigend. Sissi führte die Gruppe in den Raum mit der Geheimtüre, die sich unter einem Plüschhocker befand, und schloss die Zimmertüre hinter ihnen zu. Manon hatte sich bei der Bar einen Beutel mit Eiswürfeln geschnappt. Den reichte sie Jakob, damit er sich bis zum Aufbruch den angeschwollenen Fuß kühlen konnte. Dann setzte sie sich neben ihn. Mit energischer Stimme teilte sie der Gruppe mit, was sie vorhatte.

„Bevor wir aufbrechen, will ich die Gelegenheit nützen und unsere Daten weiterschicken." Auf die überraschten Blicke hin erklärte sie: „Jakob und ich senden unsere Formelanteile rasch an meine Vertrauensperson. So schnell wird sich vielleicht keine Gelegenheit mehr ergeben, diese in sichere Hände zu legen." Sie betrachtete Jakobs linke Hand. Bei genauerem Hinsehen konnte man die Stelle mit dem implantierten Chip erkennen.

„Hat deine Vertrauensperson die richtige App am Handy heruntergeladen, damit sie die Daten lesen kann, sobald wir sie verschickt haben?", wollte Jakob wissen. Anita konnte ihn zwar in einer Textnachricht über Manons Plan informieren, doch hatte er, während er in der Gewalt der Gangster gewesen war, keine Möglichkeit gefunden, die Information an die ihm kommunizierte Adresse zu schicken.

„Mach dir keine Sorgen, Anita hat sich darum gekümmert, dass alles hinhaut. Ihren eigenen Formelanteil hat sie schon verschickt. Und vielleicht konnte Manuel seinen auch schon senden, ohne dass es die Entführer gemerkt haben."

Ihr Kollege war technisch versierter als Manon, darum wollte die Ärztin, dass er seine Daten zuerst auslas. Unter Peters und Klaus' gespannten Blicken öffnete Jakob eine Anwendung mit Scanfunktion auf seinem Handy und hielt seine Hand so nah an das aktivierte Gerät, dass es die Daten, die auf dem Chip in seiner Hand gespeichert waren, in Sekundenschnelle auslas. Mit einem Passwort entschlüsselte er die komplexe Formel, kopierte sie und fügte sie in ein spezielles Programm der App ein. Manon diktierte ihm die Adresse ihrer Vertrauensperson. Inzwischen packte Sissi ihnen Kekse, Wasser und, auf Klaus' Bitte hin, eine große Flasche Schnaps als Wegzehrung in eine kleine Tasche. Nachdem Jakob seine Daten verschickt hatte, tat es ihm Manon gleich und ließ ihren implantierten Chip ebenfalls auslesen.

Sissi öffnete die Falltüre und drückte Klaus den Proviant in die Hand. Er stieg als Erster ab. Dann wählte sie die Nummer der Polizei und meldete den Mord. „Die schicken ein Team mit

Spurensicherung. Bis die hier eingetroffen sind, seid ihr längst über alle Berge." Schließlich bat sie Peter – für den Fall, dass die Verfolger vor der Polizei in der Bar eintreffen würden –, ihr die Fesseln und den Knebel wieder anzulegen und sie wieder an das Rohr anzubinden. Allerdings so, dass sie sich selbst befreien konnte, sollten die Polizisten vor den Gangstern auftauchen – damit kein Zweifel daran bestand, dass sie aus eigener Kraft hatte die Polizei verständigen können. Mit den Worten „Passt auf euch auf" verabschiedete Sissi sich von ihnen. Während Peter draußen tat, worum die Bardame ihn gebeten hatte, versuchte Jakob immer noch hektisch, Manons Formel mit der Lesefunktion am Handy zu scannen. Vergeblich. Irgendetwas schien technisch nicht zu funktionieren.

Auf einmal war draußen im Schankraum lautes Gepolter zu hören.

„Komm schon, komm schon", flüsterte Manon beschwörend, während sie Jakob ihre Hand hinhielt. Peter war zurückgekehrt und machte Druck: „Wir müssen los", zischte er und stieß Jakob an. Er ärgerte sich, dass die beiden gerade diesen Moment ausgesucht hatten, um die Daten zu verschicken. Aus dem Barraum waren aufgeregte Stimmen zu hören. Die Verfolger mussten entdeckt haben, dass jemand ein Tuch über den Kopf der Toten gelegt hatte. Die Stimmen kamen näher. Die Männer durchsuchten jedes einzelne Zimmer, das vom Gang aus erreichbar war. Erneut drängte Peter die beiden Kollegen zum Aufbruch.

„Es funktioniert!" Jakob konnte die Formel aus Manons Hand scannen, die Ärztin gab ihr Passwort ein. Die Schritte kamen näher. Jetzt musste Jakob das Formelstück nur noch verschicken. Doch es war zu spät, ihnen blieb keine Zeit mehr. Die Männer waren jetzt bei Sissi angelangt, die auf dem Boden vor dem Heizungsrohr kauerte. Brüllend wollten sie von ihr wissen, wer der toten Bardame ein Tuch über den Kopf gelegt hatte. Doch es kam keine Antwort. Dafür war ein lautes Klatschen zu hören. Einer der Männer hatte ihr eine kräftige Ohrfeige verpasst. Hastig schob Peter Manon und Jakob zur Leiter und kletterte hinter ihnen hinunter, nachdem er die Falltüre über sich geschlossen hatte.

Im Untergrund

In dem Schacht war es stockdunkel, es roch nach feuchtem Keller. Vierundvierzig Sprossen zählte Peter, bis sie wieder festen Boden unter den Füßen hatten. „Hier entlang“, wies Klaus ihnen den Weg. Er hatte die Schnapsflasche ausgepackt und geöffnet, während er unten auf sie gewartete hatte, und nippte nun daran.

Der Lichtkegel, den seine Handy-Taschenlampe erzeugte, leuchtete den Gang gut aus. Klaus deutete ihnen, ihm zu folgen. Von oben kündigte das Schrillen von immer lauter werdenden Sirenen die Ankunft von Polizeiautos an. Plötzlich vernahmen sie Geräusche über ihnen. Anscheinend hatten die Verfolger die Falltüre entdeckt. Vermutlich hatten die Eiswürfel auf dem Boden sie verraten. „Schnell, kommt!“ Humpelnd eilte Klaus um die Ecke, sein aufgeschnittenes Hosenbein flatterte um den Oberschenkel. Ebenfalls humpelnd, da nur mit einem Schuh bekleidet, folgte ihm Jakob, dahinter kamen Manon und Peter. Der Gang war lediglich ganz am Rand trocken, der heftige Regenschauer vom Vormittag hatte den Kanalpegel steigen lassen. Es roch nach Fäkalien. Je weiter sie Richtung Hauptkanal gingen, desto stärker wurde der Gestank und desto höher der Wasserstand. Wie Sissi vermutet hatte, waren die Gänge an den Seitenwänden gut markiert, dank der Taschenlampe fiel es ihnen leicht, den richtigen Weg zum Karlsplatz zu finden.

Nach rund dreihundert Metern endete der Gang. Über eine kurze Treppe abwärts gelangten sie zu einem schmalen, niedrigen Durchgang. Bis zu den Knöcheln reichte ihnen hier die schlammige Kloake, nur gebückt konnten sie durchgehen. Endlich kamen sie zu einem breiteren Gang, durch den das Abwasser gemächlich floss. An langen Stangen hingen verrostete, mit Gittern geschützte Lampen, die aussahen, als hätten sie bereits ein Jahrhundert überlebt. Hier stank es bestialisch nach einer Mischung aus Fäulnis und Ammoniak. Peter zog sich den Mund-Nasen-Schutz über und reichte Manon eine Reservemaske, die er in der Jackentasche aufbewahrt hatte. Klaus machte einen kurzen Halt, um auf die restliche Gruppe zu warten, und bot ihnen die Schnapsflasche an. Peter schob die Maske zur Seite und nahm einen kräftigen Schluck. Doch sie mussten weiter, hinter ihnen hallten die Stimmen ihrer Verfolger durch die finsteren Gänge. Klaus schaltete seine Taschenlampe aus, damit der Lichtkegel sie nicht verriet. Plötzlich schrie Peter auf. Irgendetwas hatte ihn am Bein berührt. Und wirklich: Neben ihnen huschten Ratten durch das schlammige Abwasser. Hand in Hand eilten sie weiter, Peter immer einen Schritt vor Manon, um die Nagetiere zu verscheuchen. Er bewunderte Jakob, der den zweiten Schuh ebenfalls ausgezogen hatte und jetzt bloßfüßig vor ihm lief. Sie mussten sich jetzt in einem Hauptkanal befinden. Was hatte Dimitri beim Spaziergang über die Kanalisation erzählt? „Der linke Hauptkanal alleine ist zehn Kilometer lang und entwässert den zweiten und den zwanzigsten Bezirk." Demnach musste es sich bei diesem breiten Gang, in dem sie sich gerade befanden, um den linken Hauptkanal handeln, der bald auf den Wiental-Kanal stoßen sollte, wenn sein sonst halbwegs verlässlicher Orientierungssinn Peter nicht im Stich ließ. Dimitri hatte ihnen erzählt, dass dieser rund dreieinhalb Kilometer lange Wiental-Kanal in ungefähr dreißig Metern Tiefe unterhalb des Wienflusses zwischen Urania und Ernst-Arnold-Park verlief.

Peter glaubte sich zu erinnern, dass die Stadtverwaltung vor einigen Jahren mit einem riesigen „Bohrwurm“ eine Trasse vom Donaukanal, auf der Höhe Urania, dem Wienfluss folgend bis zum Stadtpark gebaut hatte. Am Karlsplatz durchquerte sie die U-Bahn-Linie U1. Mit dem Monsterbau dieser Kanalröhre sollte verhindert werden, dass mit Regen verdünntes Schmutzwasser aus den bestehenden Kanälen in den Wienfluss gelangte und die Kloake dann über den Donaukanal in die Donau floss. Sie hatten also noch einen weiten Weg vor sich, wollten sie in die von Sissi empfohlene Bar und zum „Zarten“ gelangen, wo sie hoffentlich in Sicherheit sein würden. Aber dass diese Röhre begehbar war, daran zweifelte Peter. Er erinnerte sich an Bilder vom Bau der Röhre, die darauf so aussah, als könnte man keinesfalls einfach durchgehen. Schon gar nicht, wenn das Wasser hoch stand. Vielleicht gab es ja einen zweiten unterirdischen Weg zum Karlsplatz, überlegte er. Peter hoffte, dass die Verfolger Sissi nichts angetan hatten. Wahrscheinlich war die herbeigerufene Polizei ihre Rettung gewesen.

Plötzlich blieb Klaus so abrupt stehen, dass Jakob ihm von hinten sein Knie in den verletzten Oberschenkel rammte und Klaus aufschrie. Aufgeschreckt durch den Lärm sprangen vor ihnen zwei Gestalten auf, die zuvor auf dem Boden gelegen hatten. Anscheinend handelte es sich um Obdachlose, die hier ihre Zelte aufgeschlagen hatten und über die Klaus gestolpert war. Hastig drehte er die Handy-Taschenlampe an. Neben den Decken häuften sich Müllberge und verbrannte Holzreste. Hinter der Stelle befand sich eine Mauernische mit einer Leiter.

„Was macht ihr da?“ Das war eine Frauenstimme.

„Wir gehen zum Karlsplatz.“ Manon ergriff das Wort.

„Warum geht ihr nicht auf der Straße?“

„Weil auf den Wiener Straßen Ausgangssperre herrscht.“

Die Stimme schwieg nun, dafür war das Husten einer männlichen Stimme hörbar.

„Geht es Ihnen gut?“, fragte Manon in die Dunkelheit. Klaus richtete die Taschenlampe seines Handys auf die zweite Gestalt. Es handelte sich um einen jungen Mann mit langem Bart. Er sah krank aus und war viel zu leicht bekleidet.

„Können wir Ihnen helfen? Ich bin Ärztin.“ Manon trat an den Obdachlosen heran und berührte ihn am Arm. Wortlos hob Klaus einen Plastikbecher vom Boden auf, goss einen Schluck Schnaps hinein und reichte dem Mann den Becher. Dankbar nahm er ihn entgegen und trank ihn leer. Dann gab Klaus ihm eine Packung der Kekse, die Sissi ihnen mitgegeben hatte.

„Darf ich?“ Manon griff dem Mann auf die Stirn. Sie fühlte sich warm an. „Sie sollten einen Arzt aufsuchen“, riet sie ihm.

Peter räumte die Taschen seiner Jacke leer und reichte sie dem Mann. Aus der Ferne drangen Rufe zu ihnen, vermutlich handelte es sich um die Verfolger.

„Wir müssen weiter.“ Klaus schaltete die Taschenlampe wieder aus.

„Stimmt die Richtung zum Karlsplatz?“

„Ja, aber nach ungefähr dreihundert Metern kommt eine Abzweigung, da müsst ihr euch rechts halten.“

„Hört zu: Gleich wird eine Gruppe von Männern kommen. Zwei, drei oder mehrere. Wir wissen es nicht. Versteckt euch besser in dieser Nische. Die sind gefährlich.“ Manon deutete auf die Mauerwölbung mit der Leiter, nahm Peter bei der Hand und eilte hinter Klaus und Jakob her, die bereits in der Dunkelheit verschwunden waren.

Der Tunnel

Bei der Abzweigung waren sie auf Anraten der jungen Frau den rechten Gang weitergeeilt, im Rücken die Stimmen ihrer Verfolger, die einmal entfernter, einmal näher klangen. Über einen größeren Raum, in dem das Wasser nur zaghaft floss, gelangten sie zu einem Plateau, von dem aus man einen Blick über ein rund zwanzig Meter langes Gewölbe hatte, das man über eine Treppe erreichen konnte. Auf dem Boden lagen große, rostige Nägel verstreut. Manon machte Jakob darauf aufmerksam. Unter ihnen stand das Wasser in zwei Auffangbecken besonders hoch. Sie stiegen die Treppe zu den Becken, deren Wassermassen durch eine etwa einen Meter breite und fünfzehn Meter lange Mauer geteilt waren, hinunter. Die Becken wurden durch mehrere Seitenkanäle gespeist. Im Wasser schwammen ein paar Holzbalken. Von der Mauer aus fischten Kanalräumer für gewöhnlich hängen gebliebene Müllreste aus beiden Becken. Kurz drehte Klaus die Handy-Taschenlampe auf und beleuchtete das Gewölbe. Ein vergittertes Loch in der Decke – wahrscheinlich ein Kanaldeckel – ließ darauf schließen, dass man von hier aus bei enormem Hochwasser überschüssiges Wasser von der Straße aus abpumpen konnte. Eine Leiter führte zu dem Kanaldeckel hinauf. Nach etwa fünfzehn Metern mündete die Trennmauer in einen Tunnel, in dem der Strom wieder ungeteilt weiterfloss. Ab hier gab es keine Möglichkeit, im Trockenen weiterzugehen, sie mussten ihren Weg im Wasser fortsetzen. Noch dazu war die Tunnelröhre so niedrig, dass man nur in gebückter Haltung durchwaten konnte. Peter bot Manon an, sie huckepack durch den Tunnel zu tragen, doch sie lehnte ab. Mit besorgter Stimme hinterfragte sie stattdessen die Gefahr, der sie sich aussetzen würden, sollte der Wasserpegel steigen, während sie sich im Tunnel befanden. Peter gab ihr recht. Was, wenn sie von einer Flutwelle überrascht wurden? Oft dauerte es ja einige Zeit, bis das Wasser nach einem heftigen Regenguss anstieg. Doch Klaus und Jakob waren bereits außer Rufweite. „Wir müssen es riskieren." Es kostete ihn einiges an Überwindung, doch als er hörte, wie das Echo der Stimmen sich näherte, gab sich Peter einen Ruck und stieg hinter Manon in die Kloake, darauf hoffend, dass ihre Verfolger diesen Schritt nicht wagen würden.

Das Wasser reichte Peter zum Glück nur bis unter die Knie. Vor ihm nahm er die Umrisse der Ärztin wahr, die sich tapfer in gebückter Haltung durch das stinkende Wasser quälte.

Plötzlich spürte er eine Hand auf seinem Mund, eine zweite auf seiner Schulter. Jemand hatte ihn von hinten gepackt, eine flüsternde Stimme beschwor ihn, kein Geräusch von sich zu geben. Die Stimme kam ihm bekannt vor. Der Mann stieß Peter vor sich her, bis sie sich knapp hinter Manon befanden. Peter versuchte zu schreien, doch die Hand auf seinem Mund ließ nur klägliche, gepresste Laute durch. Mit den Füßen stampfte er auf das Wasser, um sich bemerkbar zu machen, immer und immer wieder. Da drehte sich die Ärztin um. Der Mann, der ihm die Hand auf den Mund gepresst hatte, ließ

Peter los, sprang mit einem Satz zu Manon, riss sie an den Haaren und drückte ihr einen Gegenstand in den Rücken.

„Wenn du schreist, lege ich dich um.“ Das war doch eindeutig Leonardos Stimme!

„Hilfe!“, schrie Peter, darauf hoffend, dass Klaus oder Jakob ihn hörten. Doch die beiden waren zu weit entfernt, zielstrebig waren sie durch das Wasser gewatet, ohne auf die anderen zu achten.

„Wenn du Confusione machst, tue ich ihr etwas an.“ Die Botschaft war eindeutig an Peter gerichtet. Leonardos Stimme klang hart.

„Warum machst du das, Leonardo?“, fragte Peter verzweifelt. „Warst du es, der uns die Männer auf den Hals gehetzt hat?“

„Silenzio! Ruhe!“, rief der Priester zischend. Die Stimmen hinter ihnen waren jetzt keine zehn Meter entfernt. Offensichtlich hatten die Verfolger den Tunneleingang erreicht und überlegten, wie sie weiter vorgehen sollten. Auch eine Frauenstimme war dabei. Peter hoffte inbrünstig, dass sie die Leiter hinaufstiegen, in dem Glauben, dass er und seine Freunde den Weg ins Freie genommen hatten und nicht durch den Tunnel gewatet waren. Diese Truppe fehlte ihm jetzt noch. Mit Leonardo fertigzuwerden, traute er sich hingegen zu. Leonardos Reaktion – er verhielt sich ruhig – ließ darauf schließen, dass er nichts mit ihnen zu tun hatte. Peter überlegte. Der Priester war anscheinend unabhängig von diesen Männern hinter ihnen her. Was aber wollte er von ihnen? Wollte er sie vor ihnen beschützen? Wohl kaum, mit einer Waffe in der Hand. Peter spürte, wie ihm die Kälte hinaufkroch. Wie musste es Manon jetzt wohl gehen? Ohne, dass Leonardo es merkte, ergriff er ihre Hand. Er spürte, wie sie zitterte. Mindestens drei Minuten verharrten sie nun schon an dieser Stelle. Frierend und gebückt. Die Stimmen entfernten sich. Tatsächlich kletterten die Männer die Leiter hinauf, wie die Geräusche verrieten, die zu ihnen drangen. Weitere drei Minuten später kehrte Stille ein. Leonardo wartete noch kurz, dann befahl er ihnen, zum Tunneleingang zurückzugehen. Folgsam wateten sie durch den Tunnel zurück, bis sie die Mauer erreichten, die den Strom in zwei Becken teilte. Peter stieg hinauf und reichte Manon die Hand, hinter ihr kam Leonardo. Erst jetzt bemerkte Peter, dass dieser einen Kanister trug. Von den Verfolgern keine Spur. Wahrscheinlich suchten sie nun die Gegend oberhalb des Auffangbeckens im Freien ab.

Peter dachte nach: Was zum Teufel trieb Leonardo dazu, ihnen hierher zu folgen und Manon zu bedrohen? Da fiel ihm wieder dieser Wahn im Zusammenhang mit den Implantaten ein. Peter beschloss, ihn direkt darauf anzusprechen. „Leonardo, was willst du von Manon? Glaubst du, dass sie böse ist, weil ihr Exmann RFID-Chips herstellt? Sie hat doch nichts damit zu tun! Du kennst doch Manon. Sie ist ein guter Mensch und will niemandem etwas Böses tun."

„Ich weiß, dass sie selbst ein Implantat im Körper trägt. Dafür muss sie büßen. Und dass Molly auf diese bestialische Weise getötet wurde, ist ein Zeichen Gottes."

„Dafür kann doch Manon nichts, das waren irgendwelche bösartigen Irren, die uns aus dem Dorf jagen wollten, weil wir krank sind."

„Leonardo, was willst du von mir?" Das war Manons samtweiche Stimme, die Peter so liebte. Dieser Stimme konnte man doch nicht böse sein! Doch der Priester antwortete nicht, sondern befahl ihr, zu schweigen. Er wies sie an, auf der Mauer zu der Stiege zurückzugehen. Dabei presste er immer noch den Gegenstand gegen Manons Rücken.

„Wo hast du eigentlich die Waffe her?" Peter vermutete, dass der Priester gar keine Waffe bei sich hatte, sondern nur simulierte. Lag er damit richtig, so würde er ihn vielleicht mit dieser Frage aus dem Konzept bringen und könnte ihn gefahrlos überwältigen. Doch zu seiner Überraschung antwortete der Priester, nachdem er Manon befohlen hatte, unten zu warten, während Peter die Stufen hinaufsteigen sollte: „Die Beretta 92 habe ich in Manons Auto im Handschuhfach gefunden."

„Für einen Priester kennst du dich aber recht gut mit Waffen aus", antwortete Peter verblüfft. Er erinnerte sich, dass er den Revolver Manons Peiniger am Alberner Hafen abgenommen und dann im Handschuhfach deponiert hatte.

„Aber woher wusstest du, wo ihr Auto steht?"

„Das war nicht schwer. Ich habe zugehört, als du Klaus erzählt hast, dass ihr im Prater seid."

„Und wie konntest du ohne Schlüssel das Auto aufsperren?"

„Die hintere Scheibe ist kaputt, ich habe sie komplett eingeschlagen und konnte so hineingelangen." Die Antworten klangen plausibel. Peter wollte seine Redseligkeit ausnützen, um zu erfahren, was er nun mit ihnen vorhatte.

„Was planst du jetzt zu tun?"

„Silenzio!", wiederholte Leonardo, der keuchend ebenfalls die Stufen hinaufgestiegen war und die Waffe auf Peter richtete. Manon stand immer noch zitternd auf der Mauer. Da öffnete der Priester einen kleinen Kasten, der oberhalb des Vorsprungs an der Wand hing und in dem sich mehrere große Hebel befanden. Leonardo betätigte einen davon, woraufhin eine Betonwand im rechten Becken aus dem Wasser auftauchte, sodass dort ein kleineres Becken entstand. Das Ganze wirkte wie ein in sich geschlossener Kubus. Fehlte nur noch der Deckel. Leonardo hielt den Hebel an.

„Spring hinein!“, befahl er Manon. Verschreckt schaute die Ärztin zu Peter, der ihr deutete, dem Befehl nicht zu gehorchen.

„Spring hinein!“ Leonardos Ton wurde eindringlicher, er lud das Magazin der Waffe.

„Warum, um Gottes willen, machst du das?“, rief Peter verzweifelt.

Statt eine Antwort zu geben, zitierte Leonardo mit irrem Blick die Sätze aus der Offenbarung, die Peter bereits kannte: „Wer trotz Gottes Warnung das Malzeichen des Tieres annimmt, der kriegt Gottes Zorneswein eingeschenkt. Der Sünder wird mit dem Tod im Feuersee bestraft.“

Peter merkte, dass es keinen Sinn machte, mit ihm zu diskutieren, der Priester schien sich in einem Zustand geistiger Verwirrung zu befinden. Fieberhaft dachte er nach, wie er ihm die Waffe abnehmen konnte, als er zu seinem Entsetzen sah, dass Manon ins Becken sprang. Instinktiv sprang Peter hinterher.

Im Feuersee

Das Wasser war eiskalt. Peter schnappte nach Luft, verängstigt schaute er sich nach Manon um und stellte erleichtert fest, dass sich ihr Kopf über der Wasseroberfläche befand. Er bekam sie von hinten an ihrer Jacke zu fassen. „Halte dich an mir fest!“, rief er ihr zu. Leonardo betätigte einen anderen Hebel, woraufhin der Wasserpegel in dem vom Becken abgetrennten Kubus stieg. Dann goss der Priester laut lachend aus dem Kanister, den er immer noch bei sich trug, Flüssigkeit hinein, zündete ein Stück Papier an und warf es hinterher. Im Handumdrehen verwandelte sich die Wasseroberfläche in einen brennenden See. Dabei rief er: „Der Sünder wird mit dem Tod im Feuersee bestraft!“

Peter drückte Manons Kopf unter Wasser und tauchte ebenfalls unter. Doch was war das für ein Gedröhne, das Leonardos krankes Lachen übertönte? Zu seinem Entsetzen nahm Peter wahr, dass sich über ihnen ein riesiger Betondeckel bewegte und den Kubus langsam schloss. Gleichzeitig stieg das Wasser weiter an. Das Feuer an der Oberfläche war inzwischen erloschen, wenigstens konnten sie nach Luft schnappen. Doch in wenigen Augenblicken würde der Wasserstand so hoch sein, dass sie keine Luft mehr bekommen würden und hilflos ertrinken müssten. Manon strampelte und atmete schnell. In

Panik klammerte sie sich an Peters Nacken fest, sodass er immer wieder untertauchte. Kurz, bevor die Platte sie endgültig einsperrte, wurden Stimmen laut. „Halt!“ Das war eine Frau. Und noch einmal: „Halt!“ Zu spät. Mit einem lauten Rumms ging die Decke über ihnen zu, die Wassermassen schlossen sie nun gänzlich ein. Sekunden später würden sie nicht mehr atmen können. Nun half nur noch Luftanhalten. „Zähl bis 60!“, schrie er, bevor das Sprechen unmöglich wurde. „1, 2, 3, 4, 5 ...“ Peter erinnerte sich, wie ihm sein Großvater das Zählen beigebracht hatte, als er tauchen gelernt hatte. Sechzig Sekunden musste er versuchen, unter Wasser zu bleiben. „12, 13, 14, 15 ...“ Bei den Zahlen 16 und 17 sowie 22 und 23 hatte er als Volksschüler immer Schwierigkeiten gehabt. „23, 24, 25 ...“. Manons Griff im Nacken wurde langsam lockerer. Panik ergriff ihn. „Bitte nicht ertrinken! Bitte, tu mir das nicht an!“ Peter merkte, wie sehr er diese Frau, die gerade neben ihm unterging, liebte und wie hilflos er sich angesichts der Tatsache fühlte, sie nicht vor dem Ertrinken bewahren zu können. Dass er sich in derselben Situation befand wie sie, daran dachte er nicht. „31, 32, 33 ...“ Bei 33 geschah ein Wunder. Langsam öffnete sich die Betonplatte wieder. Bei 41 begann sich der Wasserpegel langsam zu senken. Bei 48 stand die Platte einen Spalt breit offen, kurz vor 45 bekamen sie so weit Luft, dass sie wieder atmen konnten. Manon prustete neben ihm, unter Wasser klopfte er ihr auf den Rücken, so gut er konnte. Rettende Hände streckten sich ihnen entgegen und zogen sie aus ihrer tödlichen Falle.

Peter nahm Manon in die Arme. Sie war zu schwach, um seine Umarmung zu erwidern. Ihre Schultern hingen müde herab, tropfend umrahmte ihr langes Haar das bleiche, schöne Gesicht. Immer wieder hustete sie. Um sie herum standen drei

Männer, Peter konnte sie nur undeutlich erkennen, obwohl der Raum des Auffangbeckens nun erleuchtet und das Gewölbe in ein violettes Licht getaucht war. Die Männer schoben sie vom Becken weg zur Treppe, die auf den Vorsprung führte. Doch wer waren ihre Retter? Und wo war der irre Priester geblieben? Da erkannte Peter Judith. Sie stand oben auf dem Vorsprung und beobachtete die Szene. Was für ein Glück! Ihr hatten sie also ihr Leben zu verdanken. Unterhalb der „alten" Dame, die, wie Klaus ihm berichtet hatte, gar nicht so alt war und jetzt tatsächlich um vieles jünger aussah, als Peter sie in Erinnerung hatte, lag der Priester auf der Treppe auf dem Boden. War er tot oder nur bewusstlos? Aus der Entfernung konnte man das nicht erkennen. Neben Judith stand ein bewaffneter Mann.

„Danke, dass du uns vor dem Monster gerettet hast!", rief Peter.

„Wo ist die Formel?" Judiths Gesichtsausdruck nahm mit einem Mal einen harten Ausdruck an. Er verstand nicht, was sie von ihnen wollte. Nun ergriff Manon das Wort: „Du warst es also, die uns diese Gangster auf den Hals gehetzt hat! Warst es auch du, die veranlasst hat, dass Jakob und Manuel gekidnappt werden? Und dass sie Irmi erschießen? Und was ist eigentlich mit Dimitri passiert? Steckst du auch hinter seinem Verschwinden? Hast du gar keine Skrupel?"

Judith lachte. Ihre Augen blieben dabei kalt.

„Du bist ein gescheites Mädchen. Aber leider bist du zu blauäugig. Dass du mir damals im Freud erzählt hast, dass Miranda Doolittle und euer Pharmaunternehmen Millionen in die Entwicklung eines Impfstoffs gepumpt haben und es euch gelungen ist, eine Formel gegen das Virus zu entwickeln, war ein Fehler. Und auch dass du erzählt hast, dass ihr sie unter euch aufgeteilt habt, war nicht besonders schlau von dir. Du kanntest mich ja gar nicht. Sogar die Namen deiner drei Kollegen hast du mir damals verraten. Du hattest allerdings recht viel getrunken." Tatsächlich konnte sich Manon nicht mehr daran erinnern, wie viel sie ihr damals verraten hatte. Da war wieder Judiths kaltes Lachen. „Ja, ich habe Opfer in Kauf genommen dafür, dass der Impfstoff möglichst schnell verbreitet wird und so Tausende, vielleicht Millionen von Menschenleben rettet. Du musst wissen: Ich lobbyiere im Auftrag deines Pharmaunternehmens. Meine Mission? Die Formel für den Impfstoff zu beschaffen. Es ist höchste Zeit, dass das Serum auf den Markt kommt. Das ist das größte Geschäft meines Lebens. Immer schon war ich darauf aus, große Fische zu fangen. Mit den kleinen können sich andere begnügen. Endlich kann ich mich zur Ruhe setzen, wo auch immer auf der Welt ich will. Dabei werde ich an eure erbärmlichen Leben denken, denen ich ein Ende gesetzt habe." Judith blickte zu Peter. Wieder ließ sie ihr kaltes Lachen erschallen. Dann rief sie ernst: „Dimitri? Den haben meine Leute irgendwo beim Lebensbaumkreis abgelegt."

„Also hast du Klaus ausspioniert, um immer auf dem Laufenden über unseren Aufenthaltsort zu sein. Denn er wusste stets, wo wir uns befinden. Von der Quarantäne aus hast du deinen mörderischen Plan diktiert. Du warst es auch, die meine Sachen durchwühlt hat! Deine Auftraggeber wissen wahrscheinlich gar nicht, dass du über Leichen gehst, um deine Mission zu erfüllen, sondern glauben, du verhandelst seriös, um an die Daten zu kommen. Dir geht es nur um Macht und Geld!", rief Manon mit zorniger Stimme.

„Sei ruhig, sonst kommst du wieder ins Becken!", schrie Judith.

Während dieses Gesprächs hatten die Männer, die sie zuvor aus dem Becken gezogen hatten, zwei Holzbalken, die im Wasser schwammen, mit den auf dem Boden verstreut liegenden Nägeln und einem Seil notdürftig aneinander fixiert, sodass ein Kreuz entstand. Peter erkannte die beiden Verfolger wieder, deren Bekanntschaft sie im Container des Alberner Hafens gemacht hatten. Jetzt trugen sie das Kreuz an Judith vorbei in den angrenzenden Raum und befestigten es dort, indem sie alte Nägel mit einem Stein in die Wand schlugen, wie man dem lauten Gehämmer nach vermuten konnte. Als sie zurückkamen, packten sie Peter. Heftig versuchte er, sich dagegen zu wehren. Sinnlos. Sie schleppten ihn die Treppe hinauf und trugen ihn zu dem an der Wand fixierten Kreuz. Mit Nägeln und dem Seil hängten sie ihn an Händen und Füßen auf. Peter brüllte vor Schmerzen. Beinahe verlor er die Besinnung. Judith schien zu glauben, dass er im Besitz der Formel war und nicht Manon. Das dürfte sie von ihren Bluthunden erfahren haben. Nun begann sie mit den Fragen. Zwischen jeder Frage spürte Peter einen heftigen Schmerz an den Stellen, an denen sie ihn schlugen. Er war zu schwach, um zu antworten.

„Lasst ihn am Leben, wir brauchen seine Informationen!“, rief Judith ihren Männern zu.

Das Letzte, das Peter wahrnahm, bevor er das Bewusstsein verlor, war Manons Stimme. „Ich habe die Formel. Nicht er!“

Schatten

Als er wieder zu Bewusstsein kam, verspürte Peter am ganzen Körper starke Schmerzen. Dröhnend und schwer hing sein Kopf seitlich herab. Er schwitzte. Im Mund sammelte sich Flüssigkeit, die nach Eisen schmeckte. Vermutlich blutete er. Es roch nach Fäulnis und Fäkalien. Er konnte Wasser fließen hören, das mehr nach Rinnsal klang als nach einem Rauschen. Peter musste husten. Immer wieder versuchte er, um Hilfe zu rufen, aber er brachte nur ein leises Stöhnen zustande. Ab und zu ertönte über ihm ein Rattern. Plötzlich vernahm er leise Stimmen. Und wirklich, da waren zwei Schatten, die miteinander sprachen. Sie leuchteten ihn mit einer Taschenlampe an. Dann spürte er, wie sein Körper sich langsam senkte. War das jetzt der Anfang vom ewigen Leben? Dieses Gefühl kam ihm bekannt vor. Er erinnerte sich daran, wie er zwei Jahre zuvor im Spital gelegen war, nachdem er gemeinsam mit Klaus während der Volkszählung einen Politskandal aufgedeckt hatte. Doch das Gefühl jetzt war etwas anders. Jemand schien ihn vorsichtig zu befreien. Durch seine angeschwollenen Augen konnte er feststellen, dass es sich um jene Obdachlosen handelte, denen er eine gefühlte Ewigkeit zuvor in einem der vielen Kanäle begegnet war. Doch was hatten sie vor? Und wo war Manon? Ach ja, da war Judith. Peter konnte es immer noch nicht glauben, dass sie es war, die hinter diesem ganzen Wahnsinn steckte. Und was war mit Leonardo geschehen? Lebte der Priester noch? Ihm kam wieder der Moment in den Sinn, als er knapp vor dem Ertrinken gewesen war. Die Erinnerung daran ließ ihn frösteln.

Der Mann mit dem langen Bart befreite ihn nun vorsichtig vom Holzbalken, legte seinen Kopf auf seine Jacke und gab ihm Wasser zu trinken. Peters Handflächen brannten wie verrückt. Die junge Frau, die ihnen zuvor den Weg beschrieben hatte, hielt ihm den Mund zu, als er vor Schmerzen aufschrie. Dann entfernte der Mann ein Stück Papier mit der Aufschrift „Virus Z" von Peters Brust. Über ihm war wieder dieses Rattern von zuvor zu hören. Jetzt erkannte er, dass es sich um das Geräusch einer U-Bahn handeln musste. Als sein Befreier ihm Wasser über die Handflächen goss, wollte er vor Schmerz brüllen, doch die Frau presste ihre Hand erneut auf seinen Mund. „Psst", flüsterte sie, während der Bärtige aufstand und verschwand.

Der Held

Plötzlich waren im Gewölbe laute Stimmen zu hören, deren Echo zu ihm drang. Die junge Frau saß immer noch neben ihm. „Polizei! Legen Sie die Waffen auf den Boden!" „Boden, Boden!", äffte das Echo nach. „Stehenbleiben oder wir schießen!" „Schießen, schießen!" Schritte. Dann ein Schuss. Und noch einer. Ein lautes Platschen. Dann war es ruhig.

Manon, dachte Peter. Was für ein schöner Name! Hatte Puccinis Oper ihre Eltern dazu inspiriert? Er nahm sich vor, sie irgendwann danach zu fragen. Doch hoffentlich war sie überhaupt noch am Leben! Wieder lautes Stimmengewirr, Schritte hallten durch die Gänge. Lautes Fluchen. Das war Judiths Stimme. Dann wurde es langsam ruhig.

Irgendwann kam der Bärtige zurück, Klaus humpelnd im Schlepptau. Sein Freund stürzte zu ihm und wollte wissen, was die Männer mit ihm gemacht hatten. Doch Peter war zu schwach, um zu antworten. Die Frau, die immer noch neben ihm auf dem Boden kniete, flüsterte Klaus etwas ins Ohr, das Peter nicht verstehen konnte.

„Diese Schweine!" Klaus ergriff die Hand seines Freundes. Ein unfassbarer Schmerz durchzuckte Peter. Erschrocken und eine Entschuldigung murmelnd ließ Klaus seine Hand los. Dann sprudelte es aus ihm heraus.

„Jakob und ich sind den niedrigen Gang im Wasser weitermarschiert. Währenddessen haben wir den Schnaps ausgetrunken und vermutlich deswegen nicht gemerkt, dass ihr nicht mehr hinter uns wart. Es tut mir schrecklich leid!“ Wieder wollte er nach Peters Hand greifen, doch der zuckte zurück.

„Als wir am Ende des Tunnels angelangt waren, haben wir eine Weile gewartet, weil wir dachten, dass ihr gleich kommen würdet. Aber ihr seid nicht gekommen. Also haben wir überlegt, was zu tun sei. Und entdeckt, dass in dem Gewölbe, in dem wir uns befanden, ebenfalls eine Leiter ins Freie führte. Also sind wir hinaufgeklettert. Auf der Straße sahen wir unsere Verfolger. Sie haben dort wohl die Gegend nach uns abgesucht, in dem Glauben, wir wären nicht durch den Tunnel gewatet, sondern über die Leiter hinaufgeklettert. Dann kamen Polizeiautos. Wahrscheinlich waren es Kontrollen wegen der Ausgangssperre. Die Verfolger traten den Rückzug an und kletterten wieder den Schacht hinunter, wie wir von weitem beobachten konnten. Daraufhin sind wir zu den Polizisten gelaufen und haben ihnen erzählt, dass da unten Menschen in Gefahr wären. Ich weiß, dass das nicht in eurem Sinn war, wegen der Formel und weil du ja das Virus in dir trägst und eigentlich in Quarantäne sein müsstest. Aber ich war der Meinung, dass es zu gefährlich für uns geworden war. Die Beamten wussten von uns. Sissi hatte ihnen alles erzählt, als sie wegen des Mordalarms in die Bar gekommen waren. Wie auch immer: Sie haben dann sofort einen Einsatztrupp alarmiert und die Rettung gerufen, falls euch etwas zugestoßen sein sollte. Und weil ich ihnen von Manuel erzählt habe und ihnen seinen genauen Aufenthaltsort bei Madrid mitteilen konnte, haben sie sofort auch die madrilenische Polizei informiert. Die sind super vernetzt.“ Klaus machte eine kurze Pause, in der er sich eine Zigarette anzündete und Peter in den Mund steckte, der dankbar daran zog, sofort aber husten musste.

„Dann bin ich mit ihnen hinunter und durch den Tunnel zurück. Gerade zur rechten Zeit. Und voilà, da bin ich."

„Wo ist Manon?", presste Peter hervor.

„Manon geht es halbwegs gut. Die Rettungsleute haben sie gerade mitgenommen, um sie zu versorgen. Gleich werden sie auch dich holen."

„Und Judith?"

„Manon hat Judith wohl verraten, wo sich ihr Formelanteil befindet. Daraufhin hat diese ihr eigenhändig die Hand aufgeschnitten. Gerade, als sie damit fertig war und den Befehl gab, Manon zu beseitigen, ist unser neuer Freund erschienen."

Damit deutete Klaus auf den bärtigen Mann, der Peter vom Kreuz befreit und nun gemeinsam mit seiner Freundin stumm und fassungslos Klaus' Erzählung lauschte.

„Vom Ende des Tunnels aus beobachteten wir die Szene, die Cobra-Leute wollten gerade eingreifen. Er ..." – und damit deutete er erneut auf den Bärtigen –, „er stürzte sich plötzlich schreiend auf Judith. In dem Moment hat die Polizei den Raum gestürmt. Das hättest du sehen müssen! Die Polizisten, die sich mit mir am Ausgang des Tunnels versteckt hielten, rannten mit erhobenen Waffen auf der Mauer in Richtung Beckenende, während sich von oben bewaffnete Cobra-Einsatzkräfte abseilten. Da hat es plötzlich von Polizisten gewimmelt." Klaus inhalierte und stieß den Rauch in Kreisen aus, bevor er weitersprach: „Als Judiths Bluthunde schießen wollten, bekamen sie selbst Kugeln ab. Judith und einer ihrer Männer blieben unverletzt."

„Und Leonardo?"

„Leonardo lebt. Den hatten die Männer zuvor schon k. o. geschlagen. Aber was war mit euch? Warum war Manon von oben bis unten nass? Haben sie euch ins Wasser geschmissen?“

Peter schüttelte den Kopf. Er war zu schwach, um Klaus die Episode im Becken zu erzählen. Außerdem betraten gerade zwei vollständig vermummte Sanitäter den Raum, um ihn abzuholen.

Freunde

Sie saßen an demselben Tisch, an dem sie sich Wochen zuvor im Freud kennengelernt hatten. Nur unter anderen Vorzeichen. Der Frühling war fortgeschritten, Forsythien und Flieder waren längst verwelkt, dafür standen die Rosen in voller Pracht. Die Zahl der Infizierten war drastisch zurückgegangen, die Restaurants durften wieder aufsperren. Auch hatte sich die Besetzung des Tisches verändert. Den Vorsitz hatte Eugens Nachfolgerin Cynthia übernommen – eine zierliche Kellnerin, die zuvor im Tiroler Ischgl gearbeitet hatte und nun das Lokal in der Wiener Innenstadt führte. Zu ihrer Linken Klaus, der seinen Blick nicht von ihr lassen konnte und versuchte, sie mit seinem etwas brachialen Charme zu beeindrucken. Ihm gegenüber Peter und Manon, ausgelassen miteinander blödelnd. Neben Manon saß Jakob, der sich mit seiner Sitznachbarin Anita und seinem Gegenüber, Manuel, angeregt über die erfolgreichen Fortschritte bei den Versuchen des Impfstoffs an Testpersonen unterhielt. Manuels Gesicht zeigte immer noch Spuren von Verbrennungen. In wenigen Monaten, vielleicht sogar Wochen schon, könnte das Serum für die weltweite Anwendung freigegeben werden, erzählte Anita. Links und rechts neben Manuel saß jenes Paar, das die Gruppe im Untergrund kennengelernt hatte und das sich fürsorglich um Peter gekümmert hatte. Er hieß Imre und kam aus Budapest, seine Freundin Wanda war eine gebürtige Polin. Beide hatten ihre Heimat schon einige Jahre zuvor aus politischen Gründen verlassen und als Künstler in Wien gelebt, bis sie wegen der Pandemie und ihrer Auswirkungen ihre Existenzgrundlage verloren hatten. Den Vorsitz am anderen Ende des Tisches hatte Dimitri inne, neben ihm saß Sissi, die ihm offenbarte, dass sie leidenschaftlich gerne Backgammon spielte.

„Vor zwei Stunden wurde euer Artikel über uns veröffentlicht!" Manon hatte kurz ihre Nachrichten am Handy überprüft und hielt es jetzt Klaus und Peter vor die Nase.

„Ich lese euch vor!" Klaus nahm ihr Handy in die eine, sein Glas in die andere Hand und las:

„Nach Krimi um Formel: Impfstoff gegen Virus Z auf dem Weg zur Zulassung.

Unseriöse Pharmazeuten wollten Serum ungeprüft verbreiten – Forscher versteckten Schlüssel zum Impfstoff via RFID-Technologie in den eigenen Körpern. Profitgierige Lobbyistin zog blutige Spur durch Wien."

„Es ist ein langer Artikel." Klaus hatte jetzt keine Lust, die ganze Story vorzulesen. „Anfangs wird der Impfstoff beschrieben, dann gehen wir darauf ein, wie eure Firma von euch verlangte, das Serum herauszurücken, und wie ihr es in Folge versteckt habt. Dann der lange Weg der Flucht, bis schließlich die Polizei eingegriffen hat. Wir haben auch beschrieben, wie die spanische Einsatztruppe Manuel befreit hat."

„Erzähl, wie das war, Manuel!", bat ihn Manon.

„Es war nichts Besonderes. Vier Polizisten kamen in die Wohnung, in der ich festgehalten wurde. Die haben meine Kidnapper ganz einfach überrascht. So schnell konnten die gar nicht schauen, hatten mich die Polizisten schon befreit."

„Und schließlich", setzte Klaus fort, „schließlich berichteten wir über die Übergabe eurer Formelanteile an Manons Bekannte, die mit ihrem Pharmaunternehmen den Impfstoff nun an Probanden testet und dabei mit Regierungsgeldern unterstützt wird."

„Schaut mal, die internationalen Nachrichtenagenturen haben den Text übernommen, er wird dominoartig verbreitet", rief Manon.

„Gratulation!" Imre und Wanda prosteten ihnen zu, auch die anderen erhoben ihre Gläser.

„Habt ihr gewusst, dass Leonardo schon lange aus dem Priesteramt verstoßen worden war, weil er in der Messe immer öfter schräge Theorien verbreitet hatte? Auch die Klosterbrüder wollten ihn nicht mehr bei sich wohnen lassen", sagte Klaus, an Peter und Manon gewandt. „Jetzt ist er sogar exkommuniziert worden."

„Deswegen hat ihn Judith damals in der Quarantäne so rätselhaft gefragt, ob er eigentlich noch im Kloster wohnt. Anscheinend hat sie sich über seine Vergangenheit schlau gemacht, bevor sie in die Wohngemeinschaft gekommen ist", überlegte Manon.

„Er befindet sich jetzt in Untersuchungshaft, unter psychiatrischer Aufsicht", erzählte Klaus weiter. „Er war einfach getrieben von seiner Überzeugung, dass diese Technologie des Teufels ist und dass jeder, der sich solche Chips implantieren lässt, mit dem Tod bestraft gehört."

„Mit dem Feuertod", ergänzte Manon.

„Woher wusste er eigentlich, dass wir im Kanalsystem sind und wieso kannte er diese Vorrichtung für das Wasserbecken?" Manon beschäftigte diese Frage schon seit geraumer Zeit, doch war sie in den vergangenen Wochen zu sehr mit den Vorbereitungen für die nächste Testphase zur Freigabe des Impfstoffs beschäftigt gewesen.

„Du meinst die Hebel, welche die Beckenwände in kleine Pools trennen und das Wasser steigen lassen? Das wusste er von mir.“ Dimitri sah betroffen vor sich hin. „In der Quarantäne habe ich ihm immer wieder von meiner Arbeit im Untergrund erzählt. Er war sehr interessiert, meinte, dass er sich, wenn er mit dem Priesterdasein nicht mehr zurechtkäme, vorstellen könnte, in der Kanalisation zu arbeiten.“

„Und wofür wird dieser Mechanismus verwendet? Ist das sonst auch ein Folterinstrument?“, scherzte Manon.

„Natürlich nicht. Normalerweise dient er zur gesonderten Aussiebung der Becken, damit man Gegenstände leichter aus dem Wasser bekommt. Das wird aber selten bis nie benutzt.“

„Und woher wusste er, dass wir dort waren?“, fragte Manon noch einmal.

„Laut Aussagen der Polizei tauschte sich Judith mit ihm aus. Sie dachte, dass er ihr nützlich sein könnte, als sie mitkriegte, dass er Interesse an deiner Vernichtung hatte. „Als ich nach Wien gefahren bin, hat sie ihre Sachen gepackt und hat sich gemeinsam mit Leonardo mitnehmen lassen“, klärte Klaus Manon auf. „Als er von Judith erfuhr, dass sich die Verfolgung unterirdisch abspielt, stieg er in den Raum hinab, wo sich das Becken befindet. Er ahnte, dass ihr hier vorbeikommen würdet.“ Manon nickte, dann erhob sie sich.

„Aber jetzt zu etwas Erfreulicherem. Stoßen wir auf Dimitris Gesundheit an!“ Manon nahm ihr Glas und prostete der Runde zu. „Auf Dimitri!“, riefen Klaus und Peter. Die anderen taten es ihnen gleich, obwohl sie den Russen erst an diesem Abend kennengelernt hatten. Sie wussten aber im Groben über sein Schicksal Bescheid.

„Wo genau haben dich Judiths Männer eigentlich abgefangen, als du uns nachgefahren bist, Dimitri?“, wollte Peter wissen.

„Das war auf dem Parkplatz vor dem Spital. Ein Typ hat auf einmal die Autotüre aufgerissen, mich mit erhobener Waffe herausgezogen und in den Kofferraum bugsiert. Dann ist er mit mir zum Lebensbaumkreis am Cobenzl gefahren und hat mir dort in einem Waldstück ein Tuch um die Augen gebunden. Er befahl mir, wegzurennen. Als ich etwa zwanzig Meter gelaufen war, hat er geschossen. Ich fiel auf den Boden, die Kugel hatte mich aber nicht lebensgefährlich verletzt. Doch ich konnte mich nicht fortbewegen. Wegen der Pandemie gab es zu meinem Pech nicht das übliche Aufkommen an Spaziergängern. So lag ich hilflos auf dem Boden.“

„Wer hat dich dann gefunden?“, wollte Manon wissen.

„Vorerst niemand. Ein paar Jugendliche kamen irgendwann kichernd vorbei, sie bemerkten mich aber nicht. Sie machten ein Feuer und tranken, hörten Musik. Ich konnte sie nicht auf mich aufmerksam machen. Es war schrecklich. Dann verschwanden sie wieder. Irgendwann kam ein Suchtrupp mit Spürhunden, die mich fanden. Ich wurde in die Intensivstation gebracht und überlebte.“

„Stimmt, nachdem Judith verraten hat, wo ungefähr sie dich zurückgelassen hatten, erzählte ich das der Polizei“, erinnerte sich Manon. Dann wandte sie sich erneut an Dimitri: „Du bist uns noch die Antwort zu deinem Rätsel schuldig, erinnerst du dich? Aber als ich unter Wasser kurz vor dem Ertrinken war, ist mir in der Panik die Lösung selbst eingefallen.“

„Und? Wie viele Personen sitzen an dem Tisch?“, stellte Dimitri sie auf die Probe.

„Wenn du die Aufgabenstellung für alle hier am Tisch wiederholst, verrate ich die Lösung." Lachend wiederholte Dimitri sein Rätsel.
„Es sind zehn Personen." Manons Antwort kam wie aus der Pistole geschossen.

„Und wie bist du auf die Lösung gekommen?"

„Ganz einfach. Fünf von ihnen sind Lügner und fünf sagen die Wahrheit. Warum? Jeder sagt über seinen Nachbarn, dieser sei ein Lügner. Dann muss von zwei nebeneinander Sitzenden zwingend einer ein Lügner und der andere ein Nichtlügner sein. Der Lügner sagt dann über seinen stets die Wahrheit sprechenden Nachbarn fälschlicherweise, dieser sage die Unwahrheit. Der die Wahrheit Sagende wiederum erklärt zutreffenderweise, dass sein Nachbar zur Gruppe der Lügner gehöre. Daraus folgt, dass sich am Tisch immer Lügner und die Wahrheit Sagenden abwechseln müssen. Weil der Tisch oval ist und jeder zwei Nachbarn hat, klappt das nur bei einer geraden Anzahl von Personen. Bei einer ungeraden Zahl müssten zwei Personen nebeneinander sitzen, die entweder beide lügen oder beide die Wahrheit sagen. Das ist jedoch nicht möglich. Wenn die Frau behauptet, am Tisch säßen elf Personen, muss sie eine Lügnerin sein, denn elf ist eine ungerade Zahl. Der Mann hingegen, der erklärt, dass die Frau lüge und es zehn Personen seien, sagt die Wahrheit."

„Bravo, das ist richtig." Voller Respekt musterte Dimitri Manon. „Hat man eigentlich herausgefunden, wer Molly getötet hat?", wollte er von ihr wissen.

„Ja, die Polizei hat eine Gruppe von Rowdys ausfindig gemacht, es handelt sich um ansässige, nach außen hin harmlos wirkende junge Familienväter", erzählte sie mit trauriger Stimme. „Sie waren wegen anderer Delikte amtsbekannt. Sie haben auch den Stein geworfen und den Banner auf dem Sportplatz aufgestellt."

„Unglaublich. Was diese Männer wohl motiviert hat?", fragte Dimitri nachdenklich. „Fremdenhass vielleicht?"

Klaus nahm einen Schluck Wein, dann bedrängte er Peter, die Ereignisse im Container zu erzählen, als er und Manon gefesselt waren und er schließlich die Verfolger hatte überwältigen können. Doch Peter winkte ab. Er wollte sich nicht als Held aufspielen. Stattdessen erzählte er, wie sein Kontrahent den Sturz von der Brüstung überleben konnte: „Auf dem Boden des Stiegenhauses befand sich ein riesiges Becken, das mit Sägespänen gefüllt war. Dort hinein ist der Mann gefallen und hat sich nicht verletzt." Erst vor wenigen Tagen war Peter in den Hafen gefahren, um den Container bei Tageslicht genau zu inspizieren.

Plötzlich öffnete sich die Türe zum Lokal, die beiden Dorfpolizisten, die so frappant an Stan und Ollie erinnerten, traten ein. Neben ihnen tänzelten zwei Welpen. Klaus sprang auf, bedankte sich und führte die Hunde zu Manon und Peter. Die Polizisten lud er ein, am Tisch Platz zu nehmen. Cynthia holte zwei weitere Stühle.

„Das ist ein Geschenk vom ganzen Dorf und meiner Wenigkeit an euch", erklärte Klaus. „Es sind zwei junge Australian Shepherds, ein Männchen, ein Weibchen. Ihr kennt die beiden auch an den verschiedenfarbigen Schnauzen auseinander. Der mit der braunen Schnauze ist das Männchen. Es heißt Eugen, das hellere Hündchen heißt Irmi. Ihr könnt euch aussuchen, wer welchen nimmt."

Manon stand zu Tränen gerührt auf, Eugen hüpfte an ihr hoch. „Ich glaube, wir nehmen beide zusammen." Peter war ebenfalls aufgestanden und streichelte die Hunde. „Manon und ich haben beschlossen, zusammenzuziehen."

Als Klaus auf die beiden anstoßen wollte, wehrte Peter ab. Stattdessen erhob er das Glas erneut für einen Trinkspruch.

„Auf Eugen, den wir hier immer vermissen werden. Auf Irmi, weil sie uns nicht verraten wollte. Auf Wanda und Imre, unsere neuen Freunde, die uns beigestanden sind." Dann wandte er sich an Manon und ihre Kollegen: „Und schließlich auf eure Tapferkeit, eure Zivilcourage und euren moralischen Anstand. Weil ihr euch nicht kaufen habt lassen. Weil ihr euch nicht erpressen habt lassen. Weil ihr euch von Vernunft und nicht von Gier habt leiten lassen. Prost, Gesundheit!"

© Privat

Über die Autorin

Maria Jelenko, geboren 1967 als Maria Benedikt in Wien, ist ebendort aufgewachsen. 1971 zog sie mit ihrer Familie kurzzeitig nach Pennsylvania, USA. Nach der Matura studierte Jelenko Politikwissenschaften und Publizistik an der Universität Wien. Nach anfänglichen Jobs als freie Journalistin sowie als Beraterin im Kunst- und Kulturbereich war sie bei mehreren Tageszeitungen als Chefredakteurin im digitalen Journalismus tätig. Die Autorin ist seit 1989 verheiratet, hat zwei erwachsene Kinder und lebt in Wien und im Waldviertel. „Quarantäne" ist Jelenkos zweiter Kriminalroman. 2018 erschien „Volkszählung", ebenfalls 2018 die Kurzgeschichte „Alles ist möglich".